ベティ・ニールズ・コレクション

いくたびも夢の途中で

ハーレクイン・マスターピース

東京・ロンドン・トロント・パリ・ニューヨーク・アムステルダム
ハンブルク・ストックホルム・ミラノ・シドニー・マドリッド・ワルシャワ
ブダペスト・リオデジャネイロ・ルクセンブルク・フリブール・ムンバイ

NEVER TOO LATE

by Betty Neels

Published by Harlequin Japan, a Division of K.K. HarperCollins Japan, 2024

ベティ・ニールズ

イギリス南西部デボン州で子供時代と青春時代を過ごした後、看護師と助産師の教育を受けた。戦争中に従軍看護師として働いていたとき、オランダ人男性と知り合って結婚。以後14年間、夫の故郷オランダに住み、病院で働いた。イギリスに戻って仕事を退いた後、よいロマンス小説がないと嘆く女性の声を地元の図書館で耳にし、執筆を決意した。1969年『赤毛のアデレイド』を発表して作家活動に入る。穏やかで静かな、優しい作風が多くのファンを魅了した。2001年6月、惜しまれつつ永眠。

主要登場人物

プルーデンス・トレント……牧師の娘。
ナンシー……プルーデンスの妹。
ジェイムズ……ナンシーの夫。
トニー……プルーデンスの婚約者。
メイベル……トレント家の家政婦。
ベネディクト・ファン・フィンケ……医師。
シベラ……ベネディクトの娘。
ドリス……ベネディクトの亡妻。
エバラード・ヘリスマ……ベネディクトの同僚。

1

サマセット州リトル・アムウエルの村のどっしりとしたロマネスク様式の古い教会は、人でいっぱいだった。教会の会衆席には、花が咲いたように華やかな帽子があふれている。オルガン奏者ミセス・ブロードが奏でる選りすぐりの婚礼音楽に負けじと、帽子の主たちはおしゃべりに余念がない。花婿とその付き添いはすでに祭壇の前に立っていて、花嫁の入場を待つばかりだった。

いよいよ花嫁が入ってきた。オルガンがひときわ高らかに響きわたり、人々はいっせいに振り向いた。花嫁は叔父の腕に手をあずけ、結婚式をとり行う牧師である父と花婿のほうへ歩を進めた。金髪で青い目の花嫁は白いレースのウエディングドレスにほっそりした身をつつみ、目が覚めるように美しかった。

花嫁の付き添い役の四人の小さな女の子たちは、空色の服を着て髪に花の冠を飾っていた。その後ろから、もうひとりの付き添いの若い女性が四人に優しく声をかけながら歩いてくる。背が高く、曲線に富んだ体つきの女性は花嫁の姉プルーデンスで、妹にまさるとも劣らぬ美貌だった。ただ妹とは違って、髪は艶やかな光を放つ赤毛、瞳は緑色だ。服もつば広の帽子もあまり似合うとはいえない淡い青にしたのは、緑色は縁起が悪いと妹が信じこんでいるからだった。慎ましく前方に目を向けてはいたものの、プルーデンスは見落とさなかった。ミセス・フォーブズの帽子ったら、突拍子もない藤色だこと。お屋敷のレディ・バイロンのお召し物は相も変わらずベージュ色。トニーも見えた。花嫁側の席に立っているモーニングコート姿のトニーはとてもすばらしい。

結婚式の案内役をにべもなく断ったのは残念だった。ハンサムだけど、あんなにもったいぶらなければいいのにと、ときどき思う。まだいつになるかわからないけれど、トニーと結婚したらちゃんとしなくては。トニーにとがめられていることがいくつかある。

プルーデンスは花嫁の後ろで立ちどまり、いちばん幼い付き添いの女の子を小さな声で〝しーっ〟と制した。花婿は新妻のナンシーに晴れやかにほほえみかけた。父も満足げに見える。それもそのはず。新郎のジェイムズは実業界で前途有望のようでハイゲート・ビレッジにかなり豪華なフラットを持っているし、それより何よりとてもいい青年だから、ナンシーは幸せな結婚をしたわけですもの。

父の司式で礼拝が始まった。じっと立っているのに飽きた女の子が通路のほうへ歩きかけたのを止めようとしたとき、プルーデンスは花婿の付き添いにふと心惹かれた。目立つので、その存在に気がついてはいた。後ろから見ると、とにかく大きい。肩幅が広く、ジェイムズより頭ひとつ分背が高かった。小さな女の子に脚にしがみつかれ、その男性は振り返った。粗削りだがハンサムだ。金髪にわずかに白髪がまじっている。女の子の腕をほどいてもとの位置にそっと戻し、プルーデンスにほほえみかけた。瞳がとても青く、目尻にほどよく笑いじわが寄っている。もちろん、トニーとは比べようもないけれど、楽しそうな人……。プルーデンスは笑みを返した。

聖歌隊が結婚の賛美歌を歌いだした。「愛のみ神よ、み前に立つ……」少年たちはいつになく敬虔なまなざしで天を仰ぎ、大人の男たちは太い声音で朗々と歌った。精肉店のミスター・クラップのうなり声がひときわ大きく聞こえる。あの声でミスター・クラップは店先で、自分が売っている肉がいかにすばらしいか、まくしたてるのだ。

プルーデンスは花婿の付き添いをそっとうかがっ

た。といっても目に入るのは、幅が広くてまっすぐな背中くらいだけれど。首を少し傾けると、高い鼻と引き締まった顎がちらっと見えた。聖歌隊の合唱は大詰めに差しかかっている。プルーデンスは手にした花束を見下ろした。結婚式では、花婿と花嫁の付き添い同士がペアになるのが慣例になっている。私に対して近ごろますます自信満々になってきたトニーにちょっと冷たくするのも悪くないかもしれない。ジェイムズの話だと、あの人は教会に来る直前に外国から到着したという。おそらく結婚しているだろう。独身だとしても、婚約者がいるに違いない。

役目を果たした聖歌隊は席に腰を下ろし、父が訓話を始めた。たくさんの結婚式で聞いた話だから、きっともう空で覚えているのだろう。プルーデンスはそれとなく母のほうに顔を向けた。花嫁の母の帽子をかぶった姿は今でもきれいで、少しばかりよそゆきの顔をしている。プルーデンスの視線に気づいて微笑を送ってよこした。次はあなたとトニーの番よと、言いたいに違いない。プルーデンスとしては内輪だけのひっそりした式にしたいけれど、そうはいかないだろう。まだ何も決まっていないのだが、母は心づもりしているに決まっている。長女で二十七歳になるプルーデンスより先に妹のナンシーが結婚したものだから、母はがっかりしていた。婚約期間が長いにもかかわらず、トニーは別に急ぐ必要もないとのんきにかまえていた。

彼はリトル・アムウエルのはずれにある大きな建築事務所で申し分ない仕事に就いていて、来月にはニューヨークへ出張することになっている。「出張から帰ったあとでゆっくり話そう。いずれにしても、きみはうちでのんびりしていれば満足で幸せだよね、そうだろう?」トニーはこともなげに言った。

このところ、胸の奥でかすかな疑念がくすぶっていた。プルーデンスはそれを無視しようとして、結婚式のお祭り騒ぎで忘れてもいた。けれどまた、そのもやもやした気分が頭をもたげてきた。私はうちでただトニーを待っていることに満足しているわけじゃない。なぜもっと前に結婚して、ニューヨークに一緒に行けないの？　トニーと結婚するという興奮が、沸騰し終わったケトルのお湯みたいに、すっかり冷めてしまった気がする。婚約して四年近くがたち、トニーを愛しているかどうかさえわからなくなってきた。なんとかしなくてはと思う。でも、どうしたらいいのだろう。

父の訓話が終わった。ミセス・ブロードが《ああ、まったき愛》を弾きはじめ、聖歌隊に続いて一同が起立し、誓いの言葉が交わされた。結婚式の出席者の頭の中は今や、式のあとの披露宴でいっぱいだった。ヴィクトリア様式の牧師館を囲む広々とした芝生に仮設されたテントで、シャンパンやビュッフェ形式の昼食がふるまわれる。結婚式の礼拝が終わったあと、人々は新婚夫婦にキスし、お祝いの言葉を述べた。プルーデンスは花婿の付き添いの男性と並んで歩きながら軽く挨拶（あいさつ）を交わしただけで、ゆっくり話をする機会はなかった。プルーデンスの美貌や艶やかな赤毛に賞賛の視線が集まっても、彼はさしたる関心を示さなかった。ベネディクト・ファン・フィンケ——外国人の名前だ。気のおけない感じだったら、あとでどこの国の人かきいてみよう。

ところがとても感じはいいのに、ベネディクト・ファン・フィンケは多くを語ろうとはしなかった。プルーデンスの問いに返ってくるのは、目に面白そうな笑みをたたえて言う上品なユーモアばかり。結局、ほとんど何も聞きだせなかった。オランダ人医師で、ジェイムズとはケンブリッジの大学で一緒だったという。わかったのはその程度で、プルーデンスはベネディクトのことが念頭から去らないまま、ほかの客に敬意を表するためにその場を離れた。

やがてトニーがやってきた。怖い顔をしている。

「いくら花嫁の付き添いだからといって、花婿の付き添いにべったりくっついていなくてもいいんだよ。ぼくと結婚することはみんなが知ってるんだから、おかしいじゃないか」

「あら、トニー、焼いてるの？」

「まさか！　嫉妬(しっと)なんてものは感情の浪費だ。ぼくはただ、人がどう思うかと……」

「人がどう思うかが気になる？」

「社会人にとって人の意見は重要だよ」

「それで私に腹を立てているの？」プルーデンスは長いまつげを伏せた。「レディ・ブリンクネルにご挨拶しに行かなくては」

けれどもプルーデンスが近づいていったのはレディ・ブリンクネルではなく、ベネディクト・ファン・フィンケだった。ベネディクトと話していた夫婦が立ち去るまで、じっと待ってから尋ねた。

「もしもあなたと婚約している女の人が、こういうパーティで、ほかの男性とずっと一緒にいたら腹が立ちますか？」

ベネディクトは微笑した。「ええ、とても」

「どうして？」

ベネディクトは目を丸くした。「当たり前でしょう。婚約者がそのへんの男となれなれしくするのはよくありません」

「やきもちを焼きます？」

「もちろん」

「でもあなたは、人になんと言われようと気になさらないでしょう？　世間の噂(うわさ)になるから腹を立てるわけじゃないですよね？」

「そのとおり！　人がどう思おうと関係ないじゃないですか」

プルーデンスはほっと息を吐いた。「あの……ありがとうございました」

無意識にトニーを見やったプルーデンスに、ベネディクトは優しく言った。「あまり気になさらないほうがいいですよ」

「なんのことでしょうか?」プルーデンスは鋭い口調で応じた。「私は仮定の話としておききしただけですけど」

ベネディクトはただほほえみ、ゆったり尋ねた。

「いつ結婚なさるんですか?」

プルーデンスは憂鬱そうに答えた。「わかりません……婚約してからもう何年にもなるけれど。でも、それこそあなたには関係ないことですよね」

「それはそうです」ベネディクトは穏やかに言った。

「しかし最初にこの話をなさったのはあなたです」

向きを変えようとしたときトニーがやってきて、プルーデンスの肩に腕をまわした。「プルーデンス、なんだったら」このわざとらしい前置きを言う癖をやめてもらえないかと、プルーデンスは思った。

「皆さんにご挨拶してきたらどうかな。さっきレディ・バイロンがきみを捜してたよ。それと……」トニーは恩着せがましくベネディクトに話しかけた。

「あなたに紹介してほしいと、地主のフォーブズご夫妻から頼まれました」

光栄だと思えと言わんばかりのトニーの口ぶりに、長身のベネディクトは悠然と笑みを返しただけだった。「まずは昔からの友人と話をしたいので、のちほど喜んでお目にかかります」

しばしの沈黙ののち、トニーはプルーデンスの肘をつかんで歩きだした。「ファン・フィンケと顔を合わす機会があまりないのは助かる。ぼくはあの手の男は嫌いだ」吐き捨てるような言い方だった。

「あの手の男って?」

「傲慢な気取り屋だ。プルーデンス、もうあの男には近づかないほうがいい――それに、外国人だし」

プルーデンスは愕然とした。私としたことが、何年にもわたってトニーに指図されるがままになっていたとは。まだ夫婦でもないのに。「私はあの人が好きよ」プルーデンスは挑むように返し、通りすがりにシャンパンのグラスを取ってぐいとあおった。トニーの手を自分の腕からはずし、クリスマスカードのやりとりくらいしか交流のない親戚(しんせき)の輪の中に入っていった。憤りにシャンパンの勢いが加わり、妙にはしゃいだ気分になっていた。

　プルーデンスが抜けたあと、年配の親戚たちは顔を見合わせた。「プルーデンスったら、すっかり変わっちゃったみたい」

　いちばん年かさの伯母がすかさず言った。「当たり前よ。もう二十七歳ですもの」

　昔ながらの披露宴は終わりに近づいた。ジェイムズとナンシーはスコットランドへ新婚旅行に出かけるため、ツイードの服に着替えてきた。八月末でまだ暑いが、はるか北のスコットランドは温暖なサマセット州より気候は厳しいだろう。なぜスコットランドなのかときいたら、〝ロマンティックだから〟とナンシーは答えた。客たちに紙吹雪の袋を配りながら、プルーデンスは妹の言葉を思い出していた。

　式の前に家に寄ったトニーは、自分たちは仕事と遊びを兼ねた新婚旅行にしようかと言っていた。ハンブルグとオスロに大きな契約をしてくれそうな取引先があるとか。その話のあとで、きみはうちでのんびりしていれば幸せだろうとつけ加えたのだった。

　人々はおしゃべりしながらゆっくり帰っていった。最後の客がいなくなるや、プルーデンスは帽子を椅子に置いて台所へ行った。長年トレント家で働いている年老いたメイベルの手伝いをするためだ。トレイを手に、きしんで音をたてる仕切り戸を開け、肩越しに声をかけた。「すぐに戻ってくるわ。夕食についてはあとで考えましょう。式はよかった？」

「申し分なしですよ。次の結婚式では、お嬢さまもさぞかしおきれいな花嫁になることでしょうね」なんだか死刑宣告みたいに聞こえる。奇妙な気分でプルーデンスは客間に戻った。

客間には両親のほかに、レイチェル伯母とトニーがいた。伯母は二、三日泊まってからエセックス州に帰ることになっている。古びた安楽椅子にどっかりと腰をすえたトニーは、まるでこの家の主人みたいな顔をしている。それだけではない。プルーデンスが入っていっても、立ってきてお茶のトレイを持ってくれるでもなく、ただ笑いかけるだけだった。いったい、どういうつもり？　おまけに〝お疲れかい？〟ときたので、プルーデンスはむっとした。あなたにそんな言い方をされる筋合いはないわ。婚約者らしく、もっと大切にされてしかるべきなのに。

「いいえ、全然」プルーデンスはつんとして答え、お茶の時間の大半をレイチェル伯母と話をして過ごした。苦い思いで台所に戻り、必要もないのにソースパンの蓋をがちゃがちゃいわせたりした。さやえんどうの筋を取っていたメイベルが顔を上げた。

「おやおや！　はてさて！」子どものころプルーデンスやナンシーがぐずると、メイベルのこの口癖が出たものだった。両親が結婚したときからトレント家にいるメイベルは、牧師夫人として忙しい母の代わりに家事ばかりでなく育児の役も引き受けてきた。〝子どもは早耳〟とか〝女の子はおとなしくしてるのがいちばん〟とか、古風な諺をよく聞かされた。

プルーデンスが黙っているので、メイベルはうながした。「さあ、このメイベルに話してごらんなさい」

「私、結婚したくないの」

「お父さまとお母さまはなんとおっしゃって？」

「まだ話してないわ。ついさっき、そう思ったの」

「ナンシーさまの結婚式のせいでしょう。土壇場になると気持ちがぐらつくものだそうですよ。お嬢さまは婚約なさって長いですから、そんなことないでしょうが。〝あわてて結婚……〟」

「〝ゆっくり後悔〟でしょう。でも、メイベル、私はトニーと結婚したら死ぬまで後悔すると思うの。今みたいに教会のちょっとした手伝いをするくらいで、トニーが結婚式の日取りを決めるのをただじっと待ってるなんてもういや。仕事がしたいの」

「どんなお仕事？」

「タイプができて速記も少しかじったし、教区の経理を何年もやってるから事務の仕事ができるわ」

「どこでですか？」メイベルは流しで手を洗った。

「そうね、ロンドンあたりで」

「お嬢さま、悪いことは言いません。客間に戻ってトニーさまとお話しなさい。あの方は偉くなりそうな、しっかりした青年ですよ」

「さあ、どうだか。できたら逃げだしたいくらい」

「何があってそんなお気持ちになったんですか？それとも、誰かのせいで？」メイベルはきいた。

プルーデンスはそれには答えず台所を出て、客間に戻った。トニーは父と話していた。プルーデンスは母とレイチェル伯母のそばに座った。「で、あなたの式はいつなの？」伯母が尋ねた。

「まだわからないの」プルーデンスは声を張り上げた。「トニー、私たちがいつ結婚するのか、伯母さまがおききになっているけど」

トニーは眉をひそめた。話をさえぎられるのがいやなのだ。「今は忙しくて日取りも決められないんです」プルーデンスを暗に非難するような口調だった。

「あら、日取りを決めるのは花嫁だと思ってたわ」

今に始まったことではないが、トニーの返事はユーモアに欠けたひとりよがりだった。「だけど、重要な仕事を抱えてるぼくの都合を優先するしかないんです。プルーデンスはうちにいてこれどいった予定もないですから、ぼくの希望に合わせてくれさえすれば問題ありません」母の顔にいぶかしげな表情が浮かんだ。浮き世離れした性格の父のジャイルズ・トレント牧師ですら、何かおかしいと思った。

けれども、プルーデンスはうわべは従順に応じた。

「トニーの前途は洋々たるものだから、出世を妨げるようなことがあってはならないのよ」緑色の瞳をきらめかせ、重い荷でも下ろしたかのように晴れ晴れと一同にほほえみかけた。実際、もう荷を下ろしたようなものだった――トニーという重荷を。そのことは誰にも言わなかった。

結婚式の翌日、トニーは偉そうな口ぶりで言った。

「人に任せられない大事な仕事がいろいろあってロンドンに行かなきゃならない。たぶん週末には帰れるだろう」プルーデンスの頬にキスして、せかせかと出ていった。

プルーデンスはただちに行動を起こした。目標は漠然としていながらも、とにかく暇さえあれば父の書斎でタイプライターの速度を上げるための練習をした。速記は得意ではなかったが、毎晩寝る前に必死で復習した。テレグラフ紙の求人広告にも目を通した。秘書については、並はずれた有能さを求められているような印象だった。ほかの仕事を探すにしても、何がいいのかわからなかった。看護職が頭をかすめた。だが、これから教育を受けるには年をとりすぎているように思う。セント・ジョン救急隊という応急手当てに従事するボランティア組織がある。その訓練は村で率先して受けはしたものの、包帯を巻いたり脈を取ったりする方法も完全に習得したわけではない。

とはいえ、プルーデンスはくじけなかった。週末にトニーが家に来たときも、ニューヨークへの出張の話にいかにも熱心そうに耳を傾けていた。だが頭の中は、おぼろげながらも希望に満ちた自分の将来設計でいっぱいだった。結婚はできないと口まで出かかったことが何度もあった。けれども、自立できる仕事を見つけるまでは言わないほうがいいと思い直した。自信満々のトニーは信じようとしないだろう。だから具体的な証拠が必要だった。

八月がいつしか九月になった。ナンシーとジェイムズは新婚旅行からの帰途に牧師館で二、三日を過ごした。新居をかまえるハイゲートに向かう前にナンシーは、週末に泊まりに来ないかと姉を誘った。

「結婚式に来られなかったお友達を土曜の夜にでもお呼びしないとって、ジェイムズが言うの。よく知らない方たちが多いから、姉さんも一緒だと心強いわ。今日が木曜でしょう――例えば、今度の土曜日なんかどう？　明日の夕方に来て支度を手伝ってくれればありがたいけど」

プルーデンスはためらった。「喜んでと言いたいけれど、本当はふたりきりでいたいんじゃない？」

「でもパーティをすれば、ふたりきりじゃないわ。トニーも出張でいないんだし、ぜひうちに来て」

ナンシーとの約束について話すと、トニーは言った。「ぼくがいないとどうせ退屈だろうから、いいじゃないか。それに、知り合っておいて損しない人に会えるかもしれないよ。だいじょうぶ、ぼくは二週間くらいですぐ帰ってくるから」

そのころまでには仕事を見つけよう。プルーデンスはひそかに決意しつつ、つかの間、気がとがめた。けれどトニーの話の続きを聞いているうちに怒りがこみ上げて、やましさはかき消されてしまった。

「だけど、十一月ごろにはポルトガルへ行かなきゃならないかもしれない。財界の大物がアルガルベに別荘を建てるという話があるんだ。その打ち合わせのための出張だ」トニーはちらとプルーデンスを見た。「冬の結婚式はよくないと思わないか？　まあ、急ぐこともないし。春に二、三週間休みを取るよ」

「なぜ？」プルーデンスは感情を抑えてきいた。

「春なら式を挙げるにいい季節じゃないか。日取りはあとで決めよう。もちろん、何かあったら休めないが……」トニーは得意げににやりとした。「つまり、ぼくはかなり必要とされているからね」

プルーデンスの緑色の瞳がきらめいた。「トニー、あなたって、ほんとに仕事人間なのね」

「当然じゃないか。きみはときどきわかりきったことを言うんだね。ナンシーのところに行くのは土曜日だろう？　ぼくは月曜に出発するけど、その前にハイゲートに行けるようだったら電話するよ」

運転の得意なプルーデンスは、二十一歳の誕生日にレイチェル伯母から贈られた中古のミニでロンドンへ向かった。ミニはだいぶくたびれてはきたものの、まだちゃんと走っている。妹夫婦のハイゲートのフラットは、広い庭園に囲まれたヴィクトリア様式の堂々とした建物の一階にある。フラットの窓からいざなうような明かりがもれていた。〝お夕食を一緒にできるように来てね〟と、ナンシーは言っていた。けれど出際に父の説教の原稿をタイプしたり、収穫祭のための練習に聖歌隊の少年たちを招集したりで忙しく、夕食の時間にぎりぎりで間に合った。

呼び鈴を鳴らす間もなく、ナンシーがぱっと扉を開けた。「遅かったじゃない。姉さんはもう来ないんじゃないかとちょっと焦っちゃった。明日の準備がたくさんあるものだから」

妹にせきたてられて居間に行くと、ジェイムズが待っていた。パーティの準備はそっちのけで、三人は食前酒を飲みながら新婚旅行やロンドン暮らしの話に興じた。ハロッズやハーベイ・ニコルズが目と鼻の先にあるなんてすばらしいなどとひとしきりおしゃべりしたあとで、ナンシーは姉をこぢんまりした寝室へ案内した。

「着替えたら食事にしましょう」戸口でナンシーは振り返り、幸せいっぱいというまなざしでつけ加えた。「姉さんも早く結婚したほうがいいわよ。すてきなんだから!」

このときばかりは〝慎重〟という意味の自分の名前にふさわしく、プルーデンスは黙っていた。

夕食後、三人は台所へ行った。通いの家政婦のミセス・ターナーが帰る前に台所をきれいに片づけてくれていた。ナンシーの料理のしかたはぞんざいで、ジェイムズができることといったら味見くらいしかないので、オードブルのパイ生地やソーセージ・ロール、クリームケーキを焼くのはもっぱらプルーデンスの役目になった。このほかにも献立はいろいろあるが、ナンシーはキッチンテーブルに腰をのせて姉が立ち働くのを眺めているばかりだった。「姉さんはほんとに料理が上手ね。トニーは幸せよ」

プルーデンスは顔を上げ、ぶっきらぼうに告げた。

「私、トニーとは結婚しないの」

妹夫婦はきょとんとした。「結婚しないって……でも、どうして?」

ジェイムズがゆっくり言った。「ずいぶん長いあいだ婚約してたからね」

「ええ、それもあるけど……とにかくだめになったの。トニーは本当は私みたいな女を妻にはしたくないのよ。出世の助けになるような人と結婚したいのではないかと思うの」

「それで、これからどうする?」ジェイムズの淡々としたきき方がプルーデンスにはありがたかった。

「就職するつもり。速記とタイプを必死に復習してるの。あまり上手じゃないけど、事務の仕事ならなんとかなると思って。うちにいるのはいやなの。だって、もう二十七ですもの」

「仕事は何か見つかるよ。例えば受付係なんかだったら、タイプは必須条件じゃないし。速記はどこに行っても役に立つと思う。耳よりな話があったら、すぐ知らせるよ」

「ありがとう、助かるわ」プルーデンスは義弟ににっこりほほえみかけて料理を続けた。

パーティは六時半に始まる。夜の約束がある客はその前に顔を出すことができるし、何も予定がなければ好きな時間までいられるという配慮から決めた時刻だった。プルーデンスは念入りに化粧して髪をととのえ、瞳の色に合わせた緑の服に着替えてから、客を迎える支度の仕上げを手伝った。そして最初の客が到着したあとは台所と居間のあいだを行き来しては料理を補充したりして、目立たないようにふるまった。パーティの主催者は妹なのだ。

たまたま台所でパイ皮にクリーム煮をつめたヴォロヴァンを皿に盛りつけていると、扉が開いてベネディクト・ファン・フィンケが入ってきた。プルーデンスがびっくりしているのにはかまわず、すっかり親しげに挨拶した。「ジェイムズとナンシーが楽しくやってるか、ちょっと見に来たんだ。いいパーティだね。それもあなたが作ったの？」ベネディクトは皿からヴォロヴァンをつまみ、プルーデンスが天火から出したソーセージ・ロールに目をとめた。

「ええ。私、お料理が好きなの。ジェイムズはお友達が大勢いるのね」天火用手袋を脱ぎ、プルーデンスもソーセージ・ロールを食べはじめた。

「トニーはどこに？」ベネディクトが尋ねた。

プルーデンスは言葉に注意して答えた。「さあ……ロンドンに来てはいるのよ。月曜にはアメリカへ行くの。時間があったら寄るとは言ってたけど」

ベネディクトは青い目を丸くした。「週末なんだから、二、三時間はなんとかなるだろうに」

「とても忙しい人なの。売れっ子の建築士だから」

「知ってる。ご本人から聞いた」

なぜか神経がいらだち、プルーデンスはつっけんどんにきいた。「それで、あなたのお仕事は？」

「一般開業医(GP)だけど」ベネディクトはソーセージ・

ロールも口にほうりこみ、料理の皿を手にした。

「これ、ぼくが運んでいくよ」

プルーデンスはベネディクトの軽い皮肉が癇に障り、ぎごちない足どりで居間へ戻った。

最後の客が帰ったのは九時ごろだったが、ベネディクトだけは居残った。ナンシーが夜食に誘うと、あっさり承諾した。プルーデンスはそれを見て、ここにはよく来ているのだろうと思った。実際、ベネディクトは勝手知ったる我が家とでもいうふうに、小型の円テーブルを食事室にすえたり、ジェイムズが鶏を切り分けているあいだに貯蔵庫にワインを取りに行ったりした。

夜食の途中でナンシーがプルーデンスにきいた。

「姉さん、さっきの話、本気なの？　トニーと結婚するのはやめて就職するって言ってたこと」

プルーデンスはさっとベネディクトを見やった。ベネディクトの平静な表情は変わらない。「もちろん本気よ」プルーデンスは話をそらそうとした。「今夜のパーティ、うまくいったわね」

「ええ、おかげさまで。トニーは知ってるの？」

「ううん、次に会うときに話すつもりだけど……」

電話の音がしてプルーデンスは口をつぐんだ。

電話に出て戻ってきたジェイムズが明るく言った。

「すぐ話せることになったようだ。トニーが三十分くらいなら寄れるって。ここに向かってるそうだ」

「いいえ、それはできないわ。だって……まだ仕事を見つけてないんですもの。就職が決まっていれば、私が本気だってことがトニーにもわかると思うの」

プルーデンスは一同を見まわした。「私のことをなんて薄情な女だと思われるかもしれないけれど、そういうわけではないの。今のままだと、まるで男尊女卑のヴィクトリア時代の娘になったみたい。自分より偉い男の人が結婚してくれるのを、ただひたすらおとなしく待っている。そんな感じがするの。でも、それは私には無理だわ！」

「もちろんだよ」語気を強めるプルーデンスに、ジェイムズがなだめるように言った。「相手が望まないことを強制する権利なんか誰にもない。だけど、姉さん、別れ話を持ちだすには今がいい機会だという気がする。トニーがアメリカに出張する前に話したほうが摩擦が少ないんじゃないかと思う」

プルーデンスはワインをいっきにあおり、むせて咳きこんだ。「いっそのこと仕事を見つけたと嘘をついてしまおうかしら？」

はじめてベネディクトが口を開いた。「嘘をつくなんて牧師のお嬢さんらしくもない」やんわりとからかったあとで口調を変えた。「しかし、その必要はないんじゃないかな。というのも実は、ぼくはタイプや雑用をこなしてくれる女性を探しているんですよ。タイプはできるでしょう？　ぼくのところに来る英語の手紙や人との約束の管理、花を活けたり家事全般に目配りしたり、うちの娘の世話とか。雑多な用事だが、必要不可欠な仕事なんですよ」

ベネディクトの顔を見つめたあげくに、プルーデンスはきいた。「結婚していらっしゃるの？」

ベネディクトはかすかにほほえんだ。「妻を亡くして、娘のシベラは六歳で、アペルドールンの古くてだだっ広い家に住んでいる。始末に負えないひどい家だと言われているが」

「オランダですか？」

「ええ」真顔ながらベネディクトの目は笑っている。「しょっちゅうこっちに来てるけど。仕事は明日からでも数日後でも、あなたの都合しだいでかまわない」呼び鈴が鳴った。「トニーが来たらしい。今すぐこの場で決めたほうがいいかもしれないな」

玄関の扉を開けに行ったナンシーのあとから、トニーが入ってきた。トニーは料理の皿やグラスが雑然と並んでいるテーブルを見渡し、プルーデンスに視線を向けた。「楽しそうじゃないか、おちびさん。きみはいいなあ、のんきな身分で。こっちは毎日、汗水垂らして働いているのに」

プルーデンスはむっとして返事をしなかった。おちびさん？ 身長が百六十八センチもあるのっぽの大人の女なのに、子ども扱いして。

ジェイムズが気まずい沈黙を破り、ニューヨーク出張について尋ねた。トニーからはもったいぶった答えが返ってきた。

「トニー、何かお酒を召し上がる？」ナンシーはきいた。「それとも、コーヒーを淹れましょうか。ちょうどジェイムズとベネディクトがお皿を洗おうとしてたところなの。しばらく姉さんとふたりきりになりたいでしょう」

プルーデンスが口を開く前に、トニーは言った。

「いや、いいんだよ。別れを惜しむなんてのは好みじゃない。それと、コーヒーをごちそうになる時間はないんだ。人と会わなきゃならないから……」

「あなたとは結婚しないわ」いきなりプルーデンスが言った。四人ともいっせいにプルーデンスを見た。妹夫婦は同情のまなざしで。トニーは憤然と。ベネディクトは心もちおかしそうに。

「ばかな冗談はよせ！」トニーが声を荒らげた。

「冗談なんかじゃないの」プルーデンスは指輪をはずしてテーブルに置いた。「この四年間に結婚する気ならいつでもできたわけだけど、もう遅すぎる」

「うちにいて親孝行でもするつもりなのかい？」

「いいえ、仕事をするの」

「働いたこともないのに、何ができるんだ？」

「プルーデンスは、ぼくの助手として娘の世話をしてくれることになったんです」ベネディクトの話し方は穏やかだが、有無を言わせぬ響きがあった。

トニーはこわばった声で言った。「ぼくらの問題だから口出ししてもらわなくても結構です。プルーデンス、別室できちんと話をして決めよう」

「必要ないわ。もう決めたのよ。ごめんなさい、トニー。でも、私はあなたの妻としてふさわしくないの。もしふさわしかったら、何年も前に結婚していたでしょう。指輪はお返しします。今度の出張がうまくいくよう祈っているわ」

プルーデンスは足早に部屋を出て台所へ行った。正しい選択をしたとわかっていても、長い婚約期間のあとだけに多少のよるべなさも感じていた。それについさっき、行ったこともない外国で内容もよくわからない仕事をすると約束してしまった。しかも、会ったのはほんの二度という男性の家で働くのだ。プルーデンスはトニーとの関係に思い切って決着をつけた安堵と同時に、将来への一抹の不安を覚えずにはいられなかった。

2

くぐもった人の声や玄関の扉が閉まる低い音が聞こえてきた。ほどなく台所の戸が開いた。

「お茶にするかい？」ベネディクトはさっさと流しに近づき、ケトルに水を入れて火にかけた。「何かというとお茶を飲むのがイギリス人の習慣だけど、ぼくもすっかりはまってしまったようだ」

「あなたはオランダ人なの？」そのときまでプルーデンスは考えつきもしなかった。「なぜ英語がそんなに上手なの？」

「イギリスに長くいたからだと思う。学校はこっちで、大学もケンブリッジだし。だけど、ぼくは根っからのオランダ人だ」

「あなたのこと、何も知らなくて」プルーデンスはきかずにいられなかった。「彼はもう帰った？」

「ああ」ベネディクトはちらっとプルーデンスを見やり、紅茶ポットに湯を入れた。「ぼくについてはとりたてて言うほどのこともないが、職業は医者で、オランダの中心部にあるアペルドールンに家があるのはもう話したね？」カップに紅茶をなみなみと注いでプルーデンスに差しだした。「さあ、飲んで。今夜はもうその話はやめよう。明日の朝また来るから、散歩にでも行って今後の打ち合わせをしたらどうだろう？」プルーデンスの心もとなげな表情を見て、ベネディクトは念を押した。「ぼくのうちで働くのは承諾してくれたんだよね？」

「ええ、それはそのとおりよ。ただ、私でも勤まると思っていらっしゃるなら、だけど」

「勤まらないはずがないさ。なんの特技もいらない仕事だもの」

「なんだか失礼な言い方」

「そんなつもりじゃないよ。賢明な女性なら誰でもできるという意味さ。きみはいかにも賢そうだ」

「そう？　でも私ができるのは、タイプと下手な速記くらいよ。あとは、料理や家事、簡単な経理。それと、日曜学校の先生を十年やってるけど」

「それこそ、ぼくの求める条件にぴったりだ」ベネディクトは優しくほほえみかけた。

ナンシーとジェイムズは後片づけにかまけているふうで、プルーデンスの婚約解消については何も言わなかった。けれどもベネディクトが楽しいパーティだったと話しだすと、ようやくほっとした様子で話題に加わってきた。

やがてベネディクトはジェイムズ夫妻にいとまを告げ、プルーデンスに話しかけた。「誰にもつらいときはあるものだが、いつまでも続くわけじゃない。といっても、当座はかなりこたえるけどね」

ベネディクトの大きな手で肩をつかまれ、プルーデンスは不思議な安心感を覚えた。その夜は眠れるとは思っていなかったが、意外にも熟睡できたし、翌朝の目覚めは実にすっきりしていた。そのうえ朝食も平らげ、気をもんでいたナンシーたちを驚かせた。「私のことは心配しないで。もっとずっと前にこうすべきだったのよ。トニーも私と同じくほっとしてるでしょう。きっとアメリカでお金持ちの女相続人でも見つけるわ」プルーデンスは妹に問いかけた。「トニーはがっかりしてた？　私は引っこむべきじゃなかったけど、いたたまれなくて」

「ええ、わかるわ。トニーについては、がっかりしてたとは思えない。自尊心は大いに傷つけられたでしょうけど。それと、人の噂を気にしてたわ。姉さん、ほんとにベネディクトの仕事をするの？」

「ええ、そのつもり。私にもできそうな仕事だから。今日その打ち合わせをすると言ってたわ」

「お昼を一緒に食べられるといいけど」

ベネディクトは十時にやってきてコーヒーを断り、プルーデンスを散歩に誘った。プルーデンスはジャージーのワンピースにジャケットをはおって出かけた。ふたりはパーラメント・ヒルを横切ってハムステッド・ヒースまで歩いた。ふたたびハイゲート・ポンズの方向に戻ってくるまでベネディクトがあまり話さなくても、プルーデンスはあたりを眺めながら何も考えずに歩くだけで満足していた。

心地よい沈黙にひたっていると、ベネディクトが唐突に尋ねた。「きみは自分のお金を持ってる？」

プルーデンスはびっくりした。「え？　ええ、名づけ親が遺してくれたお金が少し。なぜ？」

「それならよかった。もしも今度の仕事が気に入らなくても、金のために我慢して働かなくてはと思わずにすむだろう」

「そんなことは考えなかったわ。でも、きっと気に入ると思う。うちでぶらぶらしてるのはいやなの。このところずっと母は、私が早くトニーと結婚すればいいという意味のことを言ってたから」

「だけど、本当にこんな仕事でいいのかな？　地味だし、時間も不規則だ。週に一日は休んでもらうようにするつもりだが。休日に出歩けるように、自分の車でオランダに来たほうがいい」

「私、オランダ語はまったく話せないけれど」

「すぐ覚えるよ」

「あなたのお嬢さんは英語を話せるの？」

「まあ、どうにか。娘と話すときは英語だけにしてもらえるとありがたい」

「ほかにどんなことをするの？」

「事務員か、言葉は悪いけど、便利屋みたいなことだよ」

「便利屋より家事補佐のほうがまだましな呼び方だと思うけど」

「きみの好きな呼び方でいいよ。ぼくは今までどおりプルーデンスと呼ばせてもらう」

「私はドクター・ファン・フィンケと呼べばいい？」

「患者の前ではそのほうがいいだろうね。ところで、ご両親に会いに行ったほうがいいかな？」

「時間があれば、そうしていただけるとうれしいわ」

「わかった。給料は週給七十ポンドでどうだい？」

「そんな！　多すぎるわ」

「そういうことは少し働いてみてから言ったほうがいい。額に見合うだけの仕事を期待してるよ」

「わかりました。ベストを尽くすわ」

昼食をとりながらベネディクトとジェイムズは、プルーデンスが車でオランダに行くにはどの経路がいちばんいいか、あれこれ話し合った。そして、ご両親を訪ねるときにもっと詳しく話をすると言って、ベネディクトは帰っていった。

四日後に、ベネディクトは牧師館にやってきた。その間にプルーデンスは、トニーとの婚約を解消してオランダで就職することに決めたと両親に話した。両親は驚きはしたものの、トニーと結婚しないことについてはさして動揺したふうではなかった。婚約を破棄したことを人に言うのは間の悪いものだが、リトル・アムウエルのような小さな村ではひとりに話しさえすれば、つねに正確とは言えないまでも、噂はあっという間に村じゅうに伝わってしまう。

プルーデンスが特定郵便局も兼ねているミセス・ペットの雑貨店に行った朝のことだ。トニーのアメリカ出張を話題にするミセス・ペットに、プルーデンスは婚約を取りやめて就職すると告げた。するともともと大きめのミセス・ペットの目が飛びだしそうになった。「それはまた……今になって！」

「ええ、四年近くになるけど」プルーデンスはさっと話を変えた。「濃い味のほうのチーズを二百五十グラムいただきたいの」ミセス・ペットの店には、濃い味と薄い味の二種類のチーズしかない。

ミセス・ペットはチーズを包みながら言った。「外国へいらしてしまうなんて、寂しいわ」誘導尋問に引っかからないようにミセス・ペットには感謝のひと言のみで買い物をすませ、プルーデンスは家に帰った。詳しい話をしてもしなくても、ミセス・ペットが尾ひれをつけて噂を流すに決まっている。

帰宅後は昼までかかって、オランダに持っていくべき衣類を選んだ。あちらはどんな気候か。冬物も持っていくべきか。それとも、仕事が長続きするようなら取りに戻れるのか。六歳のお嬢さんに嫌われるとか、速記がきちんと取れないとかで勤まらないかもしれない。それに、物静かで親切なベネディクトだけれど、母国へ帰って忙しい日常に戻れば別の面が出てくる恐れもある。翌日は朝から懸命にタイプと速記の練習をしてはみたものの、あまり上達したとは思えなかった。だが仕事はそれだけではないのだからと楽観的に考えることにして、老いたスパニエル犬のポッジを連れて散歩に出かけた。

家に戻ると、玄関前に濃い藍色のアストンマーティン・ボランテが停まっていた。端麗かつ力強い高級車のまわりをプルーデンスとポッジはゆっくりひとまわりした。「ねえ、ポッジ、これってすごく高価で速い車なのよ。私がお茶を飲むように、ガソリンをがぶ飲みするんだわ、きっと」

両親が居間でベネディクトと話をしていた。プルーデンスは挨拶のあとでつけ加えた。

「こちらでもすばらしい車をお持ちなのね」

「結婚式のときはジェイムズの車に乗せてもらった。あの車もロンドンではあまり使う機会がないがね」

プルーデンスはうなずき、〝夕食を召し上がっていらっしゃいません？〟ときいた。

「お母さんもご親切に勧めてくださったんだが、残念ながら時間がない。これからブリストルに行かなくてはいけないんだ」

お茶を飲みながら、ベネディクトは仕事の内容とアペルドールンまで車で行く経路について詳しく説明した。

「ぼくは二、三日後にはオランダに帰るので、きみはそのあとで……例えば、金曜に出発してアペルドールンに土曜に着くというのはどうだい？ 週末にうちの事情に慣れればいいと思うので。住み込みの家政婦のシトカと庭仕事や雑用をするオルクは夫婦で働いている。娘のシベラにはきみが来ることをもう話してある。結構おてんばなので骨が折れるかもしれない。ぼくは娘と一緒にいる時間を思うようにつくれないので、きみがそれを補ってくれればありがたい」

「プルーデンスは子どもの扱いが上手なんですのよ。

日曜学校で長らく子どもたちを相手にしていますからね」ミセス・トレントが口を添えた。「今度娘がお宅でしばらくお世話になるのは、ありがたいことだと思っています。自立するいい機会ですもの。たまたまあなたが人を捜していらしたとは、なんて幸運なんでしょう」

「ぼくもプルーデンスを見つけることができて、実に運がよかったと思っています」

やがてベネディクトは立ち上がり、いとまごいをして玄関に向かった。彼は金曜に間に合うようにチケットの手配をするとプルーデンスに約束してアストンマーティンに乗りこむと、さっと音をたてて走りだした。見る見る遠ざかっていく大型車を、プルーデンスは感嘆のまなざしで見送った。トニーだったらこうはいかない。計器をいじったり、ライトをつけたり、窓を上げ下げしたりで、運転席に座るや走りだしたためしなどないのだ。それをどんなにいらだたしく感じていたか、プルーデンスは今はじめて気がついた。

ともあれ、ベネディクトの家での仕事は好きになれそうな気がする。ただ、ベネディクトが自分のことをもっと話してくれればいいのにと思う。奥さまを亡くしたとは聞いたけれど、いつのことだったのか？　もしかして父には話したかもしれない。プルーデンスは機会をとらえてきいてみた。娘が生まれて間もなくと知り、なぜかほっとした。「痛ましいことだ」父の言葉に心から同感した。

「再婚すればいいのに。お嬢さんにとって、それがいちばんだわ」

「ご本人にとってもよ」母が静かに言った。「小さなお子さんがいては大変でしょう。でもあなたはお嬢さんの面倒をみるだけじゃなく、必要に応じてお手伝いをするらしいわね。英語の手紙や、セント・ジョン救急法を習っておいてよかったじゃない」

妹に手紙を書いていたプルーデンスは顔を上げた。

「診療所のお手伝いをすることはまずないと思うわ。私がそんなことをしたら患者さんが気の毒よ」

オランダの気候についてきくのを忘れたけれど、スカートやブラウス、セーター、ワンピースなどを適当に鞄（かばん）につめた。行くときは、買ったばかりのイエーガーのスーツを着ていくつもりだった。オランダは雨が多く風も強いと聞いたので、着古したバーバリーのレインコートとスカーフを二、三枚、車のトランクに入れた。

「お出かけ用のは何も持っていかないの？」母が尋ねた。

「いらないと思うの。お客じゃないんだから」

「でも、人に会わないわけじゃないでしょう」母は若い男性のことを言っているのだ。「念のため、きれいな絹のブラウスやモアレの黒いスカートなんか持っていったら？」

二日後にフェリーのチケットが届いた。一等だった。チケット代をあとでお給料から返さなければならないのかしら。旅行代理店から送られてきたチケットには、ベネディクトの手紙もメモも入っていなかった。

プルーデンスは金曜の朝早く出発してハイゲートに寄り、ナンシーと早いお昼を食べてからハリッジの港へ向かうことにした。霧雨が降っていて、田園は鉛色に染まっていた。家を出るとき、父と母、そしてメイベルに別れを告げるのがつらかった。老犬のポッジは、もう長い散歩に連れていってもらえないと本能的にわかっているのか、たとえようもなく寂しげだった。何もかもほうりだして家にいようかと思ったくらいだった。でも、永遠の別れではない。

ナンシーのフラットに着いたころには、太陽が雲の合間から顔を出した。おかげで気分が明るくなり、ナンシーの言葉にも元気づけられた。

「今みたいに結婚して幸せになっていなかったら、姉さんがうらやましくてたまらなかったと思うわ。だって外国でベネディクトみたいな魅力的な人の仕事をするなんて、すてきじゃない！　とってもいい人だって、ジェイムズが言ってたわ」

プルーデンスは果物を盛った鉢から桃を選んだ。

「たとえベネディクトがいい人ではなくても、すぐに帰ってくればいいんですものね」

オランダ行きのカーフェリーが出るハリッジまでは、車をのんびり運転していった。いずれにしても、プルーデンスのミニは大した速度が出るわけではない。車ともども乗船したあとは、船内で夕食をとり、早めに寝た。赤毛に似合わず、プルーデンスは冷静なほうだった。ベストの状態でアペルドールンに着くためには、よく眠らなければならない。

翌朝は早く目が覚めた。船室で紅茶とトーストの朝食をとってから、また地図に目を通した。それほど難しい旅ではなさそうだ。アペルドールンの街に着きさえすれば、あとはヘット・ロー宮殿を目指して進み、交差点を左折して宮殿の公園に沿った並木道をさらに左に曲がればいい。甲板に上がってみると雨が降っていた。ほんの数キロ先に、空も陸も灰色で平らなオランダが見えた。船はゆっくり接岸した。船内放送の親切な指示に従い、プルーデンスはカーデッキに下りていった。

税関や旅券検査の係は、手間取りはしたものの愛想がよかった。道路に出るとまず、ロッテルダムの標識を探した。高速道路ばかりで退屈だが最も早いと、ベネディクトは言っていた。トラックとメルセデスのあいだに挟まれたプルーデンスはその言葉を思い出した。道路から目が離せるのはせいぜい二、三秒なので、眺めて楽しい景色などないほうがいい。イギリスと違って右側通行だし、濃い青の標識や信号の高さも慣れるのに時間がかかった。けれどロッテルダムを無事に通過したころには、やっと緊張をゆるめることができた。地図によれば、途中の町のほとんどを迂回するらしい。

薄墨色の空がしだいに明るくなり、雲間から細い日光がもれだした。野の緑が生き返ったように鮮やかに見える。プルーデンスはあたりを見まわした。昔懐かしい穏やかな田園風景だ。ハウダを過ぎたあたりで空腹だったのを思い出し、カフェでコーヒーとチーズロールを食べた。そのあとアルンヘムで高速を下り、アペルドールンへ向かって北上した。沿道の林や野原の眺めがすばらしい。道路から奥まったところに絵のように美しいレストランがあるのを見つけ、車を停めてコーヒーを飲んだ。林に通じる小径がたくさんある。休みの日にこのあたりを散策しに来よう。

プルーデンスは何事も気に病むほうではないので、ベネディクトの家を見つけるのに心配はしていなかった。街の郊外にある広い緑地に囲まれたヘット・ロー宮殿を過ぎると、公園に沿った並木道の片側に構えの立派な邸宅が並んでいた。道路から三軒目だとベネディクトが言っていた。鍛鉄製の門が開いていたので、短い車寄せにミニを乗り入れた。どっしりした玄関ポーチの前に車を停めたとき、ほんの一瞬、不安に襲われた。けれども断固としてそれを払いのけ、扉のわきの呼び鈴を鳴らした。

小柄で太った男が扉を開けた。待ちかまえていたのではないかと思ったくらい速かった。五十歳と七十歳のあいだくらいの年格好で、頭がはげていて、とてつもなく威厳がある。だが、微笑が温かかった。

「ミス・トレント、ようこそおいでになりました。どうぞお入りください。ドクター・ファン・フィンケが書斎でお待ちです」

英語で話しかけられたので、プルーデンスはほっとした。男のあとから広くて長い廊下を歩いていくと、突き当たりの部屋の扉が開いてベネディクトが現れた。イギリスからはるばるやってきたというのに、ベネディクトの挨拶はまるで隣人にでも声をかけるように無造作だった。「だいじょうぶかい？」プルーデンスの返事を待たずに続ける。「オルクが荷物を上に運ぶあいだ、コーヒーでもどうだい？」ベネディクトは玄関広間に面した両開きの扉を開け、プルーデンスを招じ入れた。

かけ心地のよさそうな椅子やソファが置いてあるすばらしい部屋だった。壁沿いに凝った造りの飾り棚が並び、丈の高い窓と窓のあいだに小さな引き出しのついたマホガニーのテーブルがすえてある。磨きこまれた木の床には、見事な織りのペルシャ絨毯が敷いてあった。ベルベットのカーテンが優美なひだを描いて下がり、椅子や絨毯の柔らかい色合いと調和している。

「さあ、座って」ベネディクトがうながした。「いい旅だった？」

「ええ、とても。ありがとうございます。ただ、あんなに雨が降らなければいいのに」プルーデンスはほほえみかけた。ベネディクトにまた会えてよかった。物静かなベネディクトの雰囲気に気持ちが和む一方で、なぜか心が乱れるのを感じた。「ここに来られてうれしいです。お役に立つといいけれど」

「心配ご無用。こちらは家政婦のシトカ。オルクの奥さんだ。オルクは英語を多少しゃべるが、シトカはできない。だけどきみがオランダ語の片言を覚えれば問題ないよ。シベラは隣の友達の家に行ってるが、もうじき戻ってくる」

ベネディクトは椅子にゆったり腰を下ろした。

「コーヒーを注いでくれないか？」プルーデンスはコーヒーを注いだ。「昼食のあと、ぼくは午後の往診と病院に行かなければならない。きみは荷物を解いたら、シベラと散歩にでも行って親しくなってくれればと思う。今晩一時間ほど暇ができたら、きみの仕事について打ち合わせをしよう」

穏やかな声音で家族についてきかれたりしているうちに、プルーデンスもくつろいだ気分になれた。そんなところに、シベラが入ってきた。父親と同じ金髪、青い瞳のシベラは年齢のわりに小柄だった。前髪を下げて短く切っている。父親に似て落ち着いた印象の子どもだった。ベネディクトにキスしてから手をあずけ、プルーデンスをしげしげと眺めた。やがて父親に話しかけ、ふたりに笑顔を向けた。

ベネディクトは笑いだした。「きみのことをとてもきれいだと言っている」父親にオランダ語で何か言われ、シベラはプルーデンスに近づいて小さな手を差しだした。

「こんにちは」まじめくさってシベラは挨拶した。

「こんにちは」プルーデンスは笑みを返して握手し、日曜学校で長く教えた経験からただ黙っていた。

「私、英語ができるの」シベラが話しだした。

「よかった。私はオランダ語をひと言も話せないの」

「私が助けてあげる」シベラは父親のそばへ戻って、膝にのった。「パパもね」

「ああ、もちろん」ベネディクトがオランダ語で何か言うと、シベラは父親の膝から下りた。「シベラがきみの部屋に案内するそうだ。あっちにシトカがいると思う。十分後にお昼でいいかな?」

ベネディクトは忙しい人だということを忘れてはならない。小さな女の子のあとから重厚な階段をのぼりながら、プルーデンスは思った。三方を囲んだ回廊に達したとき、シベラが手を伸ばしてきた。その手を握り、導かれるままアーチ型の通路の奥の部屋に入った。プルーデンスは思わず感嘆の声をあげた。かなり大きい部屋にはマホガニーのベッドと揃(そろ)いの鏡台があり、鏡台の前部は半円型で鏡は三面鏡だった。大きな戸棚。安楽椅子が二脚。遅咲きの薔薇(ばら)を活けた鉢の両側に、きれいな鴇(とき)色のランプが置いてある。クリーム色の絨毯は毛足が長く、ベッドカバーとカーテンは花模様のインド更紗(サラサ)だった。

「まあ、なんてすてきなお部屋なんでしょう！」プルーデンスは踊るような足取りでベッドから裏に鏡のついた浴室の入り口や窓際へと歩き、ベッドわきのテーブルに置かれた何冊かの本を眺めたりした。

「好き？」シベラがきいた。

「ええ、とっても。本当に美しいお部屋ね」プルーデンスは櫛(くし)と化粧品を取りだし、手早く身づくろいをした。

半開きの扉を軽くたたく音がして、家政婦が入ってきた。背が高くてやせた家政婦は満面に笑みをたたえて近づき、プルーデンスと握手して〝シトカ〟と言った。そして、〝ウエルカム〟とつけ加えた。プルーデンスも笑みを返し、通じないとわかっていながらも〝はじめまして〟とつぶやいた。手ぶりで室内を示し、〝すてきなお部屋ですね〟と続けた。〝きれいな……〟と言い直そうとすると、シベラが助け船を出した。

「きれい……その言葉は知ってるわ」シベラがオランダ語で説明してやると、家政婦はにっこりしてうなずき、階段のほうを指した。昼食の支度ができたという意味だろう。

客間の反対側の食堂には、十二人は座れそうな円型のテーブルや大きなサイドテーブル、椅子があった。十八世紀に流行(はや)ったウィリアム・アンド・メアリー様式の飾り棚にガラスの戸がついていて、時代物のデルフト陶器がたくさん並んでいるのが見えた。

ベネディクトはグラスを手に窓際に立っていた。ふたりが入っていくと振り向き、プルーデンスに飲み物を勧めた。「急がせてすまない。三十分後に往診の予約があるものだから。出たり入ったりでせわしいが、だんだん慣れてください」

「だいじょうぶです。父の仕事も定時ではないので」冷肉にサラダ、いろいろな種類のパン、熱いコーヒーの昼食はおいしく、主にアペルドールンについての食卓の会話も楽しかった。

　やがてベネディクトは出かけ、プルーデンスはシベラと一緒に部屋へ行って衣類を整理した。これには結構時間がかかった。というのも服を一枚一枚取りだすごとに英語で説明し、役に立ちたくて張りきっているシベラがオランダ語に訳してくれたからだ。この作業がやっと終わったころには雨が上がっていたので、ベネディクトに言われたとおり散歩に行くことにした。ヘンリーという名の毛むくじゃらの大きな犬も散歩に加わった。

　革紐（かわひも）につないだ犬にぐいぐい引っぱられてふたりは道を横切り、宮殿に通じる大通り沿いの芝生に入った。そこで紐をはずしてやると、ヘンリーは気ままに走りだした。といっても呼べば素直に戻ってくるので、プルーデンスとしては助かった。シベラはおしゃべりな子だった。本人が得意そうなわりには英語が上手ではない。それでも活発なやりとりはとぎれなかった。話題を一般的なものに限るようにプルーデンスは気をつけた。内心ではベネディクトについてききたくてたまらなかった。夜はしばしば外出するのか。それとも、お客さまを呼んだりするのか。そういう質問が口まで出かかっても、シベラが答えるとは思えなかった。人なつこくて子どもなりに心遣いはしてくれるのだが、その気がなければ黙ってしまうのではないかという感じがする。

　ふたりと一匹は疲れるまで芝生で遊んだ。そろそろ帰りましょうとプルーデンスが言い、連れだって家に戻った。食堂の陰の小さな部屋に軽食つきのお茶が用意されていた。旧式な暖炉にちろちろと火が燃え、円いテーブルに房飾りを施したテーブルクロスがかけてある。ヴィクトリア朝風だが、居心地のよいしつらえだった。

シトカが伝統的なイギリス式のお茶を出そうと努めてくれたようで、薄いトーストや小さなケーキ、スコーンが添えてあった。プルーデンスとシベラはそれらを平らげ、ヘンリーもおこぼれにあずかった。

「こんなことして怒らない？」シベラが心配そうに尋ねた。

「ううん、全然！　うちにもポッジという犬がいるけど、いつも一緒にお茶を飲むのよ」

「猫もいるの。ミープとポーズっていうんだ。猫は好き？」

「大好きよ」ケーキの最後のひとかけらをヘンリーにやって、プルーデンスは立ち上がった。「これから何をしたい？」

「私の……」シベラは顔をしかめた。「スペールカメル」プルーデンスがかぶりを振ると、シベラは手を取って二階に連れていった。

部屋をのぞくなり、プルーデンスは言った。「遊戯室（プレイルーム）のことだったのね。何して遊ぶ？」

窓辺のテーブルに〝人形の家〟があった。ふたりは椅子を引っぱってきて、〝人形の家〟の扉を開けた。電気の明かりはつくし、超小型スプーンにいたるまで何もかも揃っている。ふたりが二階の子ども部屋の赤ちゃん人形を小さなベッドに寝かせているところに、ベネディクトが静かに入ってきた。

ベネディクトは娘にキスし、何げないしぐさでプルーデンスの肩を軽くたたいた。午後はどうだったときかれ、シベラは当然ながらオランダ語で答える。プルーデンスは椅子から立った。「私はとても楽しかったのですが、シベラもそうだといいのですが。帰ってきたばかりで、ふたりきりのほうがいいでしょうから、私は失礼します。シベラはいつ夕食にすればいいのか、教えてくだされば……」我ながらヴィクトリア時代の家庭教師みたいな口のきき方だと思ったけれど、どうすべきかわからないのでしかたない。

ベネディクトはくすくす笑った。「そう、ふだんはこの時間帯はシベラとふたりで過ごすことにしているが、夕食前に患者を診ることもある。きみはお母さんに電話したいんじゃないかな？　書斎の電話を使えばいい。それが終わったら、三人で〝蛇とはしご〟のゲームをやろう」

いつの間にかオルクが現れ、笑顔で書斎に案内してくれた。大きな部屋の一方の端にふたりが向かい合って使える机がすえてある。壁際にずらりと本棚が並んでいた。三番目の壁面は肖像画で覆われている。一族の肖像画だろうと、プルーデンスは思った。頬ひげを生やしたいかめしい顔の紳士や、豪華な衣をまとった婦人たち。火のない暖炉の上には、エドワード七世時代風の貴婦人の大きな肖像画が飾られている。ベネディクトのお母さま？　いいえ、ベネディクトはそんなに年をとっていない。たぶんお祖母さまだわ。美人だ。その家族もいるはずだが、探している時間がなかった。プルーデンスは机の前の肘掛け椅子に座って母に電話をかけた。簡単な説明では母が満足しないようなので、手紙を書くと約束した。「明日手紙を投函するし、週に一度は電話するわ」

その晩ベネディクトが患者を診ているあいだに、プルーデンスはシベラに夕食を食べさせ、お風呂の世話をした。寝る支度をしてからシベラと一緒に階下へ行くと、ベネディクトは居間で新聞を読んでいた。ヘンリーが足もとにうずくまっている。シベラは父親の膝によじのぼった。プルーデンスは父と娘を残してそっと部屋を出た。八時の大人の夕食までまだ三十分ある。自分の部屋に行って、スーツから薄いウールのワンピースに着替えた。母宛の手紙を途中まで書いたところで、シベラを寝かしつけるためにふたたび階下へ下りていった。

「この子が八時十分前に寝るのがよくわかったね。それとも、勘が当たったのかな？」

「勘です――夕食が八時とうかがっていたので、だいたいそんなところだろうと思っただけ」プルーデンスはほほえんだ。「おやすみなさいはここで？それとも、あなたがシベラの寝室にいらっしゃる？」

「いつもはここですませている」ベネディクトは娘を抱きしめて、おやすみのキスをした。「できるだけ早く下りてきてくれ。食事をしながら話そう」

レースのマットを敷いたテーブルに光沢を放つ銀器やグラスが並び、オルクの給仕で夕食が始まった。スープ、雉子（きじ）のロースト、チョコレートムース、赤ワインが出た。ベネディクトの生活様式は上品だが堅苦しくなく、家庭的なぬくもりがあるようにプルーデンスは感じた。食後に居間へ戻ったところではじめて、ベネディクトは仕事の話をしだした。

「まずはきみにどんなことをしてもらいたいか言うから、もしも異論や注文があれば聞かせてほしい。朝はいつも七時に起きて、診療所が八時からなので、車で出かける前に朝食をシベラとともにする。明日からはきみも加わって、八時半の始業時間に間に合うように学校へ連れていってもらいたい。午後の授業はないから、十二時十五分前に迎えに行けばいい。午前中は花を活けたりシベラの衣類の点検をしたり、郵便物の整理をしてほしい。ぼくは帰ってからそれに目を通して、英語の手紙があれば返事をタイプしてもらって出すことにする。午後はシベラの相手をしてほしい。もちろんその日によって友達のところへ遊びに行ったり、友達がうちに来ることもあるが。もしシベラが学校に行ってるあいだに手紙を清書する暇がなかったら、その仕事を夕食後にやらなければばならないかもしれない」ベネディクトはそこで間を置いて尋ねた。「多すぎるかな？」

「いいえ、そんなことはありません。ほかには？」

「きみの休みについても考えたんだが、土曜の午後から日曜の午前中はどうかな？　場合によっては変えなければならないこともあると思うが」

「結構です」プルーデンスはにっこり笑った。どうやら朝から晩まで、息つく暇もないほど働かなければならないようだ。でも、それこそ願ったり叶ったりだった。人の役に立つ仕事をして忙しくしていれば、トニーとの別れによって生じた虚ろな気分をまぎらすことができそうだ。私は正しい選択をしたのだ。胸のうちで自分にそう言い聞かせる。もしも思い切って生き方を変えようとしなかったら、あのままうちでひっそりと生涯を終えることになったかもしれない。

　ベネディクトはいかにも事務的に説明したけれど、実のところ、これほどきつい日程になるとは予想していなかった。とはいえここまで来たからには、挑戦を受けてたとうとプルーデンスは心に決めた。顔を上げると、ベネディクトにじっと見すえられていた。おそらくベネディクトは、私が弱音をはくと思っていたのではないだろうか。親の庇護のもとでのんびり暮らしていた若い娘のことだからと。プルーデンスの緑の瞳がきらめいた。彼に思い知らせてやるわ。立派にやり遂げてみせるから！

3

最初の二、三日で、プルーデンスはもう認めないわけにはいかなかった。立派にやり遂げてみせると意気込みはしたものの、少しばかり手にあまる課題だったようだ。日曜日は問題なかった。昼食までは自由に過ごすように、ただし教会に一緒に行きたければ歓迎すると、ベネディクトに言われた。プルーデンスは教会に同行し、父と娘に挟まれてベンチ型の会衆席に座った。賛美歌の斉唱のときは、シベラの高い声とベネディクトの数オクターブも低い声で耳がおかしくなりそうだったけれど、ひと言も理解できない説教も含めて日曜礼拝を楽しむことができた。手紙で知らせたら、父が面白がるだろう。

礼拝のあとは、ベネディクトがアペルドールンとその近郊に車で案内してくれた。すでに赤や黄に色づいた街の広い並木道が美しかった。十六世紀の古城があるルーネン、こだまする井戸のスーレン、ベークベーゲンの古い教会、ウヘレンの泉や広大な荒野などを見てまわり、ルーネンのカフェに立ち寄った。プルーデンスができるだけたくさん見物できるように、帰路は遠まわりして家に戻った。

宵のうちには友人たちが飲みにやってきた。日曜なのでシベラはいつもより一時間長く起きていていいことになり、プルーデンスのかたわらで子ねずみのようにおとなしく客を眺めていた。上品なワンピース姿のプルーデンスは、赤毛と緑色の瞳が人目を引きはしたものの、口数少なくなるべく控えめにしていた。お金に糸目をつけない最新流行の服や完璧な髪型と化粧で際立っている女性も少数ながらいた。

プルーデンスは別にうらやましいとも思わず、彼女たちに感嘆のまなざしを向け、話しかけられれば喜んで答えていた。とはいえ、ベネディクトの再婚相手としてふさわしい女性はひとりもいなかった。ベネディクトのほうもさしたる関心は示さなかった。もっとも感情を表に出す人ではないので、内心どう思っているかはわからない。

やがてシベラを寝かせる時間になり、プルーデンスは二階へ行った。帰っていく客たちの車の音を聞きながら下りていくと、ベネディクトはいなかった。「ドクターはお友達とご一緒にお出かけになりました。よろしくとのことです」オルクが伝えた。

広い食堂の大きなテーブルで、プルーデンスはひとり寂しく夕食をとった。ベネディクトが何をしようとまったく勝手なのだ。それに、自由な時間をもっと取れるように私が雇われたのではないだろうか。自分にそう言い聞かせ、オルクにおやすみなさいと言って、その夜は早めに床についた。

家でもそうしていたので、翌朝は苦もなく早起きできた。プルーデンスは身支度してシベラの部屋に行き、ふたりで食堂へ下りていった。ベネディクトはコーヒーを飲みながら手紙の封を切っていた。

〝おはよう〟とふたりに声をかけ、朝食はなんでも好きなものをとるようにとプルーデンスに言った。

トースト、ロールパン、クロワッサン、チーズ、ジャム、マーマレード、ゆで卵などの中からプルーデンスはシベラと自分の皿に適当に取り分けた。ベネディクトの皿を見ると空だった。

「ドクター・ファン・フィンケは？」

ベネディクトが顔を上げた。「ああ、なんでもいい――あまり時間がないんだ」

プルーデンスはトーストにバターを塗って皿にのせ、ゆで卵の上端を切り、コーヒーのお代わりを注いだ。ベネディクトはうわの空で食べ物や飲み物を口に運んでいた。

「プルーデンス、書斎の隣の小部屋に机とタイプライターがある。そこで手紙の仕分けをしておいてくれないか。昼食のあとで見るから」プルーデンスの皿のそばに手紙の束を置き、立ってシベラの額にキスをした。

徒歩で十分の学校へシベラを送っていき、戻ってくると家政婦のシトカが待っていた。オルクと一緒に家じゅうを案内してまわりたいと言う。「一度全部ごらんになれば安心なさるでしょう」

部屋数の多さにびっくりするほど広大な屋敷だった。手紙の仕分けが気になっていなかったら、大いに楽しめただろうとプルーデンスは思った。一階には客間や食堂、書斎のほかに小さな居間もある。家の裏手には、巨大な温室、食品貯蔵庫つきの広いキッチン、作業室が揃っていて、裏階段も備わっていた。二階のたくさんの寝室には専用の化粧室や浴室がついていて、どの部屋も設備がととのっている。らせん階段でのぼる三階にも小さな部屋がいくつかあった。オルクとシトカ夫妻の住まいも裏手にある。すべての部屋を見終わったときには、すでに十一時をまわっていた。

プルーデンスはコーヒーを手に書斎の隣の部屋に急ぎ、机に向かって手紙の仕分けを始めた。請求書が数通あり、講演依頼がブリストルとエディンバラの二箇所から来ている。銀行の資産状況報告は封筒に入れたままにしておいた。セルマという名の女性からの手紙には、次にイギリスにいらしたときはぜひお越しくださいと書かれていた。こういう文面を読んでもかまわないのかと気になりはしたものの、仕分けをするように指示したのはベネディクトなのだ。それに、あらかじめ目を通しておけば、返事の速記もしやすいだろう。難しい綴りや長い単語が出てこなければいいけれど。

そのあとはシベラを学校に迎えに行き、着替えをさせるだけで精いっぱいだった。ふたりで下りていくと、ちょうどベネディクトが昼食に戻ってきたところだった。ベネディクトはシベラにキスし、午前中はうまくいったかどうかプルーデンスに尋ねた。

「はい、とても。ありがとうございます」

「病院に行く前に手紙の返事を書き取ってほしい」

楽しくおしゃべりしながらの昼食だったが、のんびりはしていられなかった。シベラを家政婦に託し、プルーデンスは小部屋に直行した。手紙と速記ノートを手に、ベネディクトの書斎に移った。

ベネディクトはぶっきらぼうなほど事務的だった。ありがたいことに、長々とした手紙はベネディクトの好みではないようだった。なんとか口述筆記をすませ、夕方までには返信をタイプで仕上げると約束した。ベネディクトが病院に行ってから、プルーデンスはシベラとヘンリーを連れて散歩に出かけた。少し肌寒かったが、晴れた秋の午後だった。

そしてお茶の時間を最小限にしてシベラをふたたび家政婦にあずけ、ぎりぎりで手紙の返事を仕上げることができた。ベネディクトが帰宅したとき、プルーデンスはシベラを迎えにキッチンへ行く途中だった。頬を紅潮させ、赤毛が波打っているプルーデンスを見て、ベネディクトが言った。「なんだかひどく忙しかったようだね」

「いえ、そんなことありません」意外そうな表情に、プルーデンスはそう答えるしかなかった。タイプと速記がうまくなればもっと楽になるに違いない。その夜も、夕食はひとりだった。

次の二日も似たような調子で過ぎた。けれども、夜の食事はベネディクトとともにゆったり味わうことができた。話をしているうちに、共通点がいっぱいあることがわかった。プルーデンスはときとして雇われている身であることもつい忘れ、歯に衣着せずに反論してはあとで不安になったりもした。

状況が少し変わったのは三日目のことだった。手紙の量が前よりも増え、ベネディクトが帰宅するまでに返事を仕上げられず、プルーデンスは焦った。シベラが三人でカード遊びをしようと言いはったため、夕食前に仕事をすることはできなかった。カード遊びのあとでシベラを寝かしつけてから下りていくと、廊下でベネディクトとでくわした。「手紙はまだかかな？」さりげなくベネディクトにきかれた。

「まだ二通残っています。申し訳ありません、できていなくて。食前酒を召し上がっているあいだに、タイプします」

ベネディクトは優しくほほえんだ。「食事が終わってからでいいよ。今夜は出かけないから、寝る前に渡してもらえばいい。もしかしたらぼくは、きみをひどくこき使っているんじゃないだろうか？　きっとシベラに時間をとられているんだろうね」

さすがにベネディクトは、シベラが学校に行っているあいだは何をしてるのかとまではきかなかった。シトカにこまごました用事を頼まれていると打ち明けたりしたら、言い訳がましく聞こえるだろう。実のところ、銀器やグラスの手入れを通いのお手伝いには任せられないというので、プルーデンスが引き受けていた。ふだんはオルクがやっているが、庭仕事が忙しいときはそこまでは手がまわらない。といって、そういうことは誰もベネディクトに訴えはしなかった。ベネディクトが再婚したら、この家にはもっと人手が必要だと奥さまが考えるかもしれない。お花を活けるだけでも時間がかかるのだ。

それはともかく、プルーデンスとしては今の生活に満足していた。人の役に立つことをして忙しいのなら、それこそ自分が望んだ生活ではないだろうか。手紙は夕食後にタイプすると決め、食前のしばしのときをベネディクトとともに過ごすことにした。いつしかそれがプルーデンスの楽しみになっていた。

　食事のあとで机に向かい、紙をタイプライターに差しこんだとき呼び鈴が鳴り、オルクが玄関の扉を開ける音が聞こえてきた。来訪者は女性だ。プルーデンスはきびきびとタイプライターを打ち、なまめかしい笑い声やベネディクトの低い声を耳に入れないように努めた。声は消え、扉が閉まった。ふたりは客間に入っていったのだろう。手紙を打ち終えると、どうしようかと一、二分迷った。清書した手紙を机に置いておこうか。それとも、ベネディクトの書斎に持っていくべきか。結局書斎の戸に手をかけたとき、客間からベネディクトが出てきた。

「終わったかい？　ちょうどよかった。きみを呼びに行こうとしていたところだ。マイラが来てるんだよ。このあいだの晩に会ってるけど、きみは覚えていないかもしれないね」

　プルーデンスはよく覚えていた。曲線美を誇る長身で、淡い金髪の女性だ。派手な目の化粧とお金にあかした衣装が印象に残っている。ふたりは探り合うように握手した。マイラは鈴を鳴らすような声音で笑った。「私もよく覚えてるわ――あなたのその髪の色。真っ赤なんですもの」

　それには答えずプルーデンスは、巧みに染めた相手の髪に緑色の目をじっとあてた。ベネディクトは笑いをかみ殺し、ふだんと変わらない声できいた。

「プルーデンス、何か飲むかい？」

「私は結構です。寝る前に手紙を書きたいので、失礼します」プルーデンスはマイラに微笑を送った。「お目にかかれてうれしかったです。あの、〝またお会いしましょう〟って、なんて発音するのかしら。トット・ジーンズ？」そして、ベネディクトにも挨拶した。「おやすみなさい」

　ベネディクトが先に立ってプルーデンスのために扉を開けた。プルーデンスはベネディクトの顔を見ていなかったが、そこには面白がっているような、ちょっとからかうような表情が浮かんでいた。

プルーデンスは自室に戻っても手紙を書こうとはせず、窓辺に椅子を引き寄せて腰を下ろした。がっしりした造りの建物なので、階下の話し声は聞こえてこない。それでも、ベネディクトと美人の訪問者が何を話しているのか気になった。「ずうずうしい人！」不機嫌な声でつぶやき、浴室にお湯を張りに行った。ベネディクトが誰とつきあおうと、私の知ったことではない。それどころか、私は彼になんの興味も関心もない。思ったよりもずっと人使いが荒いけれど、親切で物静かな優しい人であるのは認める。でも、それだけのことなのだ。トニーや家から離れて自立するきっかけを与えてもらったことには感謝しているけれど。

翌朝の食卓にベネディクトの姿はなかった。ドクターは朝早く呼びだされたと、オルクが説明した。

十分後に、スラックスとセーターという格好のベネディクトが入ってきた。顎に無精ひげが生え、顔には疲労の色がにじみでている。いつもと変わらず穏やかに〝おはよう〟とふたりに声をかけ、こんな格好で失礼するとつけ加えた。

プルーデンスはきかずにはいられなかった。「病院にいらしたの？　それとも、患者さんのお宅？」

ベネディクトはクロワッサンをほとんど平らげていた。「急患だった。今は入院している」

「快復の見込みは？」

「五分五分といったところかな」ベネディクトは空になったコーヒーカップを差しだした。「きみがぼくの仕事に興味があるとは思わなかった」

言い方はあっさりしていたが、プルーデンスは思わずベネディクトの顔を見た。「さしでがましいことを言うつもりはないけれど、どうしたのかうかがいたかったんです。でも、ごめんなさい。疲れているのに、仕事についてきくなんて心ないことをして

「……」

「とんでもない。きみは驚くかもしれないが、仕事から帰って誰かと話したいときがあるんだ。ささいな悩みごとやちょっとうれしかったことなどを聞いてくれる人がいればと思うことがある」

父親の話を聞いていたシベラはかなり理解できたらしく、一気に何かまくしたてた。ベネディクトはにっこり笑い、かぶりを振って娘に答えた。

「なんで私に打ち明けないのかと、娘が言っている。シベラはまだ小さいからと説明したんだが……」シベラがさらに父親に話しかけた。「誰かと結婚すればいいのに――私がいいと思う人となら、だそうだ。気がきいているね。きみはどう思う、プルーデンス？」

プルーデンスは静かに言った。「とてもいい考えではないかとは思いますけど、私にはなんとも……」ベネディクトが手紙の束をプルーデンスのほうに押しやった。プルーデンスはペーパーナイフで丁寧に封を切りはじめた。

「ぼくはもう時間がないから、それを分類してくれないか。英語のはあとで見ることにして、それ以外は玄関のテーブルに置いといてくれればいい」ベネディクトは立ち上がって娘にキスし、プルーデンスには軽くうなずいてみせてから出ていった。

プルーデンスは急いで手紙を分類し、シベラを学校へ送っていった。昼食には帰れないとベネディクトが言っていたのを思い出し、どういうわけか急に憂鬱になった。けれどもすぐに気を取り直し、シベラのとりとめのないおしゃべりに相づちを打った。今日もすることがいっぱいある。シトカが買い物に連れていってくれると言っていた。犬の散歩と手紙の清書のほかに、シベラの服の丈をつめなければならない。こんな日常の忙しさが救いになってくれているような気がした。寂しいと感じることがあるなどとは、決して認めたくなかった。

　買い物は楽しかった。シトカは英語をまったく話さないし、プルーデンスもオランダ語の片言すらおぼつかない。そんなふたりだから、買い物には思ったより時間がかかった。そのあとプルーデンスは芝生で棒きれを投げたりしてヘンリーを運動させながら、縫い物は夕方にすることに決めた。ベネディクト宛の手紙を読むために小部屋に行くと、ヘンリーもついてきて足もとに座った。手紙の多くは請求書や医学界の事務的な通信、慈善団体からの寄付の依頼、会議への参加要請などだった。忙しい人だこと。いつも悠然としているけれど、ベネディクトは幸せなのかしら？　確かに、お金持ちで豪邸に住んでいて、シベラというかわいい子どももいる。たぶんガールフレンドも何人かいるだろう。マイラみたいな。

「感じ悪い人！」不意にプルーデンスが大きな声を出したので、うとうとしていたヘンリーがびくっとした。

　オルクが火を焚きつけてくれた遊戯室の小さな暖炉の前でお茶を飲んでいると、ベネディクトがシトカを従えて入ってきた。

「バタートーストにサンドイッチ、それにケーキとは！　いいなあ」ベネディクトはプルーデンスが注いだ紅茶を受け取った。「ヘンリーは天にも昇る心地だろうな。太ってしまうぞ」

「でも午後にはとても長いお散歩に行ったので、ごほうびにトーストを少しくらいはいいんじゃないかと思って。今日は忙しかったですか？」

「ああ。シベラ、学校はどうだった？」そっけないベネディクトの最小限の返事に、出すぎたことを口にしたとプルーデンスは反省した。自分はあくまで彼の家の使用人であることを忘れてはならない。

　意味のわからないシベラのおしゃべりを聞きながら、プルーデンスは土曜の午後の休みをどう過ごそうかと考えていた。車でどこかへ出かけて買い物をしたりカフェでお茶を飲んだりしよう。夜は映画でも観ようか。半日休暇ならば、夕食はいつものとおり家で食べてもいいのだろうか。それとも、外食すべきだろうか。土曜の午後と日曜の午前がお休みなのはありがたいけれど、日曜の朝食と昼食はどうしたらいいだろう？　誰にこんなことをきけばいいのだろう？

「プルーデンス、心配そうな顔をしてるね」

ベネディクトの声でプルーデンスの物思いは破られた。「いいえ、そんなことはありません。夕食前に手紙をすませてしまいますか？　それとも、あとのほうがいいでしょうか？」

「食事前がいい。シベラの夕食はシトカに世話してもらおう。ぼくはシベラとトランプ遊びをするから、きみは三十分ほど自由にしていていいよ」

プルーデンスは礼を言って遊戯室を出た。シベラの寝る支度をすませ、裾上げをする服にまち針を打ち、実家宛の手紙の続きを何行か書いているうちに三十分たってしまった。シベラの夕食の世話を家政婦に頼み、速記ノートと鉛筆を手に書斎へ行った。

書き物をしていたベネディクトが顔を上げた。プルーデンスは机のそばの椅子に腰を下ろし、ノートを開いて鉛筆をかまえた。有能な秘書のように見えればいいけれど。最初の三通についてはすらすら書き取れた。けれども、四通目の医師からの手紙でつまずいた。ベネディクトの口述に長い医学用語がいくつも出てきて、初歩的な速記術では追いつけなかった。プルーデンスは二度もさえぎり、憩室炎と弾性線維症の綴りを尋ねなくてはならなかった。辛抱強く教えてくれはしたものの、ベネディクトがかすかに眉をひそめているのを見て、プルーデンスは内心ますますうろたえた。そのうえ骨軟化症の綴りはtがひとつだったかふたつだったかと確かめたものだから、ベネディクトは口述をやめて言った。「医学用語に慣れていないのはわかるが、ふつうの単語はだいじょうぶだろうね？」

プルーデンスは震える手で鉛筆を置いた。「ドクター・ファン・フィンケ」声もうわずっていた。「私は優秀な速記タイピストではなく、全般的なお手伝いをするために雇われたのだと思っていますので、精いっぱい努力しているつもりです」お気に召さないのなら首にしてくださって結構です。口まで出かかった言葉をかろうじてのみこんだ。その代わり、胸につかえていた本音を吐きだした。「あなたはとてもお忙しい方ですから、日々のこまごましたことにかかずらっている暇がないのはわかっています。だけど私は……私は追いたてられているような気がします。もちろん、私の仕事の内容については話してくださいました。ただそれがどのくらい手間や時間がかかるものか、ご存じないでしょう。することが多すぎると泣きごとを言ってるのではありません。でも私にとっては、何もかもが不慣れなんです。言葉も知らない外国で暮らすことも、人の仕事をすることもはじめての経験です。だから手間取ったり不手際だったりするのだと思います」

ベネディクトは椅子の背に寄りかかって、じっとプルーデンスを見つめていた。「ここに来たのを後悔している？　きみは満足していないんだね？」

「いいえ、そんなことありません。シベラはかわいいお嬢さんですし、シトカもオルクもとても親切で……朝から晩まで忙しいのもうれしいです。うちにいれば教会の花を活けたり父の説教をタイプしたり買い物に行ったりするくらいで、トニーしか……」

不意にプルーデンスは口をつぐんだ。

「それで？」ベネディクトが静かにうながした。

プルーデンスは間を置いて言った。「つまり、心の張り合いがなくなってしまったのだと思います」

ベネディクトは椅子から立ってきて、プルーデンスの前の机の端に腰をのせた。「率直に話してくれてありがとう。きみの言うとおり、確かにぼくはなんの考慮もせずにきみを追いたてていたようだ。ただ、きみならできるとわかっていたんだよ。実際きみはうまくやっているから、本職の秘書ではないことや、オランダ語がわからなくていちいち辞書を引かなくてはいけないこともつい忘れてしまうんだ。ほかの人だったら、とっくに悲鳴をあげて逃げだしていただろうと思う。悪かった、プルーデンス。許してくれるかな？」

「私が許すなんて、とんでもない。それより、考え事を中断して綴りを教えたり、ばかな質問に答えたりしなくてはならないのは、さぞいらだたしいことだと思います」

ベネディクトはにっこり笑った。「赤毛と緑の瞳にしては、きみはとても良識のある人だ」

「それのどこがおかしいんでしょうか？」

「きみには良識なんて必要ないさ。その容姿だけで充分やっていける」ベネディクトはつけ加えた。

「きみと別れるなんて、トニーはどうかしてる」

「私のほうから別れたんです」

「それも後悔してない？」

「してません」プルーデンスは淡々と答えた。「食事前に手紙を仕上げましょうか？」

「ああ、そうしてくれ。プルーデンス、きみの耳に入れておきたいことがあるんだ。百日咳が流行していて、この時期にしては例年より患者の数が多い。子どもの予防注射をしていない親もかなりいる」

プルーデンスは即座にきいた。「シベラは？」

「シベラの注射はすんでいる。だけど、気をつけていてほしい。罹ることがあるから。軽いけれど」ベネディクトはふっと疲れた顔をした。「ぼくが心配しているのはほかの子どもたちだよ」

「あなたは小児科のお医者さまなんですか？」

「いや、小児科専門ではないが、診療所に子どもの患者が来るから」

「そうなんですか」プルーデンスは続けた。「シベラが夕食をすませたかどうか見てきます。ほかに何か用はありませんか？」

「いや、今はない。ありがとう。ぼくはまた出かけなければならないが、まずは夕食にしよう」

シベラを寝かしつけてからプルーデンスは自室へ行き、ウールのワンピースに着替えた。いつもより少し念入りに化粧し、燃えるように赤い髪が光沢を放つまでブラシをかけた。鏡をのぞいて、我ながらまんざらでもないと思った。といって、ベネディクトが気づいてくれるはずもない。ベネディクトのまなざしは優しいけれど無頓着で、だからこそ、うぬぼれることなくまじめに働けるのだ。

食事をしながら、ふたりの話ははずんだ。興味をともにする事柄はもとより、そうでない場合も活発に議論した。ベネディクトは例によって心もちおかしそうに悠然と、プルーデンスも持ち前の熱しやすさで。おかげで楽しいひとときだった。食後のコーヒーを飲んでいるとき、ベネディクトが尋ねた。

「土曜日の午後はどうするのか決めた？」

「ここに来るときに通ったところがすてきだったので、車でちょっとまわってみようと思ってます」

「いいね。いっそ朝から出かけたら？　夜も」

プルーデンスはためらった。夕食は外ですませたほうがいいのかときくべきか？　ひとりで食事ができる場所を捜すことを思うと気が重かった。

ベネディクトはプルーデンスの表情を探るように見ていた。「土曜の夜は仲間を食事に呼んでいるが、もしも特に予定がないなら、きみも参加してくれるとうれしいな。シベラの世話はシトカにしてもらえばいいから」

プルーデンスはまじまじとベネディクトを見返した。「礼儀として誘ってくださってるの？」

「まさか、違うよ。それに、きみも気に入る連中だと思うし」

「だったら、喜んで！」プルーデンスは正直に言った。「実は、食事をどうしようかと思っていたので……」

「気がつかなくて悪かった。休みのときの食事はうちでも外でも好きなようにしていいよ。ぼくの友達と知り合いになれば、これからは食事に誘われることもあるだろう。それと、日曜の昼はシベラと外食にするつもりだが、きみも一緒にどうかな？　アメルスフォールトに行く途中にいい店があるんだ」

「ありがとうございます。でも、たまにはシベラとふたりきりのほうがいいのでは？」

「いや、そんなことはない。来てくれるね？」

プルーデンスはうなずいた。なんだか急に週末が待ち遠しくなった。

季節がめぐってしだいに寒くなってきたが、土曜日の朝は快晴だった。プルーデンスは九時過ぎに家を出た。オルクの話では、ベネディクトとシベラは馬で出かけたという。日曜にアメルスフォールトのほうへ行くとベネディクトが言っていたので、違う方向のズトフェンに車を向けた。二十キロ足らずでズトフェンの町に着き、車を降りて曲がりくねった通りを散策した。破風(はふ)のある家やアーチ型の門がすばらしい。しゃれたカフェでコーヒーを飲んでから、本に鎖のついた図書室がある聖ワルブルグ教会を見に行った。そのあとは、グラーベンホフの近くのホテルで昼食をとった。ひどく高くついた食事だったが、ここのところ、ほとんどお金は使っていなかった。午後はゆっくり時間をかけて買い物をしてからお茶を飲み、アペルドールンに戻った。

家の裏に馬小屋を改造した車庫がある。ベネディクトの高級車とあまり新しくない小型のルノーのあいだに、プルーデンスは自分のミニを滑りこませた。車庫の隅のほうに自転車が何台かあり、奥の木の棚にはスキーやテニスのラケット、スケート、膨らませて使うボートなどが置いてあった。スキー以外はすべて手入れが必要なようだ。時間の余裕があるときに点検してみようと、プルーデンスは思った。どれも高価なものばかりで、ほったらかしにしておくのはいかにももったいない。

庭園側の扉から入ろうとしたとき、たまたま家から出てきたベネディクトと鉢合わせした。挨拶もそこそこに、プルーデンスは切りだした。「車庫に置いてあるスケートやそのほかのものですけど、ほうっておくのはもったいないと思うんです。ちゃんときれいにして……」ベネディクトが笑いだしたので、プルーデンスは怪訝そうに眉をひそめた。「何がそんなにおかしいんですか？」

「だって、まるで一家の主婦みたいな言い方だから……男がひとりでいるとこのざまだってことだな」

「あなたはひとりじゃないわ。オルクとシトカのほかにも、ベッチェやミセス・スミッドもいるし……」

「それに、きみも。よく補ってくれている」ベネディクトはほほえんだ。「夕食は八時だけど、その前に何か飲まないか？　今日は楽しかった？」

「はい、とても。乗馬をしたんですか？」

「ああ、シベラのポニーとぼくの馬が町はずれの厩舎にあずけてある。きみは馬に乗るかい？」

プルーデンスは顔を赤らめた。「ええ、まあ。でも、ねだっているんじゃありません。本当です。だから乗馬に誘ってくださっても、お断りします」

「わかった。その話はやめよう。じゃ、あとで」

部屋の鏡台に、一週間分の給料が入っている封筒が置いてあった。オランダの貨幣ギルダーでかなりの額だった。プルーデンスの想いはベネディクトをめぐるばかりだった。親切で思慮深く、働きがいのある人。でも、ときどき無関心なほど頓着しない。人使いが荒いだけでなく、自分自身も働きすぎだ。ベネディクトは再婚すべきだわ。熱いお湯に浸かりながら、プルーデンスは思った。でも、あの感じの悪いマイラとではなく。シベラをかわいがり、ベネディクトが過労にならないように配慮できる、しっかりした女性がいい。

プルーデンスは食事のために身支度をした。母の助言に従って持ってきたクリーム色の絹のブラウスを着た。フリルの襟飾りと小さな真珠貝のボタンがついているブラウスは、髪や目の色を引きたてているように見える。七時半を少し過ぎたころに下へ行くと、ベネディクトは暖炉のそばで新聞を読んでいた。

「きみも何か飲むといい」ベネディクトはプルーデンスのために椅子を引き寄せた。「今晩来る人たちはみんな英語を話すから安心していいよ。このあいだみたいに、途方に暮れたきれいな金魚みたいにぽつねんとしていなくてもいい。ふたりはぼくの同僚とその奥さんたちで、ぼくの名づけ親である婦人は機知に富んだおばあさんだ。それともうひとり、病院の外科の医者も来る。みんないい人たちだ。ぼくがそう言うんだから、きみも同じ意見だと思う。きみとぼくは共感することが多いだろう」

「そうかしら？」

「だって、自分のガールフレンドがほかの男と親しげに話しているときに、やきもちを焼かない男について意見が一致したじゃないか」

「何もそんなことを……」プルーデンスが言い返そうとすると、オルクがやってきてブランドご夫妻が見えましたと告げた。

ベネディクトと同年配で頭のてっぺんが薄くなり

かけているブランド医師は、ほっそりした顔に温かい笑みを浮かべていた。やせた夫の埋め合わせをするかのようにミセス・ブランドはふくよかで、丸顔もまなざしも明るかった。わずか二分でプルーデンスの緊張はほぐれた。次に到着したのは年格好のかなり若いペニック医師とその妻で、夫婦とも美男美女だった。旧友同士らしく打ち解けて話しているところに、ミセス・ファン・デル・クルプの来訪が告げられた。

ミセス・ファン・デル・クルプは白髪を見事に結い上げ、青い目がきらきらしている小柄な老婦人だった。いかにもうれしそうにベネディクトにキスし、ほかの客に挨拶してから、プルーデンスに目をとめた。「この美しいお嬢さんを紹介してちょうだい」ベネディクトが言われたとおりにすると、老婦人はプルーデンスに話しかけた。「ベネディクトは人をこき使うけれど、あなたなら難なくこなしていけそうね」

なんと答えるべきかわからず、プルーデンスは口の中で丁重につぶやいた。すてきなおばあさんで好きになれそうだったが、ベネディクトについてあれこれ言うわけにはいかない。幸い最後の客が来たために、はっきりした言葉を口にするのをまぬがれた。ヘリスマ教授は中背のがっしりした体格で、銀髪の容姿端麗な紳士だった。アペルドールンは気に入ったかとか、イギリスではどこに住んでいたのかなどときかれただけだったが、プルーデンスはヘリスマ教授に好感を覚え、もっと知り合いたいと思った。

円いテーブルを囲んでいたので、一般的な話題が多かった。ブランド医師とヘリスマ教授に挟まれたプルーデンスは会話も料理も大いに楽しんだ。雉子(きじ)のローストとともに飲んだブルゴーニュ・ワインのおかげで気分は最高だった。

食事が終わってからも話がはずみ、一同は夜半になってからようやくしぶしぶ帰っていった。プルーデンスは全員に名前で呼びかけられ、次とその次の週末には昼食に招かれもした。ミセス・ファン・デル・クルプは帰り際に、天候が厳しくなる前にプルーデンスをアルンヘムに案内したいと話した。「見るところがたくさんあるのよ。すてきなお店もあるし。うちが近いから、あなたを迎えに来るのは簡単よ」

「私が車でお宅にうかがったほうがよろしいのではないでしょうか？」

「それでもいいわね。あとで打ち合わせましょう」老婦人はベネディクトに言った。「シベラによろしくね。日曜にでもみんなで遊びに来てちょうだい」

ベネディクトと少し話があるというので、ヘリスマ教授が最後に残った。プルーデンスは挨拶をして自室へ行こうとした。するとベネディクトが引きとめた。「ほんの数分ですむ話だから、待っていてくれないか」そこでプルーデンスは客間の暖炉のそばに座り、うとうとしていた。

言葉どおり、ふたりは十分もしないうちに戻ってきた。「ベネディクト、愉快な宵だった。いろいろありがとう」ヘリスマ教授はベネディクトに礼を言ってから、プルーデンスの手をそっと握った。「プルーデンス、またお会いしたいと思っています。病院の見学をお望みでしたら、喜んで外科の施設をご案内します——来週の午後はいかがでしょうか？」教授はプルーデンスの目をじっと見てほほえんだ。

「ぼくのことはエバラードと呼んでください。教授と呼ばれると、なんだか父親になったみたいな気分にさせられる。だけど、ぼくはとうていそんな気持ちになれないとだけは言っておきます」

ベネディクトが聞いていることを意識したプルーデンスは明るく返した。「病院の見学はぜひお願いします。でも午後はちょっと無理なので——」

すかさずベネディクトがさえぎった。「一、二時間ならだいじょうぶじゃないか。水曜ならシベラがダンスのクラスがあるから、そのあいだきみは時間が空くはずだ」

「でしたら、ヘリスマ教……いえ、エバラード、ありがとうございます」

プルーデンスが二階へ行こうとしていると、ベネディクトが玄関の扉を閉めて戻ってきた。「まいったな、プルーデンス」目がいたずらっぽく笑っている。「四十年以上も独身をつらぬいてきたぼくの昔からの友達が、どうやらきみに心を奪われてしまったようだ」

階段の手前でプルーデンスは足を止めた。なぜか、むっとした。というよりも、猛烈に腹が立った。

「そんな茶化すような言い方はしないでください。エバラードはとてもいい方ですし、お会いできてよかったと思っています。病院の見学に誘ってくださったこともありがたいです」

ベネディクトは近づいてきて、プルーデンスの前に立った。「なんて怒りっぽいお嬢さんなんだろう」声音は穏やかだった。「赤毛のせいかな」ベネディクトは不意にかがんで、プルーデンスの頬にキスした。「プルーデンス、きみの将来は決まったようだ。じゃあ、おやすみ」

プルーデンスは返事のしようもなく、振り返りもせずに二階へ上がった。

4

その夜、プルーデンスはよく眠れなかった。快い疲れを感じていたにもかかわらず、病院の見学を勧めてくれたのがエバラードであって、ベネディクトではないことが心に引っかかっていた。もちろん、ベネディクトに勧めなければならない義理はないとわかってはいるのだが。眠りにつけない理由はもうひとつあった。〝きみの将来は決まったようだ〟とベネディクトが言っていたけれど、あれはどういう意味？　エバラードが私にひと目ぼれしたとでも思っているのだろうか？　トニーのことをかなり好きだったのは確かだけれど、狂おしいほど恋した覚えはない。ベネディクトがあんなことを言うなんてどうかしている。仮にお互いに憎からず思ったとしても、恋愛関係はおろか、いきなり結婚に突き進むとは限らないのではないだろうか。

ようやく眠りに落ちはしたものの、目が覚めたとたんに消えてしまうような夢に安眠を妨げられた。

翌日は日曜日で、朝食はわりにのんびりできた。十時に始まる礼拝の前に、ベネディクトとシベラはヘンリーを連れて散歩に出かけた。プルーデンスは自室へ戻って手紙を書き終え、髪や爪の手入れをした。一緒に犬の散歩に行けばよかった。でもベネディクトが誘わなかったのは、日曜の午前は私の休みなので遠慮したのかもしれない。窓から外を見ると、木々が風に吹かれてなびき、頭を垂れている。なぜか張り合いを失ったような気がした。むしろ忙しくしているほうがいい。ズトフェンに遊びに行ったのは楽しかったけれど、なんとなく寂しかった。旅の道連れがいればもっと面白かったかもしれない。半日休暇ではなく時間のあるときに、買い物などのために一、二時間ぐらい休ませてくださいと、ベネディクトに頼んでみようか。

階下からざわめきが伝わってきた。ふたりが帰ってきたらしい。ほどなくヘンリーとシベラがやってきた。「一緒にいるときが好きよ」シベラが飛びついてきて言った。「さあ、教会に行きましょう」

三人はアストンマーティンで出かけた。礼拝のあとで知人と言葉を交わしてから、ベネディクトはふたりを乗せて車を郊外へ向けた。広い並木道の両側に農家が点在するのが見え、道路ははるか前方の森に消えている。

プルーデンスは形のよい首を伸ばしてあちこちを眺めていた。「このあたりに住むのもよさそう。でも、あなたのおうちもすてきだけど。ちょっと広すぎるのが……」はっとして口をつぐみ、ほんのり赤くなった。「あ、ごめんなさい。失礼なことを言うつもりじゃなかったのに……」

ベネディクトは横目でプルーデンスを見た。「それも再婚すべき理由のひとつだね。あの左に見えるばかでかいれんがの建物――典型的なヴィクトリア中期の様式だが――あれがエバラードの家だよ。妻をめとるべき男があそこにもいる」

反射的にプルーデンスはベネディクトの表情をうかがった。平静な横顔に笑みはなかった。

目指すレストランはそう遠くなかった。有名な店らしく、ほとんどの席がうまっていた。ベネディクトが予約していたので、ただちに奥の窓際のテーブルに案内された。店内が一望でき、かつ外の眺めも楽しめるよい席だ。ベネディクトが上客であるのは明らかだった。メニューにあってもなくてもシベラは好きなものを注文してもいいと言われ、大人ふたりが飲み物を選んでいるあいだにレモネードを頼んだ。どの料理もとても高価で、プルーデンスは決めかねて困っていた。その様子をそれとなく見ていたベネディクトが言った。「ぼくはロブスターのスープにする。きみも同じものにしたら？　それと、鴨のブランデーソースがおいしいよ」

プルーデンスは内心ほっとして同じものを注文した。シベラはと見れば、鶏のクリーム煮とタルタルステーキのどちらにするかで迷っていた。「ステーキはこのあいだ食べたばかりだから鶏にするわ」

シベラのおしゃべりもまじえた会話とおいしい料理で昼食を存分に楽しんだあと、午後も天気がよかったので三人はドライブを続けた。バルネベルト方面へ二、三キロ走ってからわき道に入り、フェリューウェを経てディーレンに向かった。

ベネディクトは細い道をゆっくり進んだ。深い森に四方八方囲まれたり、見渡す限りヒースの生い茂った荒野に出たりした。

「イギリス南部のニュー・フォレスト国立公園にちょっと似た感じ」プルーデンスが言った。

「そう――いいだろう？　しかも、こんなに近くにあるんだから。雪が降ったときの冬景色もすばらしいよ」ベネディクトはプルーデンスにほほえみかけた。「外でお茶にするかい？　それともうちに帰って暖炉のそばがいいかな？」

「おうちがいいわ」プルーデンスが答えた。

「よし。じゃあそろそろ森を抜けて、フンデルローからアペルドールンに引き返そう」

「このあたりでは道に迷ってしまいそう」

「主要道路からそれなければだいじょうぶ。ぼくは生まれたときからこのへんに住んでるからよく知っているが」小さな村に差しかかったので、ベネディクトは速度を落とした。「プルーデンス、ひとりで来るときは、地図を貸してあげるよ」

居間の暖炉の揺らめく炎に照らされながら、三人はむつまじくお茶を飲んだ。だがベネディクトが不意に夜は出かけると言いだして、家庭的な温かい雰囲気は長続きしなかった。

「シベラが寝るまでには帰るつもりだ。オルクとシトカも留守にするが、ベッチェがいるから何かあったら言いつければいい。プルーデンス、ひとりでだいじょうぶかい？」

「ええ、もちろん。ありがとう」

その夜、プルーデンスは早く床についた。仕切り戸の向こうの台所でベッチェがたてる物音がかすかに伝わってはくるものの、家全体が静まり返っていた。本を読んでいるうちに寝入ったかと思うと、誰かの笑い声で目が覚めた。マイラ？　プルーデンスは起き上がり、耳をそばだてた。だが、聞こえてきたのは車が走り去る音だけだった。すぐあとで、扉が静かに閉まる音がした。プルーデンスはまた横になり、私には関係ないことだと自分に言い聞かせて目をしっかりつぶった。


オランダに来てから二週目に入った。最初の週とさして変わりはなかったが、プルーデンスはしだいに新しい環境に慣れて前よりも楽になった。約束どおりエバラード・ヘリスマから電話がかかってきて、水曜の午後に病院で会うことになった。まずシベラを自分の車でダンスのクラスに送っていき、すぐ近くの病院へ行った。

あらかじめエバラードが受付係に知らせてあったらしく、ほんの二、三分待たされただけで白衣の若い男性が迎えに来た。やせて背の高い男性はヘリスマ教授の雑用係のパウル・ファン・ブリートと名乗り、好意をあらわにしたまなざしで〝ご案内します〟と言った。一緒にエレベーターに乗ったり廊下の角をいくつも曲がったりして歩いていくうちに、英語が上手なパウルはすっかり打ち解けて話すようになった。けれども教授の研究室に入ったとたんにパウルの態度は丁重で堅苦しくなり、プルーデンスが言葉をかける間もなく姿を消した。

エバラードと握手しながらプルーデンスはきいた。

「あなたはとても厳格なのですか？　あの方、かかとをかちりといわせて最敬礼しそうでしたけど」

エバラードは笑った。「いや、そんなことはない。パウルは勉強熱心な好青年なんだが。若い連中はとかく我々のことを頑固な専制君主扱いするんですよ。おかけください。道に迷ったりはしませんでしたか？」

「いいえ、全然。勝手ですが、一時間ほどあとにシベラをダンス教室に迎えに行かなくてはならないんです。あなたはお忙しいのではありませんか？」

「忙しくても一時間やそこらはだいじょうぶ。ベネディクトに会いましたか？」

「ここで？　会うことになってるのですか？」

「いや、そういうわけじゃないが……今日の午後は学生の実習担当なので廊下ででも会ったのかと思っただけで」エバラードは椅子から立った。「よかったら行きましょうか？」

言うまでもなく、プルーデンスは病院に何度も入ったことがある。だが舞台裏を見るのははじめてだった。滅菌室や治療室、ナースステーションを見て、インターホン装置の説明を聞いた。病棟ものぞき、病棟つきの看護師にも会った。一時間はあっという間に過ぎた。プルーデンスが名残惜しげに別れを告げると、エバラードは正面玄関まで送ってきてくれた。

「またお目にかかれますか？　例えば、週末にでも。ベネディクトの話だと、土曜の午後と日曜の午前中はあなたのお休みだとか」

プルーデンスは快諾はしたものの、これがベネディクトからのデートの申し込みだったらと思わずにはいられなかった。愚かな自分を叱りながらも、後悔の念に胸を痛めていた。うわべは明るくエバラードに礼を言って病院の前庭を車で横切りかけたとき、門のそばでベネディクトが年配の男性ふたりと立ち話をしているのが見えた。ベネディクトも気がつき、通り過ぎていく車内のプルーデンスに手を振った。

日がたつにつれ、プルーデンスの仕事ぶりは板についてきた。シベラとは大の仲よしになれたし、ほかのスタッフともうまくいっている。オランダ語も少し使えるようになった。ただベネディクトに対してだけは、思いどおりにふるまうことはできなかった。ベネディクトにはじめて会ったとき、たちまち好きになった。相手も同じ気持ちだと思っていたけれど、必ずしもそうではないような気がする。ベネディクトはあくまでもつねに冷静なので、好かれているのかどうかすらわからなくなってしまった。待遇は恵まれている一方で、とにかくすべてをベネディクトの都合に合わせなければならないこともわかってきた。例えば、夜遅くなってからのタイプやボタンつけなどの縫い物、重要な手紙を急いで届けるためにアペルドールン市内を車でまわることなど。とはいえ、プルーデンスとしてはそれほど気にならなかった。ようやく人の役に立つことができるようになったというだけで満足だった。

次の土曜日に、プルーデンスはブランド家の昼食に招かれた。その日の夕方、思い切って映画を観に行った。オランダ語の字幕つきのイギリス映画そのものは面白かった。けれども、映画館でひとりでいるのがいやだった。男の視線を浴びるのには慣れていたが、いつもトニーと一緒だったから不快な思いをしたことはなかった。誘いをかけてくる男を何人か振りきって車に乗り、ベネディクトの家に帰った。

庭園側の戸から入ると、オルクが台所から顔をのぞかせた。「お食事は召しあがりますか？」

プルーデンスはためらった。ブランド家での昼食のあとは、チーズロールとコーヒーしか口にしていなかった。だが、こんな時刻にオルクを煩わせてはいけないと思った。「いいえ、いいの。ありがとう」

「それは残念だな」背後からベネディクトの声が聞こえた。「ぼくは往診に行っていて腹ぺこなんだ。食べなくてもいいから、食事のあいだつきあってくれないか。オルク、五分で下りてくる」

ベネディクトに押されるようにして、プルーデンスは階段をのぼった。部屋でコートを脱いで下りてくると、スープのおいしそうな匂いがただよっていた。それをかいだだけでお腹が鳴った。ああ、この匂い、たまらない。逃げだすこともできずに、ベネディクトの横に座るしかなかった。オルクがスープをよそった皿を主人の前に置いた。

「夕食はまだなんだろう?」ベネディクトがずばりと言った。「オルク、ミス・プルーデンスにも料理を持ってきなさい」

「いいえ、私は……」言いかけたところで、目の前に皿が置かれた。「実は、夕食を食べずに映画に行ったので」

「ひとりで?」ベネディクトの声音は優しい。

「ええ」プルーデンスは皿から目を上げなかった。

「じゃ、夕食はふたりで楽しくやろう」ベネディクトはオルクに何か言いつけた。戻ってきたオルクは、ワイン、アプリコットを添えた鶏の香味焼きを運んできた。

食事が終わりかけたとき、ベネディクトが不意に子どもの流行の病気を話題にした。

「百日咳がすごい勢いで流行っている。今夜も三軒の家に呼ばれていってきた。診療所にもその倍は来ている」

「重症なんですか?」

「中には重症の子もいる。きょうだいにうつるのを防ぐためには入院させなくてはならないが、病院の受け入れ態勢をととのえることが重要なんだ」

プルーデンスは、オルクが差しだした小さなケーキを取った。「さしでがましいとは思いますけど、私にもできることはありますか？」

「今のところはないが、手伝いが必要になったら言うよ。シベラのダンスはしばらく休ませたほうがいい。今晩、同じ教室に通ってる子が発症した。学校は少人数のクラスだし、様子を見ながら行かせようと思う。隣の子どもたちは予防接種を受けているので、シベラと遊ばせてもだいじょうぶだ。毎日しっかり散歩に連れだし、食欲が落ちたりしないか気をつけてほしい」ベネディクトはひととおり話すと、プルーデンスに笑みを向けた。「居間でコーヒーを飲もう」

「あの、私、オルクが片づけるのを手伝ってきます。こんな遅い時間ですし……」

「そんなことをしたらオルクが怒るよ、無能だと見なされたと思って。ところで、ブランド夫妻との昼食はどうだった？」

午後をどう過ごしたか手短に話し、おやすみなさいの挨拶をしてから、プルーデンスは居間を出ようとした。その背に、ベネディクトが声をかけた。

「明日は教会にシベラを連れていってくれないか。ぼくはヘンリーの散歩をさせてから早く家を出ないといけない。たぶん昼食にも帰れないだろう」

プルーデンスが日曜日にベネディクトと会ったのは、夕方のほんの短いあいだだけだった。地域の乳児と幼児すべてを対象にした予防接種を実施することになったという話だった。

その週は、どの日も似たようなものだった。食事どきに一度くらいベネディクトと顔を合わせると、手紙の返事をできるだけうまく書いて出すように頼まれた。電話が引っきりなしにかかってきて、オルクたちがいないときはプルーデンスが出るしかなかった。ほとんどの相手が英語で話してくれたので、伝言や電話番号を書き取ってベネディクトの机に置いておいた。

ペニック夫妻との昼食の約束は取り消した。エバラードに夕食に誘われたが、残念ながらと言って断った。プルーデンスは説明した。「このところちょっと忙しいものですから。私は大して役に立たないのですが、いないよりはましですので」エバラードは気持ちよく了解してくれ、一週間ほど延期することにして電話を切った。夜に出かけられたら息抜きになったかもしれないけれど。

ベネディクトは相変わらず穏やかで冷静だった。ただし何かがうまくいかなかったとき、怒りやいらだちが垣間見えたことが一、二度あった。疲れているようにも見えた。たまにプルーデンスに対して声を荒らげると、ただちに謝った。

次の週の半ば、朝食に下りてきたベネディクトの顔つきは険悪だった。シベラにキスしてから、プルーデンスには朝の挨拶もそこそこに言いわたした。

「きみにしてもらいたい仕事がある。シベラを学校に送ったあと、ぼくが行っている診察室に来てくれ。受付係が具合が悪くて休むことになったが、代わりを探している暇がないんだ。英語を話す看護師もいるから、なんとかがんばってくれないか」

娘にキスしてさっさと出ていったベネディクトを、プルーデンスは唖然(あぜん)として見送った。過重な仕事量でにっちもさっちもいかなくなっていることには同情している。でも、いきなり私に受付係をしろだなんて。本気なの？　患者さんの名前と顔が混乱してしまっても知らないから！

プルーデンスは車でシベラを学校に送ってから、二度も道をききながら指示された場所へ行った。切妻屋根の家が並ぶ狭い通りに着いたころには、かなり気が立っていた。駐車禁止の標識を無視して道ばたに車を停(と)めた。二階だと言われていたので、憤然と細い階段をのぼった。踊り場も狭く、扉が三つあった。扉の表示をひとつひとつ見ていく。〝ワフトカメル〟と記されている部屋は待合室に違いないと思った。〝ドクター・ファン・フィンケ〟という扉の中はおそらく診察室だろう。三番目の扉の〝プライベート〟は容易に察しがつく。

待合室の内装は驚くほどきれいだった。淡い灰色と緑を基調として、ごくわずかな薄い薔薇色が使われている。病人の気分がよくなるような色彩設計だったが、プルーデンスにそんな気持ちの余裕はなかった。扉に向かって受付の机があり、誰も座っていなかった。低い椅子に腰を下ろしているふたりの患者は不安げだった。

プルーデンスはいちおうオランダ語で〝おはようございます〟とつぶやいた。机の上の大きな紙にプルーデンスの名前が書いてあり、活字体で〝来たらノックして入ること〟と書かれていた。

机のそばの扉をたたいて、プルーデンスは中に入った。ベネディクトが大型の机のわきに座り、何か書いていた。部屋の隅に仕切りがあって、人の声が聞こえる。看護師と患者だろう。

「来ました」プルーデンスはつっけんどんに言った。

ベネディクトが顔を上げた。「ご機嫌ななめだね。階段の手前の三番目の部屋に入ると白衣があるから、それを着てくれ。うちの受付係とサイズは違うかもしれないが……」そこで言葉を切って、プルーデンスの体を見まわした。「安全ピンか何かでなんとかなるだろう。受付のデスクに患者の書類と予約簿がある。書類を予約順に整理してくれないか。それと次のページの患者の名前を見て、キャビネットからそれぞれのカルテを出しておいてくれ」

ベネディクトは書き物に視線を戻した。

プルーデンスが黙っていると、顔も上げずにベネディクトは言った。「怒るのはもうやめにして、沈着冷静なイギリス人気質の一端を見せてほしい」

プルーデンスは、プライベートと記された扉の奥の小さなロッカールームから白衣を取りだして着た。ぶかぶかだった。受付係はよほど大柄なのだろうか。幸いベルトがついていたので、どうにか格好をつけて待合室に戻った。

患者がさらにひとり来ていた。最初のふたりを看護師が呼びに来た。オランダ語に聞こえればいいがと思いながら、プルーデンスはまた〝おはようございます〟と口の中でもぐもぐ言った。ベネディクトに指示されたとおりに作業を始めてみると、難しくもなんともなかった。看護師が患者ふたりと戻ってきて、プルーデンスに笑顔で話しかけた。「十一月の第一週に予約してあげてくださる？　英語でだいじょうぶよ」

看護師は次の患者を連れていき、新しくふたりが入ってきた。プルーデンスは老婦人たちのために次回の予約の日取りを決めて送りだし、新しい患者に目を向けた。ふたりはにっこりして何か言った。名乗っているのだとすぐ気がつき、ほっとしてキャビネットからカルテを取りだした。

午前中が過ぎて十二時になるころには、プルーデンスも機嫌よく仕事ができるようになった。だが、シベラを迎えに行かなくてはならない時刻だ。診察室から看護師が出てきて、もう帰ってもいいというベネディクトの伝言を伝えた。

ありがとうぐらい言ってくれてもいいのに。プルーデンスは白衣を脱ぎ、階段を駆けおりた。運よく道路があまり混んでいなかったのでどうにか間に合い、学校に着いたところでシベラが中から出てきた。

ベネディクトは昼食にも戻ってこなかった。食後にプルーデンスは、シベラとふたりでヘンリーを散歩に連れていった。気温が下がり、寒風に木の葉が舞っていた。走ったり鬼ごっこをしたりして遊びながら、頬を真っ赤にしたシベラがうれしそうに言った。「クリスマスにパパが自転車を買ってくれるの。一緒に行きたい、あなたと私で」

「自転車に乗れるの?」

「ううん。でも、あなたとパパが教えてくれるでしょう?」

「誰よりもパパがいちばん教え方が上手よ」

「うん。でも、あなたも一緒に来て」

プルーデンスはほほえみ、いとしげにシベラを見下ろした。人に必要とされるのは、なんてすてきなことだろう。意味は違うかもしれないけれど、ベネディクトにも必要とされているわけだ。

シベラが寝る時刻になるまで、ベネディクトは帰ってこなかった。プルーデンスがシベラをお風呂に入れているところに、ベネディクトが入ってきた。いかにも疲れている様子で、プルーデンスは驚いた。

「お昼は食べたんですか?」

ベネディクトは浴槽のへりに腰かけた。「いや」

「お茶も?」

「うん。大したことじゃないさ。今にシトカが何か用意してくれる」

プルーデンスはシベラを浴室用マットに立たせて体を拭きはじめた。「今晩はもう出かけなくてもいいんでしょう?」

「いや、なんとも言えない。今日の朝はよくやってくれた。ありがとう」

「結構面白かったです。不機嫌にしていて、ごめんなさい」

ベネディクトは物憂げに微笑した。「きみが好むと好まざるとにかかわらず、これから数日は午前中に通ってもらわなくてはならない。それと、別の診療室で働いている女性の子どもたちが百日咳にかかったので、そこにも週三回夕方に手伝いに行ってもらいたい」プルーデンスの表情を見て、ベネディクトはつけ加えた。「永遠に続くわけではないんだから」

　そこでプルーデンスの日程はまた変わった。朝から晩までめまぐるしく働くことになったが、こつをつかんだあとは難なくこなすことができた。夕方の診療室で必要とされるのは、常識と重労働に耐える力だけだった。ほとんどしゃべらなくてもいいので、プルーデンスとしては助かった。主な仕事は、赤ちゃんや小さな子どもたちの上着を脱がせて袖をまくり上げてやったり、涙でぬれた顔を拭いたり、母親とともに外へ送りだしたりすることだった。医師や看護師が診療に専念できるように、こういう雑多な補助をする係が数人いた。

　最後の幼い患者を帰し、後片づけの段階になってからはじめて、プルーデンスは疲れを覚えるのだった。帰り支度をすませ、ベネディクトが診療所からアストンマーティンで迎えに来るのを待っているときほど、幸せだと感じることはなかった。革張りの座席に背をもたせ、家までほんの十分の道のりではなく、いつまでも乗っていられたらどんなにうれしいかと思った。週に三回の勤めがない夜は、もぬけの殻になったような気分だった。ベネディクトが出かけていくのを見送りながら、ついていきたくてたまらなかった。そんなわけでせっかく休める夜だというのに、何も手につかずただぼんやりしていた。

　勤めがない最初の夜、プルーデンスは自分の部屋に行かずにベネディクトの帰りを遅くまで待っていた。ベネディクトはとがめるような目をプルーデンスに向け、なぜ寝ないのかと尋ねた。プルーデンスは弁解の言葉を口ごもり、すぐさま〝おやすみなさい〟と言った。以後はベネディクトが帰宅する前に、自室へ行くことにした。あれこれ自分に言い訳しつつも、心の奥では傷ついていた。実際に手助けしていなくても気遣っていることを示したかったのだが、ベネディクトにはうっとうしがられただけのようだった。なぜかはわからない。とりあえずは、どうでもいいことだと思うようにした。

三週目の終わりに事態が好転したので、診療室にはもう行かなくていいとベネディクトに言われた。

「ぼくも行かなくてもよくなった。きみはもとの日課に戻っていいよ」

昼食の席でのやりとりを聞いていたシベラが口を挟んだ。「じゃあ、また私のプルーデンスになってくれるのね。一緒じゃなくてつまんなかった」

プルーデンスはにっこりした。「まあ、うれしいこと。私もあなたと一緒が大好きよ。お父さまがいいとおっしゃれば、ふたりでお祝いに何かすてきなことをしましょうか」

シベラが額にしわを寄せたのでベネディクトはおしまいの部分をオランダ語に訳し、英語でつけ加えた。「ぼくは誘われないのかな?」

シベラが歓声をあげた。「わーい、パパも一緒、ヘウェルディフ!」

「それって、すばらしいという意味ね。何をしたいの?」

シベラは椅子から下りて父親の膝にのり、首に手をまわしてささやいた。ベネディクトがプルーデンスに言った。「行き先は内緒だそうだ。土曜の午前中を休みにしなくていいなら一緒に出かけよう。きみにデートの約束がなければの話だが」

「デート? 私が? ミセス・ペニックとのお昼の約束は二、三週間延ばすことになったけれど。エバラードに夕食に誘われたのも、少し先に……」

「彼はきっとまた電話をかけてくるだろう。プルーデンス、今週から夜はいつでも出かけていいよ」

「ヘリスマ教授と結婚するの?」シベラがきいた。オランダ語だったが、意味は聞かなくてもわかった。「結婚なんかしないわ。申し込まれてもいないのよ。するはずないでしょう」

プルーデンスの返事を娘のために訳したベネディクトの顔は無表情だった。

以前のように花を活けるとか繊細な造りの磁器や銀器の手入れをするなどという、日常のこまごました用事ができるようになったのはよかった。ヘンリーの散歩にしても、診療室の勤めに間に合うように大あわてで帰ってくる必要もなくなった。手紙のタイプもまともな時間に打てるようになった。それより、何よりもよかったのは、ベネディクトが家にいる時間が増え、疲労の色も消えたことだった。とはいえプルーデンスは、ときどきベネディクトが物思いにふけっているように見えるのに気がついていた。心配事というよりは、何かに気を取られているといった感じだった。大忙しだったこの二、三週間、マイラの気配はなかった。どこかに出かけているのか、ベネディクトとけんかでもしたのか。あるいは、家に来ないだけなのかもしれない。夜に診療所に行かなくなってから、ベネディクトが夕食後に外出したことは一、二度ある。私ったらなんだか、どうしようもない詮索好きになったみたい。プルーデンスは頭を切り替えて、土曜日に何を着ていくか考えることにした。

三人は朝食後すぐに出かけた。風の強い灰色の朝だった。車がアムステルダム高速道路に入ったのを見て、プルーデンスはきいた。「もしかしてアムステルダムに行くの？」

「当たり。シベラがきみにアムステルダム見物をさせてあげたいそうだ。美術館や運河めぐり、王宮、新教会などを見て、その合間に食事やお茶はどうかな。ありきたりの一日の過ごし方だが」

「すてき！」プルーデンスは胸がわくわくした。

実に愉快な一日だった。運河と狭い通りの多いアムステルダムでは駐車する場所を見つけるのが難しい。だがベネディクトは市内でいちばん大きな病院の顧問なので、病院の前庭にアストンマーティンを停めてタクシーでまわることにした。

運河をめぐったり、名所を次から次へと見せられているうちに、お昼を食べるころにはプルーデンスの頭の中はまるで万華鏡がきらめいているようだった。ティッカー・エン・タイスの優雅なカフェでロブスターのパテとラビオリ、大きなアイスクリームでお腹がいっぱいになったあとは、国立博物館、タッソー蝋人形館、しゃれた店などを一気に見てまわった。アムステル・ホテルのテラスでお茶を飲んでから、またタクシーでアストンマーティンを停めておいた病院へ戻った。高速道路を飛ばして家に帰ったときは夕闇に包まれていた。

帰宅後にベネディクトが外出すると聞いて、プルーデンスは心底がっかりした。そのせいでエバラードのデートの申し込みをふたつ返事で承知してしまったのかもしれない。ひとりで夕食をすませてコーヒーを飲んでいるところに、エバラードから電話がかかってきた。次の水曜日の夕食の誘いだった。エバラードは感じがいいし、たまには夜出かけるのも気分が変わるだろう。でも、それだけのこと。デートを断らないまでも、あんなにすぐに受けるべきではなかったのではないだろうか。

デートの話を聞いてベネディクトは言った。「ぜひ行ってくるといい。このところきみも大変だったから、少しは楽しまなくては。エバラードは一緒にいて楽しいだろう」機嫌よく笑いかけられると、プルーデンスはなぜか面白くなかった。「玄関の鍵を持って出たらいい」

「そんなに遅くならないわ」プルーデンスは硬い声で答えた。またブラウスとスカートで出かけるしかない。外で食事をするにはじゅうぶんだが、もっとおしゃれな服を送ってもらうように母に手紙で頼もうかしら。でもここではお金を使う機会がほとんどないから、新しいものを買ってもいいわけだけれど。

水曜の夜、エバラードが迎えに来て、十分ほどベネディクトと話をしてから出かけた。エバラードのあまりにも慎重なメルセデスの運転のし方に、プルーデンスはいらいらした。この人はどんなことがあっても制限速度を超えないだろう。とはいえ、エバラードとのデートは楽しめた。ペッパーミルというレストランでゆっくり食事をしながら、ありとあらゆることについて語り合った。十一時近くに家に送ってきてもらうと、玄関の明かりがついているほかは薄暗く、物音も聞こえなかった。

「ベネディクトは出かけてるのかな？ ぼくはここで帰ります。またぜひ誘わせてください」

プルーデンスはお礼を言って握手した。こちらの出方しだいで、エバラードはキスをしたかったのかもしれない。そう気がついたのは、オルクが開けた扉の内側に入ってからだった。

家の中は静かで温かく、心が安らぐような感じがしてプルーデンスは小さなため息をついた。オルクに〝おやすみなさい〟と言って階段をのぼろうとしたとき、書斎の戸が開いてベネディクトが出てきた。

「早かったね。楽しかったかい？」

「ええ、とても。おかげさまで」

「これがたくさんのデートの始まりかな？」

ベネディクトの茶化したような言い方に、プルーデンスはむっとした。「そんなことわかりません。いずれにしても、自分の勝手で外出できるわけではないですから」

「しかしもちろん、もしきみが本当にエバラードを気に入ったなら……」

プルーデンスは大きく目を見開いた。「私がエバラードを気に入ったならですって？ 知らないも同然なのに！ いい人だし、嫌いではないけれど。でもそんなの、結論の急ぎすぎじゃないかしら？」

「かもしれない」ベネディクトは動じない。「エバラードはいい夫になるよ」

「でしょうね。でも私は結婚したいとは思っていない。失敗は一度でたくさん。よく考えもしないで人を愛するなんて愚かなことはしたくないわ」

ベネディクトの青い瞳がきらめいた。けれど、ほほえみはしなかった。「ぼくも同意見だ。結婚がうまくいくためには、情熱よりも相性や友情のほうが大事だと思う。とりわけ、ぼくたちのように若くない者にとっては」彼はプルーデンスの憤然とした表情にはかまわず、淡々と続けた。「プルーデンス、そういう条件できみとぼくが結婚するのも悪くないんじゃないかな。考えてみてくれないか。それじゃ、おやすみ」

プルーデンスは危うく怒りを炸裂させそうになった。以前にもプロポーズされたことはあるけれど、こんなのははじめてだ。思いつきのように結婚を申し込んで、相手の返事も待たずに書斎に戻ってしまうなんて。なんて傲慢な人！　明日の朝、〝荷物をまとめて、うちに帰ります〟ときっぱり言ってやろう。自分の部屋に行って服を脱ぎ、ベッドに入ってからも憤りはおさまらなかった。実際、また起きだして鞄に持ち物をつめはじめた。けれど、途中でシベラの顔が目に浮かんできてやめた。帰るにしてもまず、シベラが納得するような口実を考えなくてはならない。互いに愛情が芽ばえつつある今、容易には別れられないだろう。ベネディクトともそうであればいいのに。抑えきれない怒りを抱えたまま、プルーデンスはベッドへと戻った。

5

未明に目を覚ましたプルーデンスは、ベネディクトが口にした言葉のひとつひとつをはっきり思い出した。起き上がって枕もとの明かりをつけ、考えをめぐらせる。

冗談？　いいえ、ベネディクトがそういうたぐいの冗談を言うとは思えない。でも、もし本気なら？ベネディクトは好きだし、一緒にいるのが楽しい。尊敬も信頼もできる人だ。一方で、そのときの気分によってひどく尊大になることもある。うわべは穏やかでも、怒りを抑えているだけかもしれない。

プルーデンスは枕に寄りかかって、あれこれ想像してみた。この古い屋敷で暮らすのはいやではない。忙しいけれど、充実した生活だ。それに、もし結婚すれば、負担が軽くなるようにベネディクトが手伝いの人を雇ってくれるのではないだろうか。ベネディクトの友達のほとんどは感じのいい人たちだ。アペルドールンの街も気に入っているし、シベラのことは心底かわいいと思っている。これだけでもじゅうぶんに幸せな結婚と言えるのではないだろうか。ベネディクトはなんて言っていたかしら。〝情熱よりも相性や友情のほうが大事……そういう条件で結婚するのも悪くない……〟

プルーデンスはロマンティストだった。でも、昨夜のベネディクトの話にはロマンスのかけらもない。冗談ではないかもしれないが、といって本気であんなことを言っているのだろうか？　プルーデンスは思いあぐねて明かりを消し、また眠りに落ちた。

翌朝、プルーデンスは寝過ごしてしまった。大あわてでシベラと一緒に下りていくと、ベネディクトは朝食のテーブルで何事もなかったかのように悠然と〝おはよう〟と声をかけてきた。ふだんと変わりなく手紙や新聞に目を通し、昼食に戻ったときに署名できるように手紙の返事をタイプしておいてほしいとプルーデンスに言いつけた。「ぼくが口述するまでもないことばかりだから」シベラにキスして、ベネディクトは出ていった。

昼食、午後のお茶、夕食のいずれもともにしたのに、ベネディクトは昨夜の話はいっさい口にしなかった。率直な性格のプルーデンスはきちんと真意を確かめたかったが、話題にする機会がないまま、ベネディクトに〝おやすみ〟と言われてしまった。この〝おやすみ〟はひとりになりたいという意味だ。

「どうかしてるわ!」炎のような色の髪にブラシをかけながら、プルーデンスは鏡の中の自分に眉をひそめた。人の運命を決めるような発言をしたからには、きちんと説明すべきなのに。とはいえ、ベネディクトが本当に好ましい人であることは否定できない。今日も午後のお茶に帰ってきたベネディクトは、空腹だと言いながらもシベラを投げ上げたり、笑いころげるまでくすぐったり、ヘンリーとたわむれたりしていた。それを見ていると、ときとしてベネディクトがそっけなく冷淡とさえ感じる態度をとるのも忘れてしまう。家庭を大切にする人なのだ。

プルーデンスはブラシを置き、なおも自分の顔に問いかけた。マイラと結婚しても、ベネディクトは同じようにふるまうのかしら? でもあのマイラが子ども部屋でお茶を飲んだり、ヘンリーが暖炉の前に寝そべってケーキの端を食べるのを許すとは思えない。客間でベネディクトと一緒にお客さまを華やかにもてなしはしても、シベラのことはほったらかしにするのではないだろうか。あるいは、優秀な家庭教師を雇って、できるだけシベラと顔を合わせないようにするかもしれない。

「まったくの推測だけど」プルーデンスは鏡に語りかけた。「だって私はあの人が嫌いだから。どうせ継母が来るなら、シベラを愛せる人でなくては」

プルーデンスは鏡台を離れ、ベッドにもぐりこんだ。「私みたいな」そうつけ加えてみる。「まさか、そんなのありえない。とんでもない妄想よ」

ところが翌日、それが妄想ではないことがわかった。プルーデンスとシベラが雨まじりの風に吹かれて散歩から帰ってくると、書斎からベネディクトが出てきた。ぬれたコートを脱いでいたシベラをベネディクトはぎゅっと抱きしめ、台所でヘンリーの体を乾かすように言った。そして、プルーデンスのほうを向いた。「ちょっと書斎に来てくれないか」

プルーデンスは一瞬ためらってから書斎に入った。

「お急ぎですか、ドクター・ファン・フィンケ？　オルクが子ども部屋にお茶を運んでくれていると思いますが」

ベネディクトはすぐには答えず、ただほほえんだ。

「とにかく座って。オルクには、シベラを台所に連れていくように言ってあるから心配しなくていい」

机の向こうにまわって腰を下ろし、椅子に寄りかかってプルーデンスの顔にじっと目をあてた。「プロポーズするには、あまりロマンティックな場所じゃないね？」プルーデンスは、ベネディクトが声には出さずに笑っているような気がした。「だがきみもぼくもそんな気分じゃないし、理性的に話し合えば……」

「おとといの夜のお話のこと？」プルーデンスは声がうわずらないように努めた。「前にもプロポーズされたことはあるけれど、こういうのははじめて」

「だけど、状況が違うだろう？　きみとぼくなら、感情に駆られて薔薇色の結婚を夢見ることもない」

プルーデンスはベネディクトを見た。笑ってはいない。いつもの穏やかな表情だった。「あなたは何が言いたかったの？」

「ちょっと変わっているのは、よくわかっている。だがぼくたちの事情からすれば、賢明な方法ではないかと思う。ぼくは、家のことや人とのつきあいがうまくできる妻を必要としている。言うまでもなく、シベラには母親が必要だ。シベラはきみをとても慕っている。ぼくはもうじき三十八で、若くはない。きみもそろそろ身を固めることを考えてもいい年だし……」

　プルーデンスは愕然とした。「私、そんなに年はとっていないわ！」

「それはそうだ。シベラと遊んでいるときなどは十歳も若く見える。それに、きみはとてもきれいなお嬢さんだ」ベネディクトは真っ青な瞳でプルーデンスを見つめた。「さっきも言ったとおり、まずは恋愛感情は抜きでいこう。そういう感情はひとりでに育つものだ。たぶんきみは、恋に落ちるのはもうたくさんという心境だろう。焦ることはない」

「でも、もしこれからも……友情関係のままでいたいと思ったら？」

「それはそのときになってから考えればいい」

　プルーデンスはためらいがちに言った。「でも、よほど絶望的でない限りは、結婚は永続させるべきだと思うんですけど……」

「ぼくもそう思う」ベネディクトはほほえんだ。

「きみとは意見の合うことがたくさんあるね」

　プルーデンスはうなずいたが、そこでふとあることを思い出した。「マイラは？　ガールフレンドだと思っていたけれど」

「本当に？　ぼくにはガールフレンドはいない。マイラは妻の友達だった。彼女とたまに外出するのは、息抜き程度としか考えていない。それに、ときどき会う若い女性はマイラだけじゃない」ベネディクトはプルーデンスの目をひたと見すえた。「もしも結婚に同意してくれるなら、ぼくはきみとしかデートしない。ほかに厄介な質問はあるかな？」

プルーデンスはかぶりを振った。「あなたのことを何も知らないし……」口ごもりながら、つけ加えた。「ご家族とか奥さまとか……」

「両親は他界した。シベラが一歳にもならないときに妻は事故死した」ベネディクトは淡々と話した。「彼女は医師との生活に飽き飽きしていて、パーティやスポーツ、遊ぶことが好きだった。まだ二十代前半で若かったし……だんだん夫婦仲がしっくりいかなくなった。妻を亡くしてからみんな再婚を勧めてくれたけど、きみに会うまでは一緒にいてくつろげる人はひとりもいなかった。きみは実によくぼくたちの生活に溶けこんでくれている。だからきっとうまくいくよ。でも、そのうち退屈するかな？」

「退屈ですって？　まさか。することがたくさんあるのに。シベラやヘンリー、もちろん、あなたのこととも。オランダ語も習わなくてはならないし、あなたのお友達や買い物などもあるでしょう」

「やっぱり少し単調だ。そうだ、ぼくがイギリスやほかのところに旅行するときは、きみもシベラも一緒に来ればいい。馬には乗れるね？」プルーデンスがうなずくのを見て、ベネディクトは続けた。「きみにも馬を買おう。乗馬にいい場所がわりと近くにあるんだ。今すぐに返事をくれなくてもいい。ご両親やナンシーに相談してみたらどうかな？」

「もし、断ったら？」

「その場合も今までどおりでいこう。シベラはこれまでにないほど幸せそうだし、オルクやシトカもきみが気に入っている。その点ではぼくも同じで、きみが好きだ。だから、ぼくの助手で、かつシベラの家庭教師として、このままここにいてほしい」

「私は誰にも相談しなくていいんです。おかしなことだけど、助言してもらいたい人がいるとすれば、それはあなただけ。今夜ひと晩寝て、明日の朝お返事します」

ベネディクトは立ってきて書斎の扉を開けた。

「ぼくもすぐに子ども部屋へ行くから、お茶を持ってくるようオルクに言ってくれないか」いつもと変わらぬ口調だった。

そのあともベネディクトは結婚の話はおくびにも出さなかった。夕食の話題はシベラの教育についてだった。こんな大事な話を私ひとりに決めさせるなんて。自分も当事者のくせに。そんなふうに考えるのは筋違いだということに、プルーデンスは気がついていなかった。いずれにしても、心の奥ではもうベネディクトと結婚しようと決めていた。愛しているのではなく、好きだから。この古いすてきな屋敷で、仲のよい友達のようにベネディクトと人生の喜怒哀楽をともにする。ベネディクトの言うとおり、燃える恋なんて当てにならないものかもしれない。すぐに冷めて、トニーがそうだったように慣れてしまっているだろう。ベネディクトと結婚して静かな幸せに包まれ、シベラの成長を見守るのも悪くない。

プルーデンスはベッドに入る前に、シベラの寝室をのぞきに行った。シベラが眠っている小さなベッドの裾(すそ)に、ヘンリーが寝そべっていた。ヘンリーは目を開けて尾を振った。プルーデンスはシベラにそっとキスし、ヘンリーの耳を軽くつねってから自分の部屋に戻った。

眠れぬまま、プルーデンスは自分の口から出た言葉を思い返していた。〝今夜ひと晩寝て……〟とは、なんてばかげた言い方だろう。こんな考え事を抱えて誰がぐっすり眠れるというの?

けれど翌朝のベネディクトを見れば、不眠などどこ吹く風という感じだった。いまいましいうぬぼれ屋！　例の悠然とした〝おはよう〟に、プルーデンスはろくにベネディクトの顔も見ず、つっけんどんに挨拶を返した。こんな態度は結婚を決めたことと矛盾しているのは自分でもわかっていた。一杯目のコーヒーを半ばまで飲んだところで、ベネディクトが言った。「シベラ、ぼくの寝室に行って、たんすの上にある本を持ってきてくれないか？　椅子に乗らないと取れないから気をつけて」シベラは勇んで階段を駆けのぼっていった。

さっそくベネディクトがうながした。

「それで？　きみはひと晩寝て返事をすると言っていたけど、どうやらひと晩じゅうまんじりともしなかったようだな？」

「ええ」プルーデンスは不機嫌に答えた。

「そんな必要はないのに。ぼくはぐっすり眠れた」

いやみに聞こえたプルーデンスは、ベネディクトめがけてものを投げつけてやりたくなった。

「ぼくはよくよく考えたあげくに、きみに結婚を申し込んだんだ。だからあとは、きみがイエスと言ってくれるのを願っているだけだ」この言葉に、プルーデンスの不機嫌な気分もなえていった。

階段を下りてくるシベラの足音が聞こえてきた。

「それなら、いいわ——」プルーデンスが言い終わらないうちに、シベラが入ってきた。

「ちょうどいいところに戻ってきたね」ベネディクトはオランダ語で娘に説明した。

シベラは跳びはねるようにしてプルーデンスのそばへやってきた。「わあ、すてき！　私のママになってくれるのね！」爪先立ちしてプルーデンスにキスし、駆け戻って父親の首にかじりついた。

ベネディクトは娘の小さな頭越しにプルーデンスにほほえみかけた。「今晩にでも話そう。さあ、天上から下界に戻って仕事をしなくては」シベラにキスしてから出ていこうとして向きを変え、かがんでプルーデンスにもキスをした。「もうこうする資格があるんじゃないかな？　じゃ、また」

プルーデンスの午前中の日課が始まった。あんなに中途半端な形でプロポーズの返事をするつもりではなかったけれど、しかたがない。こうなったからには、将来についてくよくよ考えるのはやめよう。ともあれ、うれしさがこみあげるのは認めないわけにはいかなかった。昼食にベネディクトは帰ってこなかったので、胸に渦巻く思いを苦労して言葉にする必要がなくて助かった。オランダ語に英語をまじえて、シベラがひとりでしゃべっている。結婚式やクリスマス、来年のお休み、そのときに着る新しい服など、シベラの話題は尽きない。

「まだちょっと早いわよ」プルーデンスが言った。

「今週、結婚するんじゃないの？」

「いいえ、いろいろな手続きに時間がかかるの。それに、ドレスのこともあるし……」

「ベールがついてる白いサテンがいいわ。私が花嫁の付き添いになるの」

「実はね、シベラ、結婚式は地味にするの。花嫁の付き添いはやめて、出席する人も少ないのよ。白いサテンのドレスを着るには、私は年をとりすぎているの。だからあなたが大人になって結婚するとき、白のサテンを着てちょうだい」

午後のお茶を終えたところに、ベネディクトが戻ってきた。シベラはさっそく父親に大々的な結婚式をするよう訴えた。プルーデンスのために英語に訳しながら、ベネディクトは辛抱強く耳を傾けていた。ようやくシベラの熱弁の勢いが弱くなったところで、ベネディクトは言った。

「そんな結婚式を挙げるには、準備に少なくとも六カ月はかかる。そうすると、プルーデンスは来年の夏までシベラのママにはなれないんだよ」ベネディクトはプルーデンスに目を向けた。「もしかしたら、きみもそういう結婚式がいいのかな？」

プルーデンスが激しくかぶりを振るのを見てほほ

えみ、ベネディクトはまたシベラに話しかけた。じっと聞いていたシベラはやがてこっくりうなずいた。

ベネディクトがプルーデンスに説明した。「代わりに三人できみのドレスを買いに行って、それから結婚のパーティを開こうと言ったんだ。細かいことはぼくたちの王女さまが寝てから話そう」

ベネディクトとふたりきりで話ができたのは夕食が終わってからだった。朗報をすでに知らされていたオルクは満面の笑みとともに、今夜はお祝いのための特別なお食事ですと告げた。

「そうだ、きみを外に連れだすべきだった」ベネディクトが何か言いつけると、オルクは足早に去っていった。「せめてシャンパンでお祝いしようと思って、貯蔵室から持ってこさせることにした」

「私はここでのお食事が好き」プルーデンスは本心から言った。

居間でコーヒーを飲みながらベネディクトはあれこれと提案し、シャンパンでほろ酔いのプルーデンスはことごとく賛成した。リトル・アムウエル村でささやかな結婚式を挙げ、仕事が立てこんでいるので新婚旅行には行かないことにした。

「やはり実家に帰ったほうがいいかしら？」

「もちろん、そうすべきだよ。お父さんに電話して、特別婚姻許可証についてきいてみたらどうだろう。二、三日で許可証が取れるようなら、きみは今週末に帰ればいい。シベラとぼくは式の日に行くことにする。この忙しさでは悪いが、日帰りで戻ってくるしかないんだ」

「それはかまわないの。実家から冬の衣類を持ってこられてちょうどよかったわ。花婿の付き添いはどうするの？」

「エバラードに頼む。それと、ぼくの名づけ親のミセス・ファン・デル・クルプにも来てもらう。もう話はした。それで、明日の夕食に呼ばれている」

「着るものがないけど。ブラウスとスカートしか」

「できるだけ早く買い物に行こう。もっとも、きみは何を着ていてもすてきだよ」

プルーデンスは不安げな顔をした。「こんなふうに決めてしまって、本当にだいじょうぶかしら？」

「だいじょうぶさ。きみもぼくもきっと満足するよ。だけど、トニーについては後悔しないかい？　いつか顔を合わせることがあるかもしれない」

「もう何週間も、トニーが頭に浮かんだことなんかないの。それにしても変な感じ。妹のナンシーの結婚式であなたと話していなかったら、いまだにトニーが式の日取りを決めるのを待っていたかもしれないわ。でも、こんな私のことを、うわついているとは思っていないでしょうね？」

「いいや、プルーデンス、むしろ反対だ。きみのおかげで、ぼくもどっしりかまえていられる」

「それならいいけど」プルーデンスは時計に目をやった。「私はもう寝るわ。仕事があるんでしょう？」

ベネディクトも椅子から立った。「忘れるところだった」ポケットから小さな箱を取りだす。「これは婚約指輪だ。我が家に代々伝わるもので、きみに似合うと思う」

プルーデンスは箱を開けた。美しい指輪だった。昔風の金の台座に大きなダイヤモンドをはめこみ、まわりに小粒の宝石がちりばめてある。「見事だわ。サイズが合わなかったらどうしましょう」

ベネディクトが指輪を取ってプルーデンスの薬指にはめた。「ぴったりだ。幸先がいいぞ。プルーデンス、おやすみ。明日、チケットの手配をする。朝食のあとでお父さんに電話をかけよう」

しばらくのあいだ、プルーデンスは寝室の窓から庭を見下ろしていた。雨が降っていて風も強かったが、家はびくともせず暖かかった。「私のうち」満ち足りた気分でつぶやく。恋よりも心の安らぎのほうが大事かもしれない。

翌日の朝食がすむや、プルーデンスは牧師館に電話をかけた。母が出てきた。「プルーデンス、具合が悪いんじゃないでしょうね？　何かあったの？」「ううん、だいじょうぶ。ベネディクトがお父さまと話したいって。私たち、結婚することにしたの」驚いて質問を繰り出す母に、プルーデンスは言った。「お母さん、あとでかけ直してゆっくり話すから、今はお父さんを呼んでくれる？　ベネディクトは忙しくて、すぐに出かけないといけないの」

落ち着いた口調で父と話していたベネディクトは受話器をプルーデンスに返した。「ぼくは出かけるよ。きみもお父さんと話すだろう？」

ベネディクトは笑みを向けただけで、キスはせずに部屋を出ていった。キスを習慣にするつもりはないのかもしれないと、プルーデンスは思った。父からいかにも父親らしい控えめな問いを二、三され、母には改めて電話をかけると言って受話器を置いた。そのあとでシベラを学校へ送っていった。いつもと違うのは、指輪をはめていることだけだった。

夕方、もっとおしゃれな服があればいいのにと残念に思いながら、ミセス・ファン・デル・クルプの家に行くために身支度をした。でもベネディクトはほめてくれたし、老婦人にも〝なんてすてきなお嬢さんなの。ベネディクトにぴったりよ〟と言われたので、プルーデンスは意を強くすることができた。

ミセス・ファン・デル・クルプの家は趣のある大邸宅だ。広すぎるけれど、自分はもう年なので改装もできないという話だった。ふかふかすぎる椅子や小型テーブル、ありふれたスタンドなどがたくさんある客間に通された。暖炉にはあかあかと火が燃え、家の主（あるじ）が長年なじんだ部屋らしい雰囲気が伝わってくる。客間に比べると食堂は狭く、黒っぽい茶色のオーク材と深紅のベルベットを主調にした内装だった。光沢を放つ銀器と優美な磁器、白い麻のナプキンが並んだテーブルに出された料理はすばらしかった。ミセス・ファン・デル・クルプがきいた。

「ベネディクト、結婚式には呼んでくださるのでしょうね？　いつなの？」

「もちろん――土曜日にプルーデンスが実家に戻り、代診の手はずをととのえてからシベラとぼくも行きます。エバラードが付き添いをしてくれて、プルーデンスの父親が司式をする簡素なものです」

老婦人はうなずき、プルーデンスに言った。「エバラードはあなたにだいぶ熱を上げていたけど」

プルーデンスは笑顔で返した。「エバラードはとてもいい人で、大切な友達だと思っています」

ミセス・ファン・デル・クルプはにっこりした。

「あなたはベネディクトのいい奥さまになるわ。フィンケ家の指輪をしてるのね。ドリスは――前の奥さまよ――家に伝わる宝飾品が嫌いで、たしか大きなトパーズをはめたプラチナの指輪をしていたわ」

プルーデンスはそっとベネディクトの顔色をうかがった。けれども表情からは何も読み取れなかった。

ミセス・ファン・デル・クルプ宅で遅くまで話しこんでから家に帰ると、ベネディクトが言った。

「特に用がなければもう寝るといい。ぼくは読まなくてはならないリポートがあるんだ」

プルーデンスはがっかりした。けれども失望を押し隠し、明るい声で〝おやすみなさい〟と言って階段を駆けのぼった。友達でさえ、ときにはキスをするのに。

階段の途中まで上がったとき、ベネディクトが追いついた。「プルーデンス、きみにキスしたら癖になってしまいそうだ」このときのキスは特別で、早くも次の機会が待ち遠しかった。

スキポール空港までベネディクトが車で送ってくれた。婚姻許可証の問題が片づき、次の水曜日に結婚することになった。式に着る服を買う暇がほとんどない。シャーボンのあの店か、それとも、トーントンまで行って……。考え事をしているプルーデンスにベネディクトが尋ねた。

「どうかしたのか？　やめたくなったのかい？」

「まさか、全然！　着るもののことを考えてたの。イェーガーのスーツで式に出るわけにはいかないですもの。アペルドールンで探している暇がなかったから。シベラはすてきなのがあるからいいわね」

ひとりになってパスポート検査をすませると、プルーデンスは急に心細くなった。水曜がずっと先のことのように思える。ベネディクトとシベラとの生活にすっかり慣れてしまったからだろうか。コーヒーを手に機上から、オランダの海岸線が遠ざかっていくのを目で追っていた。

空港にはナンシーが迎えに来ていた。顔を合わせるなりナンシーは、こうなることを最初から直感していたと得意げに告げた。「それで、何を着るの？」リトル・アムウエル村までの道中ずっとその話でもちきりだった。

母も興奮していた。「でもナンシーみたいな結婚式はしないなんて、本当に残念だけど」

あきらめきれないような母に、プルーデンスは何度でもくり返した。「控えめにしたいの。それにいずれにしても時間がないのよ。午後にはアペルドールンに戻らなければならないんですもの。ベネディクトが会議に出なくてはいけないのよ」

「忙しい人なの？」

「そう、とっても」プルーデンスは、ひとりきりで食べる夕食を思い浮かべた。

「とにかく突然なのでびっくりしたわ。オランダに行ってからそんなにたっていないのに……」

「ええ、でも毎日顔を合わせているから。ベネディクトは家庭を大事にする人なの」言わなければよかったと、プルーデンスは後悔した。母の目がぱっと輝いたからだ。

「それはうれしいこと。早くお祖母さんになりたいと前から思ってたの。孫が学校のお休みに泊まりに来てくれるのが今から楽しみだわ」母とは逆にプルーデンスのまなざしが陰った。

あっという間に水曜日が来た。その前にプルーデンスとナンシーはシャーボンのブティックを何軒かまわり、キルティングの上着がついた銀ねず色のアンサンブルと、サテンのリボンの束が華やかな帽子を買った。靴とバッグ、手袋、下着類もととのえた。

「ジェイムズの話だと、ベネディクトはすごいお金持ちなんですって」ナンシーが言った。プルーデンスのびっくりした顔を見てきく。「あら、知らなかったの？　そういえば、ベネディクトはひけらかす人じゃないものね。奥ゆかしくていいじゃない」

教会に行く一時間前にベネディクトがやってきたので、ミセス・トレントはあわてふためいた。「式の前に花婿は花嫁を見てはいけないのよ。縁起が悪いと言われているから」

二階のプルーデンスの部屋にベネディクトを案内したのはメイベルだった。「お嬢さま、花婿をお連れしましたよ。お母さまには叱られるかもしれませんが、式の前に何かお話があるでしょう」

鏡台に向かっていたプルーデンスがぱっと振り返った。「ありがとう！　さすがはメイベルだわ」プルーデンスの視線がベネディクトに釘づけになった。いつもおしゃれが上手だが、その日は格別だった。濃い灰色のスーツに絹のシャツ、グッチのネクタイという装いはとても洗練されていた。ベネディクトは鏡台に花束を置き、かがんでプルーデンスにキスした。扉を閉めながらメイベルはその場面を見届け、すばらしい花婿だと階下で報告した。

ミセス・トレントは涙をぬぐった。「ああ、メイベル、本当にうれしいわ。トニーと別れたとき、ひょっとしたらずっとひとりのままじゃないかなんて思ったものだけど、もうだいじょうぶね」

プルーデンスは叔父の腕に手をあずけ、教会の通路を歩いていった。エバラードと並んで立っているベネディクトは、プルーデンスだけに通じる笑みを向けてきた。ほんの数カ月前にここではじめて出会ったことをベネディクトも思い起こしているに違いない。

ミセス・ファン・デル・クルプと母は競い合うような帽子をかぶり、新調したばかりの服にベレー帽という装いのシベラはかわいかった。出席者は少数のはずだったのに、村じゅうが総出で教会につめかけてきた。人気のあるプルーデンスにお祝いの言葉を言いに来たのだった。クリスマスまで大した行事もなく、しばらくは話の種になることだろう。

式のあとで昼食のテーブルを囲んでからプルーデンスはスーツに着替え、みんなに挨拶してベネディクトの車に乗りこんだ。シベラがエバラードの車でミセス・ファン・デル・クルプと一緒に帰ると聞いて、プルーデンスは驚いて理由を尋ねた。

「ふたりだけで話したいことが二、三あるから」ベネディクトは車の速度を上げ、やがて口を開いた。「今までお金について話したことがなかったね。ぼくにはかなりの資産がある――」

プルーデンスはさえぎった。「あなたがお金持ちだってことはナンシーから聞いたわ。そんなことはちっとも知らなかった。本当よ。私、あなたがお金持ちだから結婚したんじゃないのよ。実のところ、もしそれを知っていたら、結婚しなかったかもしれない」

「そうじゃないかと思ったから、財産のことは話さなかったんだ。プルーデンス、そんなに臆病(おくびょう)にならなくていい。うちに帰ったら、今度はきみに家計をあずかってもらうんだ。大きな支払いはぼくがするけど、きみにも口座をつくるつもりだ。ぼくの仕事についてはあとで詳しく説明するが、病院のほかに週に数回は自分の診療所で患者を診ている。イギリスにもしょっちゅう来るから、シベラの学校とぶつからなければ、きみも一緒に来てほしい。それと、うちの手伝いの人数を増やすべきではないかと思っている」ベネディクトはちらりとプルーデンスを見た。目が笑っている。「きみにも自由な時間が必要だ。友達とコーヒーを飲んだり、買い物をしたり、編み物をしたり……」

「編み物はあまり得意じゃないの。でもあなたが好きなら、毛糸や編み棒を買いに行くけれど」

ベネディクトは笑った。午後三時ごろにホバークラフトの乗り場に着いたときは空が陰り、早くも夕闇が迫っていた。

車の数は多くはなかった。ホバークラフトに乗りこむときにプルーデンスが振り返ると、エバラードの車がすぐ後ろにいた。一行は船上で合流したが、オランダ側に着いてからは、ベネディクトのアストンマーティンがふたたび先行した。

アペルドールンの家にも、ベネディクトとプルーデンスが先に到着した。おかげでプルーデンスは身なりをととのえ、シトカが食堂に用意した料理をほめたり、郵便物を見たりする暇があった。エバラードの車が玄関先に停まるのを見て、ベネディクトはプルーデンスの腕を取った。「さあ、一緒にお客さまを迎えよう。きみとぼくのうちに」

6

ベネディクトの手が腕にふれたとたん、プルーデンスは快い戦慄(せんりつ)が身うちを走るのを感じた。あまりにいろいろなことがあった日だったので、ベネディクトの妻になったという実感はなかった。オルク夫妻、そしてベッチェからお祝いの言葉を受け、シトカに連れられて二階の広々とした寝室へ行った。その部屋にはすでに自分の荷物が運ばれていた。階下へ戻るなりベネディクトにうながされ、玄関ポーチに並んで立った。今やプルーデンスはミセス・ファン・フィンケとなり、ここは我が家なのだ。

シベラが転がるように車から飛びだしてきた。ベネディクトたちにキスし、はしゃいだ声でおしゃべりしながら家の中に駆けこんでいった。エバラードがミセス・ファン・デル・クルプを助けおろした。

「ほんのちょっとお邪魔するだけですよ」老婦人はきっぱり言った。「あなた方をふたりきりにしなくては。それにしても、本当にお似合いのご夫婦だこと」

ベネディクトは老婦人の腕を取った。「シトカが軽い食事を用意していますから、彼女をがっかりさせないでください。それに、ぼくは腹ぺこだ」

食堂のテーブルには、ビュッフェ形式のおいしそうな料理が並んでいた。「シベラも呼んできて、寝る前に何か食べさせてあげないと」プルーデンスは言った。「それにしてもすごいごちそうね。誰がこんなことを考えてくれたの?」

ベネディクトはほほえんだ。「ささやかなお祝いをしたかったんだ。牧師館ではあまり時間がなかったからね。いずれちゃんとしたパーティを開くつもりだが、今日のところはこれで我慢してほしい」

「我慢どころか、なんてすてきなんでしょう！」ベネディクトに晴れやかな感謝のまなざしを向けたところに、シベラが小さなウエディングケーキを手に慎重な足取りで入ってきた。プルーデンスは息をのんだ。「ベネディクト、ほんとにありがとう。今日という特別な日の仕上げにこんな心配りをしてくださったなんて」プルーデンスの目は潤んでいた。

「さあ、こっちに来て。ケーキにナイフを入れよう」新婚のふたりが一緒にケーキを切り分けるのを、一同は温かく見守った。

　シャンパンの乾杯で始まったささやかなパーティはやがてお開きになった。すっかり疲れたシベラを寝かしつけるために、プルーデンスは客人に挨拶して二階へ行った。下りてきたときにはすでにパーティの後片づけがすみ、ベネディクトは座って手紙を読んでいた。

　ベネディクトが立っていって、小さな椅子を暖炉に引き寄せた。「プルーデンス、疲れているなら、もう寝てもいいんだよ。だいじょうぶかい？」

　プルーデンスはうなずいた。「今日から違う寝室になって……とってもきれいなお部屋……」

「あれは母の部屋だった。気に入ってくれてうれしい」ベネディクトは不意に笑った。「なんだかきみとは長いあいだ結婚しているような気がする。敬意を表しているんだよ、念のために言うけれど」

　プルーデンスは笑みを返した。「ありがとう」実は、同感だった。暖炉の前でベネディクトとふたりきりでいるのが、ちっとも不自然には思えなかった。やはり刺繍か編み物でもしようかしら。いいえ、それよりオランダ語の教則本のほうがもっといい。今はそんなものはないから、とりあえず近くにあったイギリスの医学専門誌『ランセット』を取り上げた。とっつきにくくはあってもなかなか面白く、

〝パチニ小体〟とかいう記事を読みはじめたところで、おかしそうなベネディクトの声が割って入った。

「きみがぼくの仕事に興味があるとは知らなかった」

プルーデンスはもったいぶって答えた。「だって私は救急バッジを持ってるのよ」ベネディクトの笑い声が静まるのを待ってきいた。「パチニ小体って、何？」

「うーん、わかりやすく説明するのがちょっと難しいな。それは表皮に覆われた触覚受容体のことで、振動や圧力を感知して……プルーデンス、本当に興味があるのかい？」

「ええ、もちろん。あなたの仕事についてもっともっと知りたいの。あなたが帰ってきて仕事の話をしたいとき、私に知識があれば理解できて少しは気のきいた受け答えができるでしょう？」

ベネディクトは考え深げな口調で言った。「そう、ぼくは話を聞いてくれる相手が欲しかったんだ」

「でも、あなたは夜も仕事があるのよね？」

「うん、だけど仕事をしているあいだも、そこに座っているのをときどき眺めるだけでいい」

奥さまを亡くしてからベネディクトは孤独だったに違いない。夜の外食をともにする若い女性はいくらでもいるだろうけれど、暖炉の前で心を許して話ができる相手とは違う。プルーデンスはひそかに決意した。私はベネディクトのよき妻、よき聞き手になろう。家庭が憩いの場になるように心がけ、お客さまをもてなし、シベラを愛する。そして、ベネディクトの親友になろう。

手紙を読み終えたベネディクトは話しだした。

「仕事は日によって違うから、ぼくのデスクのノートに予定のメモをしてくれるとありがたい。何かあったら連絡できるように、行く先々の電話番号を書いておくよ。休みの日に何をするかは一緒に計画しよう」

詳しい説明を聞いて、プルーデンスはベネディクトの毎日の行動がのみこめた。

「日曜日がお休みとは限らないでしょう？」

「三週ごとに週末は待機しなくてはいけない。ただ、連絡があったら二十分で病院に駆けつけられるところにいさえすれば、出かけることもできる」

「夜は？」

「緊急の場合は呼びだされるが、ぼくの担当の研修医は優秀で、ほとんどすべての救急処置ができるんだ。夜は個人の患者から急に呼ばれることもある。そのために食事が遅れたり約束を破ったりするし、徹夜して機嫌が悪い夫にも我慢できるかい？」

「もちろん、だいじょうぶ。シトカたちが助けてくれるし、時間が不規則な家に育ったんですもの」

ベネディクトは静かに言った。「きみと一緒なら、きっと心地よい家庭をつくっていけると思う」

プルーデンスは晴れやかにほほえんだ。「私もそう思うわ。これからまだ仕事をするの？」

「いや、今夜はもう休もうと思う」

それからしばらくのあいだプルーデンスは、寝るのが惜しいほど親密にベネディクトと語り合った。寝室で服を着替えながら思った。ベネディクトみたいに優しい男の人にはめぐり会ったことがない。生まれたときから知っているような不思議な感じがした。恋に落ちなくても、男の人を大好きになることはありうるのではないだろうか。

ベネディクトのお母さまの寝室だったという美しい部屋には、マホガニーの四柱式ベッドや衣装だんす、三面鏡、銀の燭台などがある。一方の壁に金縁の大きな鏡がかかっていて、その下の暖炉にはかすかに炎が揺れていた。暖炉の前に、キルティングの背もたれがついたかわいい椅子がすえてある。花が活けてあり、スタンドの傘は淡いあんず色だった。

浴室から出たプルーデンスは、あんず色の縞の絹地を張ったギリシャ風の優雅なソファに腰を下ろし、髪にブラシをかけながら決めた。この色合いや柄のガウンを探してみよう。気持ちよい疲れでだるくなり、買いたいもののことをあれこれ考えながらベッドに横になり目を閉じた。「私の婚礼の日は」プルーデンスは寝室に語りかけた。「ふつうとはちょっと違ったけれど、こんなにも幸せだと感じたことは長らくなかったわ。どうしてかしら？」もとより返事はなかった。

　プルーデンスは眠りに落ち、翌朝は早く目覚めた。いつもと同じ朝だと思っていたが違っていた。朝のお茶を運んできたベッチェのすぐあとからシベラが入ってきてベッドによじのぼり、プルーデンスのカップからお茶をすすった。「目が覚めたらいつもパパにおはようを言いに行くの。これからはここにも来るわね」

「うれしいわ」ふたりでお茶を飲んでからシベラは自分の部屋に行き、プルーデンスはシャワーを浴びた。急いで身支度をすませ、シベラの部屋で着替えを手伝った。一緒に下へ行くと、ベネディクトは朝食をとりながら手紙を読んでいた。

　ベネディクトは立って娘と妻にキスし、〝おはよう〟とほほえみかけた。「プルーデンス、ぼくは急いでるんだ。手紙を任せてもいいかな？　昼には戻る」

　ベネディクトが出ていったあと、部屋は急にがらんとしてしまった気がした。シベラと結婚式のことをあれこれしゃべりながら食事をしたので遅くなり、秋の冷たい風の中を大急ぎで学校に行った。

「十二時に迎えに来るわね。お昼のあとはヘンリーをゆっくり散歩に連れていきましょう」

　シベラはにこにこ顔でプルーデンスを見上げた。

「あとでね、ママ」

シベラが校舎に駆けこんでいったのを見届けてから、プルーデンスは家に引き返した。小部屋に座って請求書や会報を選り分け、まずイギリスから来た手紙二通を読んだ。一通は、六週間後にブリストルでの講演を依頼する手紙だ。もう一通の手紙はロンドンの医師からで、オランダ滞在中にベネディクトの診察を受けた女性患者の記録を求める内容だった。プルーデンスは考えたあげくに、壁際のファイルキャビネットからその患者の記録を探しだして手紙に添付した。出すぎたことかと思いはしたものの、村のドクター・バクスターの奥さまも事務の仕事をしていたから、医師の妻の務めではないかと思い直した。

　ベネディクトは驚いた様子ながらも、うれしそうだった。プルーデンスの胸に喜びがこみ上げてきた。

「でも、ここまでしなくてもいいんだよ。今やきみは、言葉の意味はどうあれ、有閑マダムなんだ。もっと時間ができるように、シベラの世話をしてくれる人を頼もうか？」

「いいえ、とんでもない！　シベラは面倒でもなんでもないわ。一緒にいるのがとっても楽しいの。それにタイプは速くなったし、街の地理にも慣れてきたから、シトカの言うこともかなりわかるのよ」

「服を買ったりしたいんだろう？　きみのために銀行口座をつくったんだ。明日の午後、一緒に銀行に行こう。次の土曜は休めるから、三人でアルンヘムに買い物に行こうじゃないか」

「まあ、ベネディクト、すてき！」

「よし。じゃ、そろそろ仕事に戻らなくては。お茶には帰ってくるが、夕食前に二、三軒まわらなくてはならない」今度はベネディクトのキスがなかったので、プルーデンスはがっかりした。

　外は寒かった。プルーデンスはシベラとともに犬の散歩から戻ってきて、いつものように子どもの遊戯室の暖炉の前に陣取った。気がつくと、階段をのぼってくるベネディクトの足音に耳を澄ましていた。戸口に現れたベネディクトはシベラを抱え上げ、暖炉のそばに座った。

「オルクがお茶を持ってくる。散歩はよかった？」

「ええ、とても。ヘンリーは私たちの二倍も遠くへ行ったから、へとへとなはずよ」

「日曜に教会へ行く前にヘンリーを走らせよう——みんなで。この前は、きみが来なくて寂しかった」

プルーデンスは緑色の瞳をみはって、ベネディクトの謎めいたまなざしを見つめた。「ほんとに？ぜひ一緒に行きたいわ」

オルクがトレイを手に入ってきた。プルーデンスはお茶やバタートーストを配り、シベラの隣に小さな女の子みたいに正座した。

「どうして昔風のイギリス式のお茶にするの？オランダのお茶の時間にはビスケットだけなんでしょう？」

「シベラのためだよ。一緒にいられるいい機会だし、子どもはお茶の時間が好きだろう」

「私も好き。こうして暖炉の前に座って飲むのも」

翌日の午前中、プルーデンスとベネディクトはシベラを学校に送ってから銀行へ行った。銀行の支店長室でプルーデンスは説明を聞き、小切手帳を渡された。口座には最初の三カ月分のお金が入っているので、いくらでも引きだしていいという話だった。

「イギリスの銀行とだいたい同じだけど、試しにさっそく引きだしてごらん」ベネディクトが言った。

「そうね。でも、まだ私のお金があるから」プルーデンスはベネディクトと目が合い、口をつぐんだ。急にベネディクトが不快な顔をしたからだ。

「ぼくのお金はもうきみのものなんだよ」

「でも、いくら引きだせばいいの？週に百ギルダーくらい使っていたけれど——結婚前は」

「それよりはもっと必要になるよ。預金を十三等分すれば、週にどのくらい使えるかわかるだろう」ベネディクトがその金額を言うと、プルーデンスは目を丸くした。

「そんなにたくさん！　何に使えばいいのか……」

「なんでも好きなように」ベネディクトの声音は心もち冷ややかになった。「それと、プルーデンス、文句を言うのはやめるんだ」

プルーデンスはおとなしく言われたとおりにした。銀行から通りに出るや立ちどまり、ベネディクトに謝った。「あなたを怒らせてしまって、ごめんなさい。でもあなたがあまりにもお金持ちなので。私は貧乏だったとは言わないまでも、手にあまるような金額ですもの。慣れるしかないのかしら」

「お金なんかの問題でぎくしゃくした関係にはなりたくない。きみとぼくはこんなにうまくいっているんだから、この調子でやっていこう。いいね？」

プルーデンスはにっこりした。「わかったわ、ベネディクト。仲のいいお友達のように話し合えばいいのよね」ベネディクトが腕時計をちらっと見たので、すぐさま言った。「診療所か病院に行きたいんでしょう？　銀行についてきてくれてありがとう。お昼には帰ってくる？」

「病院だ。だけど、まだ行かなくていい。昼には帰るよ。通りの向こうのカフェでコーヒーを飲もう」

ベネディクトはプルーデンスの腕に手をかけて通りを渡った。「今日はこれから何をする？」

「お花を買うの。それとシトカが買い物に出なくてもすむように、サラダ用の野菜も。シベラが赤い服のボタンをふたつなくしたので、代わりのボタンが必要だし。あとは、切手と……いやだわ、こんなとりとめのない話をして。つまらないでしょう？」

「いや、そんなことはない。ほっとするよ。病院で厄介なことがあっても、きみが丹念に赤いボタンを選んでいるところを思い浮かべれば平常心を取り戻せるだろう」

プルーデンスは目を大きくみはった。「なんてうれしいことを言ってくれるの！　私もあなたのことをときどき思い浮かべることにするわ。ところでゆうべ、シベラが寝るときに聖ニコラス祭の話をしてたの。十二月の何日？」

「五日だ。小さい子どもたちのお祭りなんだよ。シベラは何が欲しいのかな。クリスマスのプレゼントには自転車を約束しているから、何かほかのものがいいけど。人形とか」

「昔懐かしい感じの人形を探してみるわ。服を着せて、小さなベッドも買って……」

三十分があっという間に過ぎ、ベネディクトはため息をついた。「話がいつも途中になってしまうね。今晩、忘れずにパーティの話をするように言ってくれないか」ふたりはカフェを出て、車を停めたところへ歩きだした。「うちまで送っていこうか？」

「ううん、いいの。あなたが遅刻しちゃうわ。それに、私は歩かないと太っちゃうもの」

「きみはそのままでとてもすてきだよ」ベネディクトにじっと見られて、プルーデンスはほんのり顔を赤らめた。「赤くなったときは特に」

ベネディクトの車が見えなくなってしまうと、プルーデンスは向きを変えた。買い物をすませて家に戻ったが、どういうわけかなんとなく悲しかった。けれども、こまごました用事を片づけているうちに気分が晴れてきた。シベラを学校から連れて帰り、ベネディクトを待つばかりになったころにはすっかり元気になっていた。そんなところに、ベネディクトから昼食には帰れないという連絡がきた。

なぜ帰れないのか、理由はわからなかった。プルーデンスの気分は一変した。シベラのおしゃべりに相づちを打ちながら昼食を口に運んではいたものの、しだいにうわの空になっていった。もしかしてベネディクトはマイラと――マイラでなくても私の知らない女性と――会っているのではないだろうか？　今この瞬間も、どこかでお昼を食べながらその美人の冗談にあの独特の笑みを返しているのかもしれない。よほどしかめっ面をしていたのか、シベラが話を中断してきいた。「ママ、怖い顔してる……どうしたの？　怒ってる？」

プルーデンスは我に返った。「ううん、怒ってないわ。お食事をすませたら、ヘンリーを散歩に連れていきましょう。暗くなってきたから、雨が降りださないうちに出かけたほうがいいわ」

どんよりした空を見上げてオルクは心配そうに言った。「奥さま、どしゃ降りになりますよ。あまり遠くにはいらっしゃらないでください」

「公園の向こう端まで行くだけよ。途中で降ってきたら、木陰で雨宿りするわ」

風が音をたてて吹きつけている。ヘンリーがずっと先のヘット・ロー宮殿の近くまで行ってしまったので、プルーデンスとシベラは公園の芝生を歩きつづけた。雨粒が落ちてきたかと思うと、いきなり地面に打ちつけるように降ってきた。楽しげに走りまわっていたヘンリーが止まって体をぶるっと振り、ふたりのほうへ猛烈な勢いで駆け戻ってきた。いちばん近くの木立までたどり着いたときは、全員ずぶぬれだった。木の下でプルーデンスはシベラを引き寄せ、ヘンリーが足もとにうずくまった。公園内に人影はなく、街灯の明かりがかすんで見えた。

「雨がやんだら、おうちまで走っていきましょう。芝生を突っきればすぐ着くわよ」

「私、寒い。ヘンリーも」シベラが訴えた。

「うちに帰ればすぐ暖かくなるわ。暖炉のそばでお茶を飲みましょうね」口では明るく言いはしたものの、いつになったら雨がやむかと、プルーデンスは気が気ではなかった。

やがてどしゃ降りの雨は、始まったときと同じように突然ぴたっとやんだ。息を切らして笑いながら家に帰ると、オルクが玄関で待っていた。

「ご婦人のお客さまがおみえです」オルクは非難めいた口調で告げた。「客間にお通ししました」

「あら、そう」プルーデンスはぬれた髪をかき上げた。「シベラの世話をベッチェに頼んでくださる？」

大急ぎで身づくろいをして五分後にプルーデンスは二階から下りてきた。靴は履き替えたものの、服を着替えている暇はなかった。ツイードのスカートにだぶだぶのセーターは客を迎える服装ではないが、しかたがない。客間の扉を開けると、椅子にもたれかかって自分の爪を眺めているマイラが目に入った。

マイラは立ち上がりもせず、けだるげに笑った。

「こんにちは。こんなひどい天気なのに出かけたの？　私はこのへんに車で来たので、おめでとうを言いにちょっと寄ったのよ。あなたったら、私たちみんなを出し抜いたわね。お見事ね」

「私が？　そうなんですか？」プルーデンスはやんわりとかわした。「ご丁寧にありがとうございます。コーヒーはいかが？　それとも、お茶？」

「いいえ、結構よ。私はこれから美容院に行くところなの。以前は、いつもここに寄ってたのよ」マイラはにやっとした。敵意をむきだしにした笑い方だった。「ふたりっきりのお食事や暖炉の前のおしゃべりも、もうおしまいかしら？　ベネディクトはお昼には帰ってくるんでしょう？　でもたまには、前みたいな楽しいお食事もありかもね」

プルーデンスは微笑を顔に張りつけ、口を引き結んでいた。マイラの挑発にのったりするものですか。早く帰ればいいのに。沈黙が長びきすぎたので、もう一度きいた。「本当にコーヒーはいいんですか？」

マイラは立ち上がった。「本当に結構よ。お昼のあとで飲んだから。ベネディクトは飲みすぎるくらいコーヒーをお代わりするのよ。早くイギリス式のお茶に慣れさせなくてはね。じゃ、さよなら」プルーデンスが送っていこうとすると、マイラに言われた。「だいじょうぶ、この家のことはわかってるから」マイラはひとりで出ていき、扉を閉めた。

プルーデンスは部屋の真ん中に立ち、母が聞いたらなんて下品なと眉をひそめるような言葉を口にした。これみよがしのマイラの笑い声が聞こえてきた。気難しいオルクのことまで悩殺しようとしているのだろうか。

だが、相手はオルクではなかった。扉が開き、ベネディクトが入ってきた。まっすぐプルーデンスの前に来て、額にさっとキスした。「なんでマイラが来てたんだ?」

「美容院に行く途中で寄ったんですって」プルーデンスの声はうわずっていた。「私たち、あのどしゃ降りに遭って木の下で雨宿りしてから帰ってきたら、あの人が来ていたの」

ベネディクトはおかしそうな目でプルーデンスを見た。「おおかた、いやがらせを言ってきみを怒らせたかったんだろう」

「でも、あいにくだったわ」プルーデンスはむきになって言った。「あなたがそうしたいなら、毎日でもマイラと一緒にお昼を食べればいいわ!」

ベネディクトは妻の顔から目を離さなかった。おかしそうな表情は消えている。「なんて寛大なんだ。そこがぼくたちのような結婚のいいところだ。友情で結ばれ、お互いの自由を尊重する。きみとぼくの仲むつまじさはシベラのためにもなるわけだ」

プルーデンスはちらりとベネディクトを見た。ずいぶん尊大に聞こえるけれど、茶化しているのだろうか。けれどベネディクトのまなざしはいつものように穏やかだった。

うとも限らないんだよ」

プルーデンスはベネディクトに背を向け、見るともなく窓の外に目をやった。ベネディクトの言うとおりかもしれない。誰かと本当に仲むつまじいのはすばらしいことだ。でもそのためには、相手を愛していなければならない。そう、ベネディクト、私があなたを愛しているように。たった今、それに気がついた。でも、どうしたらいいのだろう？

そこにシベラが入ってきた。途方に暮れたプルーデンスにとっては、助け船のようなものだった。午後の出来事を引っきりなしにしゃべったあげくに、早めのお茶にしていいかと尋ねた。「パパが帰ってきたんだもん。いいでしょ？」

「いいよ」ベネディクトが答えた。「ここにするかい？　それとも遊戯室がいいかな？」

「ここにして、パパ。ヘンリーも一緒でいい？」

そんなふうにして三人と一匹は客間の暖炉の前で、「ところで、シベラはどこだい？」

「雨でずぶぬれになったので、着替えや何かをベッチェに頼んだの。お客さまがマイラだとは知らなかったから、私は靴を履き替えただけで下りてきたの」ひと息置いて、プルーデンスはつけ加えた。「私たち、本当に仲むつまじいのかしら？」

そんなつもりはなかったのに、口をついて出た言葉だった。言わなければよかったと、プルーデンスは悔いた。けれどもやはり、言わずにはいられなかった。仲むつまじいなんて、まやかしだわ。そこで稲妻のようにひらめいた。本当はベネディクトと友達でなんかいたくない。それがプルーデンスの本心だった。友情や自由の尊重など、もうどうでもよかった。寛大でなど、いられるはずがなかったのだ。

プルーデンスの緑色の瞳がきらめいたのを見て、怒るとなんてきれいなんだとベネディクトは思った。「仲むつまじいのを退屈のように言うね。だが、そいつものようにお茶を飲んだりカードをしたりして過ごした。プルーデンスはなるべくベネディクトのことを考えないようにした。こんなに近くにいるのに、心が届かない人。それがベネディクトだった。

シベラを寝かしつけたあと、ベネディクトへの切ない気持ちを抑えるために、プルーデンスはいったん自室へ行った。ウールのワンピースに着替え、髪と化粧をととのえた。なんだか急に人生がややこしくなり、どう対処すべきかわからなくなった。人を恋するというのは、これほど激しく心を揺さぶるものなのだろうか。トニーに対する気持ちなどとは比べようもない。

階下に下りていきながら、プルーデンスは心に誓った。いつの日かベネディクトも私を愛するようになるよう最善を尽くそう。書斎の戸口からベネディクトが顔を出した。「ちょっと来てくれないか。読んでもらいたい手紙があるんだ」

照明が机上のスタンドだけだったので顔が陰になり、プルーデンスとしてはありがたかった。ベネディクトはプルーデンスのためにシェリー酒、自分にはウイスキーをグラスに注いだ。

手紙はイギリスからの講演依頼だった。ロンドン、バーミンガム、ブリストル、リバプール、オクスフォード、エディンバラをまわる十日間の講演旅行にベネディクトを招待したいという。プルーデンスは言った。「すばらしいじゃない。だけど、この低……ええと、低フォスファターゼ症って何？　あなたはこの病気に詳しいの？」

「論文を二、三書いている。骨細胞中のアルカリ性リン酸塩の欠損という疾患だが、本当に知りたいかい？」

プルーデンスはこっくりした。「ええ、ぜひ」

ベネディクトは時間をかけて説明してくれたので、オルクが二度も〝夕食の支度ができております〟と呼びに来たほどだった。プルーデンスが食事のあいだも質問を続けたのは、またベネディクトが友情で結ばれた結婚の利点を強調しだすのではないかと恐れたからだった。その話題には耐えられそうになかった。ついにプルーデンスの質問が尽きたところで、ベネディクトは講演旅行の話をした。

「きみも一緒に行こう。シベラを連れていったら、ぼくたちの旅行中の世話をナンシーかお母さんに頼めるだろうか？　どう思う？」

「いいわね」胸がわくわくするのを抑えてプルーデンスは答えた。「シベラの学校は？」

「数日なら問題ないだろう。まだ二週間あるから、その間に病院の予約その他の手はずをととのえよう」

居間で食後のコーヒーを飲みながら、ベネディクトがきいた。

「でも、きみは旅行についてくるより、ご両親やナンシーと一緒に過ごしたいんじゃないか？」

プルーデンスは努めてさりげなく言った。「そんなことないわ。だって、会いに行こうと思えばいつだって行けるんですもの。それよりあなたの講演を聞きたいわ」

「うれしいことを言ってくれるね。シベラにはまだ話さないでおこう。はしゃいで手に負えなくなるといけないから」ベネディクトはすっかりくつろいだ様子で椅子の背に寄りかかった。「シベラの着るものは間に合ってる？　アルンヘムで買おうか？」

「今必要なのはガウンと室内履きくらいだけど、パーティ用のきれいなワンピースも新調したほうがいいかもしれないわ。濃い赤か空色のベルベットなんか、シベラによく似合うと思うの」

ベネディクトは温和な笑みを浮かべた。「わかった。なんでもきみに任せるよ。ところで、結婚の披露パーティはどうする？　旅行に出かける前にできるかな？　仲間うちだけだから、電話で知らせればいい。とにかく一度すれば気が楽になるだろう」

「パーティが好きじゃないみたいに聞こえるけど」

「まあ、これからはきみが全部してくれるから好きになるかもしれない」

ふたりでパーティの日にちを決めたあと、プルーデンスはおやすみなさいと言って自室へ行った。本心は胸に秘めたまま、うわべはどうにかうまくふるまえたようだ。刺繍の針を動かしながら、イギリス行きに熱心にも冷淡にもなりすぎず適度な受け答えができたと思う。ベネディクトを思うとつい手が震え、針目が狂いがちだった。明日の朝、糸をほどいてやり直そう。

寝る支度をしてからもプルーデンスは物思いに気を取られ、意味もなく何かを取り上げては置きなどして室内を行ったり来たりしていた。胸のうちを聞いてくれる人がいさえしたら！　はじめてベネディクトに会ったとき、彼の助言を求めたのだった。今も同じことをしたい。けれど、それは不可能というものだ。母に打ち明けても理解してもらえないだろうし、途方に暮れさせるだけだ。幸せいっぱいのナンシーを煩わせることもできない。この先ずっと恋心を隠していなければならないと思うと、暗い気持ちになるばかりだった。

鏡をのぞきこむと、そこには憂いに沈んだ顔が見つめ返していた。ほとんど泣いたことのないプルーデンスなのに、今は誰にもはばかることなくすすり泣いていた。

7

そしてまた朝が来た。プルーデンスは厚めの化粧でまぶたの腫れを隠し、もう泣くまいと心に決めた。泣いてどうにかなるものではない。なすべきことはただひとつ。どんなことがあっても、ベネディクトのよき妻であり親友であることだ。そうすれば、やがてベネディクトに少しは愛されるようになるかもしれない。

ベネディクトは夜中に呼びだされ、まだ帰ってきていなかった。食事中にかかってきた電話の声には疲れがにじみでていた。「一時間くらいしたら帰る。ぼくの朝食の用意をシトカに頼んでくれないか。手紙はきみが目を通しておいてほしい」

プルーデンスはシトカに朝食の用意を頼み、シベラを学校に送って急いで引き返し、手紙の整理をした。帰宅したベネディクトはセーターとスラックス姿で、無精ひげが伸びていた。

「まずシャワー？　それとも、お茶にする？　十五分後にお食事でいいかしら？」

「それで結構。まずお茶をもらおうか。居間で一緒に飲まないか？」ベネディクトは書斎に鞄を置きに行った。

プルーデンスは居間にお茶を運び、ころ合いを見計らってきいた。「なんだったの？」

「心拍停止――零時をまわったころだった。処置のあとで病院を出ようとしたら、手術室で二件目が発生した。それでこんな時間になったというわけだ」

「患者さんたちは持ち直すの？」

「たぶん。まだ予断を許さないが」

プルーデンスは夫のカップに二杯目のお茶を注い

だ。「またすぐ出かけなくてはならないの？　それとも少しは仮眠できる？」

「横になっても、せいぜい十分かな。午前中の忙しさがそのまま続いているんだ」ベネディクトはかすかにほほえんだ。疲労の色が濃く、プルーデンスの胸は痛んだ。「昼食には戻れない。うちに帰れないだけじゃなく、外にも出られない」

プルーデンスは赤くなった。「ごめんなさい。私ったら、ひどいことを言ってしまって。二度と言わないわ。口出しすべきことじゃないですもの」ベネディクトが怪訝そうに眉をつり上げたが、今はそんな話をしている場合ではないとプルーデンスは思った。「いいこと、十分ほどでお食事よ」

ベネディクトは笑って立ち上がった。「こんなふうに指図されるのも悪くないな」

ひげを剃り服を着替えて戻ってきたベネディクトに、プルーデンスは確認した。「何時に出かけるの？」

「十時五分前には出て病院に戻らないといけない」

ベネディクトがトースト、チーズ、ハムを黙々と平らげるのを待って、プルーデンスは言った。「あと十分ちょっとあるから横になって。起こしてあげる。オルクには入ってこないように言ってあるの」

ベネディクトは壁際のソファに横になるや、たちまち寝入った。ふれたくてたまらないのを我慢して、プルーデンスは椅子に座ったまま見守っていた。

十分後に起こすと、ベネディクトはただちに目を覚ました。プルーデンスの頬にキスし、風のように出ていった。二、三の用事をすませてからプルーデンスはキッチンへ行き、パーティの献立についてシトカと話し合った。相談の結果、クリームチーズ詰めのセロリ、ヴォロヴァン、ミートボール、ロブスターのパテ、チーズストローなどに決まった。甘い物好きの客のために、アイスクリームやお菓子、焼き栗も用意することにした。

プルーデンスはキッチンから居間に戻り、ベネディクトから渡されたパーティに招待する友人たちのリストを前に、電話帳を見ながらそれぞれの番号を名前の横に書きつけた。人数が多くて、思ったより時間がかかった。その作業の途中で玄関の呼び鈴が鳴り、二、三分後にオルクがやってきた。

「奥さま、ヘリスマ教授がお見えになりました」

プルーデンスはぱっと立ち上がった。「まあ、エバラード、うれしいこと！　ちょうどコーヒーにしようかと思っていたところなの。どうぞご一緒に。あいにくベネディクトは病院に行ってますけれど。ゆうべはほとんど徹夜でしたのよ」

エバラードはプルーデンスの手を握り、ほほえんだ。「ベネディクトに会えるとは思ってなかった。通りかかったついでに、あなたとベネディクトがいつ夕食に来てくれるかきこうと思ったんです」

プルーデンスはソファに腰を下ろした。「どうぞ、おかけになって」横に座ったエバラードに、満面の笑みを返した。「お宅には喜んでうかがいます。でも私たちもパーティに皆さんをお呼びしようと計画しているので、ベネディクトがいつ空いているのか――」

「今度の日曜などはいかがですか？　ミセス・ファン・デル・クルプも誘うつもりです」コーヒーを運んできたオルクが出ていくまで、エバラードは黙っていた。「イギリスから戻って以来、あなたはあまり外出してないでしょう？」

「ええ、ほとんど。でも、土曜日には三人でアルンヘムに買い物に行くわ」イギリスでの講演旅行の話が口まで出かかったが、いくら昔からの友達でもベネディクトがどう思うかわからないのでやめた。

とはいえプルーデンスは、ベネディクトの友達というだけでエバラードと話をするのが楽しく、自分も昔から知っていたような気さえした。家のことやオランダ語の難しさ、シベラの学校など話題は尽きなかった。だがなんといっても、話題の中心はベネディクトだった。なぜなら、プルーデンスの頭はベネディクトでいっぱいだったからだ。エバラードは口数少なく、生き生きと話しつづけるプルーデンスに見とれていた。ヘンリーをはじめとして犬の話題になったとき、扉が開いてベネディクトが入ってきた。プルーデンスは急に口をつぐんで立ち上がった。

「あら、ベネディクト——大変、もうそんな時間？シベラを迎えに行かないと——」

ベネディクトはいやに落ち着きはらっている。

「エバラード、よく来たな。プルーデンス、まだそんな時間じゃないよ。シベラを迎えに行くまで三十分はある。結局、昼食に帰ってこられたんだ」自分の椅子に腰を下ろし、かすかにほほえんでプルーデンスに目を向けた。「なんの話か知らないが、途中で邪魔したようだね？」

表情も声もいつもどおりだけれど、ベネディクトは怒っているのではないだろうか？　プルーデンスはそんな気がした。「犬の話よ。ヘンリーやポッジの話をしてたのよ。ベネディクト、コーヒーを飲むでしょう？　疲れてるんじゃない？」

「コーヒーはオルクが持ってくる。食事の前にひと眠りするかという意味なら、そのつもりはない」

ベネディクトの微笑は作り笑いのようにも見えた。

「エバラードは、私たちを夕食に招待すると言いに来てくれたのよ」

「ベネディクト、何も予定がなかったら、日曜の夜はどうだろう？」

ベネディクトはコーヒーを注ぐプルーデンスをじっと見ていた。「それは楽しみだな。ほかに誰か来るのか？」

「ミセス・ファン・デル・クルプが来る。ゆうべは救急で大変だったって？　なんだった？」

「心拍停止だ。どうにか切り抜けたんだが、別の患者が手術中にそうなってね。こちらもなんとかうまくいくかと思ったがだめだった。それで早く帰れたんだ」

エバラードはソファから立った。「そろそろ失礼しなくては……」

「一緒にお昼はどうかしら？」プルーデンスは夫の表情を見るなり、言わなければよかったと後悔した。ベネディクトも勧めはしたが、エバラードは帰っていった。

シベラを迎えに行く時刻なので、プルーデンスは急いでコーヒーのトレイをキッチンへ運んでいった。

〝奥さまはそんなことをなさってはいけません〟とオルクに叱(しか)られて居間に戻ってくると、ベネディクトがパーティの招待客のリストを見ていた。

プルーデンスは気がとがめて恥ずかしそうに言った。「まだ終わってないの。でも、お茶の時間までには仕上げるわ。ごめんなさい」

窓の外の庭に目を向けていたベネディクトが振り返った。「ぼくはそんなに厳しいか？」

「とんでもない。お昼までに仕上げると言ったのは私だから。でも、早く帰ってきてくれてうれしいわ」つい胸のうちをもらしてしまい、プルーデンスはほんのり頬を染めた。「シベラを迎えに行ってきます」

「ぼくも一緒に行く」

ふたりは腕を組み、早足で歩いた。ベネディクトとふれ合っているというだけでプルーデンスは体が震え、恥じらいのあまり絶えず話していた。エバラードが主な話題だったが、ベネディクトは口数少なく考えこんでいるふうだった。

学校からの帰り道におしゃべりをしたのは、もっぱらシベラだった。期末の学芸会の劇で、シベラは妖精役に選ばれたという。「ママ、ドレスを縫ってくれる？　どんな色でもいいって、ミス・スミットが言ってたけど……」話がオランダ語になるとベネディクトが訳してくれ、ミス・スミットに会いに行って詳細を尋ねたらどうかと言った。

「ええ、そうするわ。でも、私、スミット先生が怖いの。すごく大きいんですもの」

ベネディクトは笑った。「ぼくがついていくと期待してもだめだよ。彼女は英語が話せるんだ」

「そうね、私より上手なくらい。私もオランダ語を勉強しないと」

「いっそミス・スミットにオランダ語を教わったらどう？　夕方なら来てもらえると思うよ」

プルーデンスは寂しさをこらえて同意した。夕方にオランダ語を習うと、ベネディクトと会う時間が減るわけだ。一方でベネディクトの母国語を話せるようになれば、結婚生活の成功につながるだろう。

「わかったわ。でも、オランダ語が話せるようになるまでどのくらいかかるかしら？」

「どうだろう。けっこう難しい言語だからね」

昼食中の会話もシベラが独占した。プルーデンスにとってはありがたかった。ベネディクトに対して平静を保てなくなったからだ。できるだけ早くこんな状況に慣れなくてはいけないと思う。いつもは進行役のベネディクトも、なぜか黙りがちだった。

ベネディクトが時計を見て言った。「診療所に行く時間だ。午後のお茶に間に合うように戻ってくるよ」シベラの髪をくしゃくしゃにし、プルーデンスの肩に軽くふれて出ていった。三時間後には会えることを思い、プルーデンスはほほえんだ。シベラがいぶかり、〝ママ、うれしいの？〟ときいた。

「うれしくもあり、うれしくなくもあり、よ」

「なんのことかわかんない」

「私もわからないわ」

土曜日になっても、プルーデンスの気持ちの整理はつかなかった。けれどもベネディクトへの切ない思いで心が乱れるあまり、せっかくの外出に水をかけるようなことになってはならない。三人は車でアルンヘムへ買い物に出かけた。道の両側はうっそうとした森で、時刻が早いせいか車の往来が少ない。とはいえ、アルンヘムは人や車で混雑していた。ベネディクトは車を停め、店から店へと辛抱強く買い物に同行した。しゃれたブティックに目をとめ、プルーデンスに尋ねた。「デパートもあるけど、ああいう小さな店のほうがいいんじゃないか?」

「そうね……」プルーデンスは色鮮やかなニットを見ていた。「あれ、好きだわ……」

ベネディクトはただちに言った。「ぼくもだ。買おう」たまたまプルーデンスにぴったりのサイズだった。とびきり高かったが、ベネディクトは誕生祝いだと言い、払うと言って聞かなかった。そのあとで、シベラの服とコート、靴を新調した。靴店ではそのほかに、シベラが欲しそうにしたブロンズ色の上履きも買った。すでに正午を過ぎていたので、車に荷物を入れてから昼食にすることにした。

川が眺められるサボイ・ホテルのレストランでメニューを見ると、あまりに値段が高くてプルーデンスは驚いた。お金持ちであることに早く慣れなくては。実家も貧乏とは言えないけれど、ベネディクトの裕福ぶりとは比べ物にならない。実際、昼食のあとで毛皮の店に入ったときは思わず息をのんだ。ショーウインドーにミンクの帽子とチンチラの肩掛けしか飾っていない小さな店で、ベネディクトは養殖ミンクのコートを見せてほしいと店員に頼んだのだ。

「動物が罠にかけられるのは忍びないからね。プルーデンス、どれでも気に入ったのを選ぶといい」

言われたとおりプルーデンスは、店員が勧めた何着ものコートをすべて試着した。シベラが跳びはねながら、みんな買ってとせがんだ。「どれもきれい。ママもきれい。ねえ、パパ」ベネディクトも相づちを打ったので、プルーデンスは頬をほんのり染めた。

最終的にプルーデンスは黒っぽい色の毛皮を選んだ。その色合いだと、艶(つや)やかな赤毛と乳白色の肌がいっそう際立って見えた。勧められるままに、揃(そろ)いの帽子もかぶってみた。頭のてっぺんにちょこんとのった小さな丸い帽子はいかにも魅力的だった。

外に出てからプルーデンスが感謝の言葉を口にすると、ベネディクトはこともなげに言った。「遅くなったけれど、結婚の贈り物として受け取ってもらえるとうれしい。さあ、次は本屋さんに行こう」

オランダには立派な書店があるというのが、限られた経験から得たプルーデンスの印象だ。

「野外美術館に行くには今日はちょっと遅すぎるな。次の機会にしよう。お茶を飲んでから帰ろうか」

すばらしい日だった。その夜、プルーデンスはまどろみつつ思い返していた。ベネディクトほど一緒にいて楽しい人はめったにいない。女性の視線を惹(ひ)くベネディクトと連れだって歩くのも得意な気分だった。ベネディクトはハンサムというだけでなく、気品や貫禄(かんろく)があって頼もしい。眠りに落ちると、ベネディクトの夢を見た。けれどもすぐに目が覚め、おぼろげな記憶しか残っていなかった。夢は思いどおりにはならないものだ。

翌日の午前中、三人で教会へ行き、昼食後にはヘンリーを散歩に連れていった。申し分のない一日だった。プルーデンスとしては夜も自宅でベネディクトとふたりきりで過ごしたいところだったが、エバラードに招待されているので出かけた。

エバラードの家までの道のりは短く、ベネディクトと話をする間もなく着いてしまった。エバラードの家は赤れんが造りで、窓の上の漆喰(しっくい)塗りがけばけばしいほど凝っている。玄関前のステップをのぼっていくと濃い緑色の扉があり、呼び鈴を鳴らすための旧式な引き紐が下がっていた。

扉を開けた年配の婦人の風貌は家の雰囲気にぴったりだった。いかめしい顔のまわりには灰色のかたそうな髪が波打ち、飾りけのない黒い服を着ている。だがベネディクトをひと目見るなり、満面に笑みが広がった。どんな面白いことを言ったのか、ベネディクトは笑った。「プルーデンス、こちらはエバラードの家政婦のネッシーだ。昔からの知り合いなんだ」さらに話しつづけるネッシーのオランダ語を訳してくれた。「結婚おめでとう、いつまでもお幸せにと、ネッシーが言っている」

プルーデンスは家政婦とベネディクトににこやかな微笑を返した。奥からエバラードが出てくると、いっそううれしそうに挨拶した。「こんにちは、エバラード。なんて大きなおうちなんでしょう！」

「ぼくみたいなひとり者には大きすぎるんですよ。ベネディクト、よく来てくれたね。今夜は非番？」

ベネディクトはかぶりを振った。「零時以後は待機だ。ミセス・ファン・デル・クルプは来てるかな？」

エバラードはうなずき、先に立って扉が半開きの客間に案内した。広い部屋の天井は高く、椅子もテーブルも何もかもが古色蒼然としている。いかにも無頓着なひとり者が長年にわたって暮らしているといった感じだった。プルーデンスはミセス・ファン・デル・クルプの頬にキスし、丁重に挨拶した。

一同が椅子に落ち着き、食前酒を口にしてから、老婦人は尋ねた。「それで、あなた方のパーティはいつなの？楽しみにしているのよ」

「あとで連絡するつもりでしたが、せっかくここでお会いしたので今言います。来週の火曜日です。三十人くらいになるかな」

「長かったわね、ベネディクト、またそういうパーティを開けるようになるまで」夫人はつけ加えた。

「もちろん、あのころはもっと若かったけれど」

ベネディクトは返事をしなかった。答えに窮しているようにも、プルーデンスには見えた。亡くなった奥さまとともに社交的な日々を過ごしていたのかもしれない。想像しただけで、胸が嫉妬で痛んだ。

オーク材を使った重厚な食堂で夕食が供された。大きなシャンデリアの照明はほの暗かったが、食卓での会話ははずんだ。ミセス・ファン・デル・クルプは機知に富んだ話し手で、エバラードもベネディクトも巧みな話術で盛り上げた。

一同は客間に戻ってコーヒーを飲んだ。やがてエバラードがプルーデンスに家を見せてまわることになった。「家具やカーテンの模様替えをしなくてはと思うんですが、こうしてひとりでいると面倒な気がして。もちろん、結婚するとなれば話は別です」

居間の真ん中で、プルーデンスはふと足を止めた。

「結婚したいと思ったことはないんですか？」

「あります、二度。最初は医者になったばかりの夢多き若者だったとき、二度目は……プルーデンス、あなたに会ったときです」

プルーデンスは青ざめ、それから赤くなった。

「まあ、エバラード、そんな冗談を！」

「いや、本気です。でも、ご心配なく。よい友達であることに変わりはないですから。それに、ベネディクトとは長いつきあいです。彼やあなたを傷つけるようなことは決してしません」エバラードはゆっくりほほえんだ。「ほんのちょっとのあいだ、あなたとは望みがあるかもしれないと思ったりもした。しかしもちろん、考え違いだとすぐわかりました。あなたとベネディクトが結婚して実によかった。ふたりはまさに似合いの夫婦だ」

プルーデンスは手を伸ばしてエバラードの袖にふれた。「ごめんなさい、エバラード。本当にごめんなさい。いつまでもベネディクトと私のお友達でいてね。最初のときの相手とはどうなったの？」

エバラードは肩をすくめた。「結婚して外国へ行きました。今どこにいるのかも知らない」

「お名前はなんというの？」

「ジョアンヌ……ジョアンヌ・ウインケラーです。彼女も赤毛だった」

「まだ愛しているんでしょう？　もしかして私はその方に似ているのかしら」

プルーデンスは上体を伸ばしてエバラードの頰にキスした。エバラードはプルーデンスの手を握った。

「ああ、緑色の瞳で燃えるような赤毛だった。それにふさわしく、気性も激しかった」

「私も。衝動的に行動してしまうの」

「ベネディクトと結婚したように？」

「ええ」戸口にかすかな気配を感じて、プルーデンスは振り返った。ベネディクトが立っていた。どのくらいの時間そこにいたのかはわからない。

ベネディクトはふだんどおりの口調で言った。「ここにいたのか。エバラード、この部屋はひどいな。改装すべきだ。プルーデンス、ミセス・ファン・デル・クルプが帰りたいそうだ。送っていこう」ベネディクトは部屋の中に入ってきた。「近いうちにイギリスに行く話をエバラードにしたのか？」

プルーデンスはびっくりした。ベネディクトの声の調子が途中から急に変わったからだ。「いいえ、してないわ。考えてなかったし、考えていても言わなかったでしょう。エバラード、今夜はおいしい食事と楽しいひとときをありがとう。うちでのパーティでお待ちしてるわ。でも、ベネディクトとは病院でよくお顔を合わせるのでしょうけれど」

プルーデンスとベネディクトはミセス・ファン・デル・クルプとともに帰路についた。夫人は後部座席にきちんと座り、疲れの色も見せなかった。家に着いたとき、零時前に寝たことはないと老婦人はプルーデンスに言った。「私は夜遊びが好きなの。帰るのもいちばん最後よ」老婦人はとまどっているプルーデンスにキスし、笑いながらベネディクトに何か言って家に入っていった。

帰る途中の車内でプルーデンスはきいた。「ミセス・ファン・デル・クルプは疲れているようには見えなかったけれど、ただ家に帰りたかっただけなのかしら？」

「ちっとも疲れてなんかいなかったんだよ。帰りたかったのはぼくで、その口実をくれただけさ」

「そうなの」どういう意味？　プルーデンスはいぶかしく思ったが、口には出さなかった。「あなたは今夜も仕事があるんでしょう。それに夜中から待機していなくてはならないのよね」

ベネディクトは何か低い声でつぶやいただけで、返事らしい返事はしなかった。プルーデンスは当たり障りのない話題を持ちだした。

「ずいぶん古めかしい家なのね。でも、改装すれば見違えるようになると思うけど。エバラードは結婚すべきだわ」またしても返事は返ってこなかった。プルーデンスは話すのをあきらめた。黙っていてもかまわない。心から愛するベネディクトのそばに、ただ座っていられるだけでうれしかった。

それほど遅い時刻ではなかったので、プルーデンスは家に着くなりシベラの様子を見に行き、居間に戻ってきた。

「オルクにコーヒーを頼んだの。飲むでしょう？」

ベネディクトは暖炉のそばに立って、誰かが届けてきたらしいメモを読んでいた。顔を上げはしたものの、微笑のかけらもなかった。「ああ、いいね。明日は早くに出かけなくてはならないんだ。シベラに説明しておいてくれないか？」

「わかりました。でも、シベラが寝る前には帰ってくるの？」

「それはなんとも言えない。明日の話だが、きみはクレーラー・ミュラー美術館に興味があるかもしれないとエバラードが言ってたよ。彼に電話して、明日の午後にでも行ってきたらどうだい？　あの美術館はシベラにはちょっと難しいかもしれないが、ドライブするのは喜ぶだろう」

プルーデンスは即座に答えた。「それはやめておくわ。シベラが退屈でうんざりするわ。私の車でどこかに連れていって外でお茶にしたほうが、シベラは喜ぶと思うの」

「エバラードは好きじゃないのか？」ベネディクトはさりげなくきいた。

なぜベネディクトは、どこへとも言わずに明日一日でかけるのだろう？　そのことで頭がいっぱいのプルーデンスはうわの空で答えた。「いいえ、大好きよ。あんなにいい人ってめったにいないんじゃないかしら。でも、いけなくはないでしょう？　だって私がエバラードをひと目で嫌いになったり、あちらも私がいやだったりしたら、あなたが困るでしょう」ベネディクトはまた顔を上げた。あまりにも冷ややかなまなざしだったので、プルーデンスは鋭い口調で尋ねた。「ベネディクト、いったいどうしてしまったの？」

「どうもしないさ」ベネディクトがほほえんだので、プルーデンスは自分の気のせいかと思った。

翌朝、ベネディクトが一日いないことを告げると、シベラはしょんぼりした。けれども、〝今日何をして過ごすか、あなたが決めて〟とプルーデンスが言うと、シベラは機嫌を直した。

「レーネンの動物園」ほとんど間を置かず、シベラは答えた。「前にパパと一緒に行ったことがあるの」

「いいわね。じゃ、動物園に行きましょう」地図を見て、プルーデンスは安心した。レーネンまでは三十キロほどで、それほど遠くない。オルクの父親のようなまなざしに見送られ、ふたりは車で出発した。空模様からすると、午後は雨になるかもしれない。

プルーデンスは混雑する道路や街の中心部を避けて順調にレーネンに着いた。入場券を買って動物園に入るなり、シベラをレストランに連れていった。昔懐かしい物見やぐらにあるレストランでお昼を食べながら、引っきりなしにしゃべりかけるシベラに返事をするのに忙しく、ベネディクトのことはあまり考えずにすんだ。昼食のあとで園内を歩きながら、シベラはすべての動物の英語名を知りたがった。プルーデンスは頭からベネディクトを追いだし、シベラと一緒に楽しむことにした。だが帰りの車の中で、心配事がまたぶり返してきた。やがてシベラが小さな手をプルーデンスの膝に置き、気遣わしげに〝ママ、どうして悲しそうな顔をしているの？〟ときいた。

プルーデンスは明るい笑い声をあげてみせた。

「悲しくなんかないわよ。私、顔をしかめてた？　運転するときによくそんな顔をするみたい。今日は楽しかったわね。パパが来られなくて残念だわ」ベネディクトは今どこにいるのだろうか？　無言の問いに答えるかのように、目の前の幹線道路をアストンマーティンが通り過ぎた。ベネディクトが運転して、助手席にはマイラが座っている。シベラは気がつかなかったようだ。信号待ちをしていたプルーデンスは急な吐き気をこらえながら、アペルドールンに向かう車の列に加わった。内心では反対方向へUターンして、ベネディクトを追いかけたいくらいだった。激しい怒りが突き上げてきた。だから、どこへ何をしに行くのか言わなかったのだ。ベネディクト、覚悟するがいいわ。帰ってきたらききたいことがあるから……。

「ママ！」シベラが金切り声をあげた。「うちに行く道を通り過ぎちゃったわよ」

　プルーデンスは懸命に気持ちを落ち着かせ、数人のドライバーの憤りの視線に逆らって車の向きを変えた。家の鍵（かぎ）を取りだす前にオルクが玄関の扉を開け、キッチンからヘンリーが飛びだしてきた。プルーデンスはシベラを二階へ連れていって服を着替えさせ、ふたりで居間に下りてきた。パパが帰ってくるから居間でお茶を飲みたいと、シベラがせがんだ。

　だが、ベネディクトは帰ってこなかった。お茶とシベラの夕食のあいだの時間は、ふたりでトランプやゲームをして過ごした。パパはどこへ行ったのといぶかるシベラをなだめ、夜はしばらくのあいだ、ベッドのかたわらで本を読んで聞かせた。

「パパが帰ってきたら、あなたが眠っていても、ここに来ておやすみのキスをしてあげてと頼むわ。それならいいでしょ？」泣きべそをかきかけていたシベラも、プルーデンスの問いにこっくりうなずいた。

　やがてシベラが寝入ったので、プルーデンスは階下でひとり夕食をすませた。ほとんど口をつけていないトレイを見て、シトカが心配した。

　プルーデンスは頭痛を口実にし、オルクに言った。

「お風呂に入って寝る支度をしてから、ドクターが帰ってくるまで居間で本を読むことにするわ。起きて待っていたりしないでね。シトカがコーヒーの用意とスープを残しておいてくれれば、必要ならサンドイッチくらい私がつくれるから」すぐには従おうとしないオルクに、プルーデンスは言いはった。

「いつものように、あなたは窓や戸の戸締まりを全部すませてちょうだい。そうすれば、あとは玄関の錠をかければいいだけになるから」二階の寝室に行ってゆっくり寝る支度をすませ、買ったばかりの青いキルティングのガウンを着て居間に下りてきた。

　間を置かずオルクがコーヒーを運んできて、ためらいがちにきいた。「奥さま、だいじょうぶですか？　奥さまをおひとりにすることは、ドクターがお望みにならないと思うのですが……」

プルーデンスはオルクの思いやりがうれしかった。「ありがとう、オルク。私はだいじょうぶ。何かあったら、あなたを呼ぶから」

「玄関の扉を開けに行ってはいけませんよ」

「わかったわ、オルク。決して開けません」

ふたりは〝おやすみなさい〟を言い合った。そのあと、オルクが部屋から部屋へ戸締まりをしてまわる気配が伝わってきた。やがて家じゅうが静まり返り、聞こえるのは玄関の大時計と暖炉の上の置き時計が時を刻む音だけだった。ときどき建物がきしむ低い音がしていた。けれどそれも、木立を吹きぬける風のささやきにかき消されるようになり、プルーデンスの耳には子守歌のように響いた。アルンヘムで買った小説とオランダ語の辞書を膝にのせていたが、いつしかそれらを閉じて目をつむった。

玄関の扉を開ける鍵の音がして、プルーデンスは目を覚ました。時計が一時を告げていた。ほどなくベネディクトが入ってきたので、プルーデンスは上体をまっすぐ起こした。「お話があります」切りだしたとたんに、怒りで眠気がふき飛んだ。

「今かい？　何時かわかってるのか？」

「それはこっちのせりふよ」憤激のあまりプルーデンスはつっかえながら言った。「コ、コーヒーとか欲しいなら、ご自分でどうぞ。オルクには何時間も前に寝るように言いましたから」

「ぼくを待ち伏せするために？」ベネディクトはわざとらしいほど物柔らかにきいた。

「ええ。今日の午後、あなたを見ました――マイラと一緒に……」

「わかってる。ぼくのあとを猛然と追いかけてくるんじゃないかと思った」

「そんなことは思いつきもしなかったわ」まったくの嘘だった。「夜中までマイラと一緒にいるつもりなら、なぜそう言わなかったの？」

　ベネディクトは眉をつり上げた。「そんなこと言えば、あれこれ勘繰られるだけじゃないか」

　ベネディクトはプルーデンスの向かい側に腰を下ろした。憎らしいほど落ち着きはらっている。

「そのガウン、きれいな青だね。よく似合うよ」

「そんなこと、どうでもいいわ！　シベラは気がつかなかったのがせめてもの救いだけど」

「おそらくきみは想像をたくましくしているんだろうね」ベネディクトは悠然とほほえんだ。「あの道路できみにばったり会うとは思わなかった」

　プルーデンスはいきりたった。「我慢の限界だわ！　エバラードと出かければよかった。そうすれば、あなたを見かけたりせずにすんだのに！」

「だから、出かけたらどうだと言ったじゃないか」

　ベネディクトは立ち上がった。「コーヒーを淹れるけど、きみも飲むかい？　それと、なぜぼくが——きみの言葉によれば——マイラと一緒に夜中までいたのか、きかないのか？」

「そんなこと知りたくないわ」声が涙で半ば震えていた。「コーヒーもいりません」プルーデンスは椅子からぱっと立ち、ベネディクトを見もせず、おやすみの挨拶もしないで部屋を飛びだした。ベッドにもぐりこみ、目が腫れるのもかまわず泣きじゃくった。なぜそんなに泣かなくてはならないのか、考えようともしなかった。わかっていたのは、こんなに悲しいのはこれまでの人生で一度もなかったということだけだった。

8

一夜明けて、プルーデンスはようやく分別が戻ってきた。ベネディクトには何も言うべきではない。友達同士と割り切って結婚したはずなのだから。友達は信頼し合うものだ。なのにベネディクトを信頼していないと、はっきり意思表示してしまった。さらに悪いことに、嫉妬していることまで見せつけてしまった。愚かだった。こうなったら、何もなかったかのようにふるまうしかないだろう。

プルーデンスはシベラと手をつないで食堂に入り、ベネディクトに明るい声で挨拶した。そして、前日の動物園行きについて必要以上に長々と詳しく報告した。そのうち気がついた。ベネディクトは熱心に耳を傾けているように見えるけれど、内心笑っているに違いない。プルーデンスはトーストをかじりながら快活な口調を装い、パーティの招待客について尋ねた。「病院関係の人たちのリストは机に置いておいたけれど、そのほかのお客さまについてはどうしましょうか？」

「そっちはぼくが連絡する。ブランド夫妻とペニック夫妻にはきみに電話してもらおうか。ミス・スミットも忘れないように。もちろん、ミセス・ファン・デル・クルプとエバラードにも」

ベネディクトは妻の頰に軽くキスして出かけていった。いつもの朝と同じでよかった。不愉快な出来事は忘れるに限る。といって、こういったことが二度と起こらないとは思えなかった。ならば次のときには、どんなに腹が立っていようとも、素知らぬ様子でにこやかな顔をしていよう。そう思って、つい鼻を鳴らしてしまうと、シベラが〝ママ、風邪をひいたの?〟ときいてきた。

その日の午前中、プルーデンスはヘンリーの散歩と招待客への電話連絡をすませてから、手紙を出しに街へ出かけた。どんより曇った風の強い日だった。しゃれたカフェに立ち寄ってコーヒーを飲みながら、買ってあったオランダの新聞の見出しを拾い読みしはじめた。ベネディクトとシベラのおかげで少しはオランダ語を話せるようになったが、書き言葉となるとまた別だ。小さな広告の中の単語を目で追っていると、近くの席からよく知っている名前が耳に飛びこんできた。プルーデンスはびっくりしてそっと振り向き、声の主の女性を見た。三十代後半のきれいな人で、プルーデンスと同じように髪が燃えるように赤い。しかも、瞳が鮮やかな緑色だった。もしかしてエバラードの初恋の人?

女性はほほえみ、連れの友人とともに立ち上がった。そばを通り過ぎようとしたとき、プルーデンスはとっさに手を差しのべて引きとめた。「あの、失礼ですが、ジョアンヌ・ウインケラーさんでは?」

女性は立ちどまった。「どこかでお目にかかりましたかしら?」感じのよい受け答えだった。「イギリスの方のようですが――」

「お会いしたことはないのですが、エバラード・ヘリスマ教授からあなたについてうかがいました」

女性は青ざめた。オランダ語で何か言うと、彼女の連れは去っていった。女性はプルーデンスの向かいの席に腰を下ろした。「エバラードは元気ですか? まだ病院に勤めているのでしょうね? 私は昨日こちらに来たばかりで、エバラードの安否を尋ねようと……」

「でも、お会いになるおつもりはない?」

「ええ……何年も前に別れましたので、エバラードはもう私のことは覚えていないと思います」

「いえ、そんなことありません。いまだにあなたを愛しています」プルーデンスは力をこめて言った。「まさに奇跡ですね。エバラードの目と鼻の先で、あなたとめぐり会えるなんて。さしでがましいことをうかがいますが、結婚していらっしゃいます?」

「夫は亡くなりました」ジョアンヌは肩をすくめた。「私は自分で夢を壊してしまったのでしかたがありません」

「それでも、エバラードにはお会いになりたいでしょう?」

ジョアンヌの顔がゆがんだ。「ええ、とても! ほかの男性と結婚したのは私の過ちだったんです。でもエバラードからは手紙も来なかったし、どうしようもありませんでした」

「わかります……もしお差しつかえなければ、あなたがオランダに帰っていらしたことをエバラードに話してもよろしいですか? 再会する前に心の準備があったほうがいいと思うので」プルーデンスはほんのり赤くなってつけ加えた。「私、ベネディクト・ファン・フィンケの妻です。ベネディクトはご存じでしょう?」

「もちろん。ベネディクトはエバラードと私の親しいお友達でした。でも……前に結婚していたときは――」

「最初の奥さまは亡くなりました」

ジョアンヌは顔を曇らせた。「そうでしたか。実は、あのころのベネディクトは幸せそうじゃなかったんです。亡くなった人を悪く言ってはいけないのですが、前の奥さまは軽薄な人でした。でも、あなたはとてもよい奥さまだとわかります」

「そうなれるよう努めています。あの、いい考えがあります。来週うちでささやかなパーティを開くのですが、あなたもいらっしゃいませんか? そこでエバラードに会えば、たくさん人がいますから、かえって気が楽かもしれません」

「そう？　そうお思いになる？」ジョアンヌは笑った。「あなたも私も、赤毛に緑色の瞳ですもの。おっしゃるとおりにします。名前も知らないのに、意気投合してしまっておかしいわね」

「私はプルーデンスといいます。〝慎重な〟という意味の名前なんて、赤毛にはそぐわないけれど」

　ジョアンヌはまた笑った。「あなたが慎重だったら、私に話しかけてこなかったかもしれないのでよかったわ。ベネディクトの住まいは、まだヘット・ローの近くのすてきなお屋敷？」

「はい、そうです。エバラードにはできるだけ早く、あなたのことを話します」プルーデンスは勘定を払い、ジョアンヌと一緒にカフェを出て店の前で別れた。寒風をものともせずにきびきび歩きながら、世の中には思いがけないことが起きるものだと感慨にふけっていた。それにしても見ず知らずの自分がいきなりジョアンヌを引きとめるなんて、ちょっとせっかちだったかもしれない。無視されて当然だったろうに。〝愚者は歩む……〟旧約聖書の一節が頭に浮かんだ。

　昼食後にシベラと一緒にヘンリーの散歩をさせているあいだ、プルーデンスはエバラードとジョアンヌの再会のための計画を練った。家に戻るとすぐ、シベラはお茶の支度を手伝いにキッチンへ行った。プルーデンスはさっそくエバラードの自宅に電話してみた。思ったとおり不在だった。病院にかけると〝お待ちください〟という返事で、ほっとした。

　エバラードがたまたまベネディクトと打ち合わせをしているところに、部屋の隅の電話が鳴った。ベネディクトは〝続きは病棟で〟と言って、部屋を出ていった。だが書類を忘れたことに気づき、ただちに引き返してきた。エバラードが背を向けて電話の相手と話していた。「プルーデンス、それは本当かい？　いつ会える？　お宅で？　待ち遠しいなあ！

まだ誰にも言わないでください」

しばし足を止めていたベネディクトは、書類を手にふたたび部屋を出て病棟へ向かった。病棟では回診をふだんどおり冷静にこなしているようには見えたものの、ベネディクトを昔から知っている年配の看護師は何かあったのではないかと感じた。

約束どおりプルーデンスは、エバラードとジョアンヌについてベネディクトに何も言わなかった。正直に言えば、打ち明けたくてたまらなかった。その代わり、パーティの料理や飲み物、シベラの服などについて話した。招待した人たち全員から〝喜んでうかがいます〟という返事をもらっていた。シベラにはベルベットの服の色を濃い青か赤紫のどちらか好きなほうにするように言ってあるが、自分は何を着るのか決めていなかった。世間によく知られ、人望もあるベネディクトの妻にふさわしく、品のある装いを心がけなければならない。例えば、真珠のような青みがかった灰色とか。それとも、黒は？　着たことはないけれど、ベネディクトがいいと言えば黒でもいい。ところが、ベネディクトは即座に反対した。「黒い服を着た女性は好きじゃない。淡い藤色かチョコレートブラウンはどうだい？」

ブティックをまわってプルーデンスが選んだのは、襟ぐりが控えめな薄紫の絹のドレスだった。それに合う靴も揃えた。パパには内緒よと言って、シベラの前で着てみせた。

パーティの夜、プルーデンスはシベラと一緒に階下へ下りていった。シベラの赤紫とプルーデンスの薄紫がよく調和している。ベネディクトは開口いちばん〝すばらしい〟と言った。「ふたりとも絵のようにきれいだ。プルーデンス、とてもいいよ」

「この服をシベラは自分で選んだのよ」

「さすがはぼくの自慢の娘だ」

自慢の妻だとはベネディクトは言わなかった。そう言われたらどんなにうれしいだろうと、プルーデンスは思った。

「いいかい、シベラ、ママがもう寝なさいと言ったときは、すぐにそうするんだよ」ベネディクトはプルーデンスに笑みを向けた。「これだけきちんと準備するのは大変だっただろう。ご苦労さま」

「ううん、そんなことないわ。オルクやシトカ、ベッチェがほとんどすべてしてくれたんですもの」ベネディクトはほほえんではいても、なぜかひどくよそよそしく思われた。シベラがいなければ、問いただしたいところだった。いずれにしても、その暇はなかった。呼び鈴が鳴り、最初の客を迎えるオルクの挨拶が聞こえてきた。

招待客はみんな知り合いなので、たちまち談笑の輪が広がっていった。声が大きく、体も太りぎみの大柄な女性がプルーデンスに話しかけた。「ベネディクトがこういうパーティを開くのは久しぶりなんですよ。最初の奥さまは私たちのことが嫌いだったの。うんざりしていたみたいよ。だからベネディクトはだんだん私たちを招待しなくなったの。奥さまを亡くしてからは、誰ともおつきあいをしなくなっちゃったのよ」女性は罪のない笑い声をあげながら続けた。「もちろんベネディクトが女を寄せつけなかったとは言わないけれど。とにかく私たちはみんな、ベネディクトが再婚して本当によかったと思ってるの。それも、こんなに聡明なお嬢さんと」

オルクがやってきて耳打ちすると、プルーデンスの顔がぱっと明るくなった。部屋の反対側からそれを見ていたベネディクトが眉根を寄せた。プルーデンスは部屋から出ていき、エバラードと一緒に戻ってきた。そのあいだベネディクトのほうは一度も見ようとしなかった。十分後にふたたびオルクが来て、プルーデンスはまた出ていった。今度は五分ほどしてから、ジョアンヌ・ウインケラーを伴って入ってきた。数人の客がジョアンヌに気づいて寄ってきた。ベネディクトも急いで近づいていった。「ジョアンヌ、会えてうれしいよ！　アメリカにいるものだとばかり思っていた。ようこそ。知ってる顔ばかりだろう。プルーデンスも含めて。どうやら妻とはもう知り合いのようだ。みんなも喜ぶよ……」

人々はまた話しだし、プルーデンスはシベラと手をつないで客のあいだをまわった。エバラードとジョアンヌの再会を見たいと思っていたが、ベネディクトに先を越されてしまった。ベネディクトはさりげなくほかの客から引き離して、ジョアンヌがエバラードとふたりきりになれるよう仕向けていた。ベネディクトに何か耳打ちされ、エバラードがジョアンヌとともに庭に面したドアから出て温室のほうへ行くのがちらりと見えた。

ベネディクトのもてなしぶりは巧みで、今や宴たけなわになった。声を張り上げなければ聞こえないほどにぎやかな室内を、オルクやベッチェが飲み物や料理のトレイを持ってまわった。そうするうちに早くも、シベラが寝る時刻になった。プルーデンスはシベラに、パパとお客さまにご挨拶していらっしゃいとうながした。戻ってきたシベラは〝エバラードおじさまとあのきれいな女の人におやすみなさいを言わないと〟とせがんだ。

「あのふたりは昔からの友達で、久しぶりに会ったからいろいろお話があるの。あとで、あなたの代わりに私が挨拶しておくわね」

すっかり興奮したシベラのおしゃべりで手間取り、プルーデンスが客間に戻ったのは三十分後だった。

「どこへ行ってらしたの？　みんな捜してたわよ」ミセス・ファン・デル・クルプがきいた。

「すみません。シベラを寝かせに行っていました」

プルーデンスは何げなくあたりを見まわし、さっと顔色を変えた。マイラがいた。ベネディクトとドクター・ブランドと話をしている。相変わらずの目立ちたがりやで、真っ赤なドレスをまとったマイラの前では、まわりの女性はすべて影が薄くなる。プルーデンスも自分がやぼったく思えてきた。彼女はミセス・ファン・デル・クルプのそばを離れ、マイラのほうへ歩み寄った。

「マイラ、お目にかかれてうれしいわ。来てくださってありがとう」我ながらわざとらしくて明るい声だとプルーデンスは思った。

「あら、こんばんは……」不意をつかれたようにマイラは口ごもった。「あなたを驚かせようと思ったのよ」ベネディクトの上着の袖に手をかけ、長いつけまつげ越しに見上げた。「私、人を驚かすのが好きなの。ねえ、ベネディクト？」

「そうだね」ベネディクトは儀礼的にうなずいた。

「ちょっと、失礼。ぼくはミス・スミットと話があるんだ。プルーデンス、一緒に来てくれないか。オランダ語を習う話だよ」

堂々とした体格のミス・スミットはプルーデンスにオランダ語を教えるのに乗り気で、授業の時間について話し合った。「あなたは頭のいい方だから、すぐに上達しますよ。熱意もおありのようだし」

「早く身につけるよう努力しますので、よろしくお願いします」授業の話がついてから、プルーデンスはまた客のあいだをまわって歩いた。

さらに一時間半ほどたって人々が帰りはじめたとき、エバラードとジョアンヌが姿を見せた。広い部屋の反対側からでも、ふたりが幸せそうなのがわかる。だがプルーデンスは辞去する客の応対に忙しく、ふたりのそばへは行けなかった。人々は感謝の言葉を述べ、プルーデンスを後日のランチやお茶に誘った。そんな約束の半分も覚えていられないくらい、プルーデンスはかたわらに立つベネディクトのことばかり意識していた。

最後に帰る客のひとりだったミセス・ファン・デル・クルプが、ベネディクトにキスしてからプルーデンスに言った。「とっても楽しいパーティだったわ。あなたはベネディクトにとって、なくてはならない人なのよ。それと、ジョアンヌとエバラードの再会を取り持ったのはあなたでしょう？　なかなかやるじゃない！」

ほどなく、エバラードとジョアンヌがやってきた。エバラードは言った。「プルーデンスにはどれだけ感謝してもしきれないくらいだよ。カフェでジョアンヌの言葉を偶然聞いたとは、奇跡としか言いようがない。おまけにすぐ行動を起こしてくれた」

「しかも、秘密裏に」ベネディクトが口を挟んだ。

ジョアンヌが急いで答えた。「それは、私がそうお願いしたからなの。プルーデンスを責めないで。これからエバラードとさらに話をすることにします。プルーデンス、明日電話するわね」

すべての客が帰ってから、プルーデンスはベネディクトに言った。「ごめんなさい、エバラードとジョアンヌのことを秘密にしておいて。でもジョアンヌはエバラードの今の気持ちがわからなくて、私に確かめてほしかったのよ。それで黙っていただけで――」

ベネディクトが笑いだしたので、プルーデンスは口をつぐんだ。

「何がおかしいの？」

「病院に電話しただろう？　あのとき、ぼくはたまたま居合わせたんだ。それで、てっきり……」

プルーデンスの緑色の瞳がきらめいた。「てっきり私とエバラードが、あなたに隠れてデートするとでも思ったの？」

「うん、思わないでもなかった」ベネディクトはテーブルに寄りかかり、茶化すような言い方をした。

プルーデンスは憤然とした。「私はあなたと結婚しているのよ……それも、ほんの数週間前に……なぜそんなことがありうると思えるの？」

「今の心理状態では、そう思えてもしようがない」

プルーデンスは言葉もなかった。憤りのあまり、彼の話も耳に入らない。「それに、どうしてマイラを呼んだりしたの？　そんなこと、ひと言も言わなかったじゃない」

「ぼくは呼んでない。きみが呼んだと思っていた。どうしてそんなことをするのかと、ずっと考えていたよ」口を開きかけたプルーデンスをベネディクトは制した。「いや、もう何も言わなくていい。疲れただろう。今夜はきみのおかげですべてうまくいった。夜食はいつだい？」

「九時と、シトカは言ってたわ」

「そうか。じゃ、まず何か飲もう」

「私はお酒も夜食も結構よ。もう寝ます」プルーデンスはきっぱり言って階段に向かった。三段目までのぼったところで、大柄な体にしては敏捷な身のこなしのベネディクトに追いつかれてしまった。

「ぼくがきみを信頼していないと思って、怒ってるんだね。悪かった。でも考えてみると、お互いさまだとも言える」

「まさか！」プルーデンスは自分を抑えられなかった。そのまま階段を駆けのぼり、自室のベッドに身を投げだしてわっと泣き伏した。

友情に基づいた結婚なんてもうたくさん！　ベネディクトに恋してしまったのがいけないのよ。私がエバラードの気を惹いたと思っているなんて。いっそ本当にそうすればよかったかもしれない。「ベネディクトが私のことをそんなふうにしか思っていないのなら」プルーデンスは枕に顔を寄せてつぶやいた。「別れるしかない。彼はまたひとり身になって、マイラの毒牙にかかってしまえばいいんだわ！」

プルーデンスの顔は涙でぬれ、目が腫れ上がって鼻は赤くなり、やがて泣き疲れて眠ってしまった。そして明け方に目を覚まし、寒さに震えながら服を脱いでベッドにもぐりこみ、またひとしきり泣いた。

翌朝、プルーデンスはシベラにひどい顔の言い訳をしなければならず、風邪気味だと言ってごまかした。朝食の席に着くなり、シベラはベネディクトに頼んだ。「パパ、ママにお薬をあげて。みんなでイギリスに行くのに、風邪だと困るもの」

プルーデンスはコーヒーカップを置いた。「やはりみんなで行くの？」ベネディクトの顔は見ず、数センチ上に視線を向けてきいた。

「もちろん。ゆうべお母さんとナンシーに電話をかけたら、ぼくたちの旅行中はふたりとも喜んでシベラをあずかってくれるそうだ」

プルーデンスは下を向いて、トーストの切れ端をさらに小さくちぎっていた。「でも、私は……」

「だめだ、プルーデンス、きみも一緒に行かないと」静かだが、珍しく有無を言わさぬ口調だった。

それなら、いいわ。プルーデンスは声に出さずに答えた。旅行が終わるころには私にうんざりしていることでしょうよ。こんなときでなければ、ベネディクトと十日間も一緒にいられるのは天にも昇る心地でしょうに。病気になってしまえば……。でも歯や頭やお腹が痛いと訴えようものなら、ベネディクトはただちに抗生物質を処方するに違いない。

「プルーデンス、今になって計画を変えるのはよくないよ。シベラをがっかりさせたくないんだ」

ベネディクトは声を荒らげもせずに、いつもこうして自分の思いどおりにしてしまうんだから。プルーデンスはため息をついた。

昼前にジョアンヌから電話がかかってきた。「私たち、これまで離れ離れになったことなんてなかったみたいよ」ジョアンヌははしゃいだ声で報告した。

「エバラードも同じですって。ほんとに信じられないわ。プルーデンス、あなたにはなんてお礼を言ったらいいのか、言葉が見つからないくらい。恋する人がいるって、こんなにも幸せなものなのね。そう思わない？　近いうちにベネディクトと一緒にぜひ食事にいらしてね」

ジョアンヌ以外にも数人から感謝の電話がかかってきたり、たくさんの花が送られてきたりした。送り主にお礼の電話をするために、プルーデンスは花に添えられたカードをひとまとめにしておいた。シベラを迎えに行く時刻になったころ、最後の花束が届いた。深紅の薔薇だった。カードには〝きみの努力ですばらしいパーティになった。ありがとう。ベネディクト〟と、手書きで記されていた。プルーデンスは長いこと紅い薔薇を眺めていた。

やがて薔薇の束を手に温室へ行った。そこには、あとで活けるつもりの贈り物の花々が置いてあった。隅にごみ箱がある。プルーデンスは薔薇をごみ箱に突っこみ、ばたんと蓋を閉めた。それから学校にシベラを迎えに行った。

ふたりが戻ってきたとき、ベネディクトはすでに帰宅していた。「電話が二、三かかってきて、ミセス・ブランドからの花束も来た。花束は温室に置いておいたけど、ぼくの薔薇は届いたかな？」

薔薇をごみ箱に捨ててから良心の呵責にさいなまれていたプルーデンスは、ベネディクトに問われて青ざめた。といって、嘘をつくことはできない。シベラが荷物を置きに行ったあいだにベネディクトを温室へ連れていき、ごみ箱の蓋を取った。「どうしてこんなことをしたのか自分でもわからないの」ささやくように言う。「きっとどうかしていたのよ」

「説明なんかしなくていい。花を贈ったぼくが愚かだった」ベネディクトの声はしゃがれていた。

プルーデンスは上目遣いでベネディクトの顔をう

かがった。怒りの色はみじんもなく、ただ悲しげな、あきらめの表情が浮かんでいた。怒られるよりも、かえってひどかった。二階へ行って身支度をし、居間に戻ってくると、ベネディクトとシベラはヘンリーを挟んで床に座り、絵本を見ていた。

顔を上げたベネディクトはふだんとまったく変わっていなかったので、さっきの出来事が夢ではなかったかと一瞬思えるほどだった。「こっちに来て一緒に見ないか。『たのしい川辺』の英語版だ。子どものころに大好きだった本なんだ。きみは？」

プルーデンスはベネディクトと顔を合わせられず、〝私も〟とだけつぶやいた。自分が恥ずかしくてたまらなかった。だけどベネディクトが私を信頼しなかったから、こんなことになったのよ。そう思いたかったけれど、父がよく口にしていた諺（ことわざ）を思い出さずにはいられなかった。〝人が悪いことをしたからといって、自分もしてよいことにはならない〟プルーデンスはシベラの隣に座り、ひきがえるの見事な挿絵をほめた。

ベネディクトの胸の内は推し量りようがなかった。昼食のあいだも態度はいつもとまったく同じだった。ただ花の話をしたときの表情が不快げで、プルーデンスはベネディクトを抱きしめて〝愛しているわ〟と告白したくなった。もちろん、そんなばかげたことはできない。薔薇をごみ箱に捨てた女の言うことなど、信じてはくれないだろう。

「午後はユトレヒトに行くので、帰りが遅くなるかもしれない。夕食はいらないよ。ロンドンの友達から、時間があれば会いたいという手紙が来ている。返事を書いておいてくれないか？」

「なんと返事をすればいいの？」

「ロンドンにいるあいだに電話するということでいいだろう。それから、マイラから電話があった。冬はイタリアで過ごすそうだ。きみにぜひ伝えてほし

いと言っていた」ベネディクトの目が笑っている。「私
「どういうこと？」

「私が負けたのはわかっている、と言ってたよ」

「意味がわからないけど」プルーデンスはぽっと顔を赤らめ、とりとめのないことを話しだした。ベネディクトはさえぎるどころか、まるでけしかけるように大きくうなずいていた。

その晩プルーデンスは寝るまで、イギリス旅行に持っていくシベラや自分の衣類を仕分けたりして時間を過ごした。ベッドに横になっても、なかなか眠れなかった。ベネディクトへの恋が片思いというだけでも絶望的なのに、今や好きになってもらう望みすら遠のいてしまった。でもまだ結婚したばかりで、これから長い年月があるのだからと、自分を慰めるしかなかった。いつの日か……ベネディクトはなんと言っていただろう？　むつまじい？　仲むつまじい夫婦になれるのではないだろうか。


翌日の朝、折よくジョアンヌから電話がかかってきた。エバラードの家での夕食の誘いだった。「私たち、結婚しようと話し合ってるの。なんだかわくわくしてしまって」ジョアンヌはうれしそうに笑った。「ところで、マイラがイタリアに行くっていう話を聞いた？　あの人がいなくなったら、さぞせいせいすることでしょうね。ベネディクトの最初の奥さまが亡くなったときから、マイラはそのあとを狙って猛烈に迫っていたのよ。ベネディクトのほうはそんな気はないとはっきり示していたけれど」ジョアンヌはプルーデンスの応答を待たずに電話を締めくくった。「それじゃ、今晩八時にお待ちしてます。ベネディクトが遅くなるようだったら知らせてね」

ジョアンヌとエバラードに招待されたことを、プルーデンスは昼食のときにベネディクトに伝えた。

「ぼくはお茶の時間に帰れるよ。午後は何か用があるかい？」

「特にないけど、ヘンリーの散歩のあとでシベラと一緒に旅行のための買い物に行こうと思ってたの」

「だったら四時に病院で待ち合わせないか。シベラがトレントのお祖母さんとナンシー叔母さんにあげるおみやげを三人で探しに行こう」

オランダらしいおみやげがいいと、シベラは主張した。いろいろ考えたあげく、銀のコーヒースプーンと銀の台にのったデルフト焼きの青いボンボン入れに決めた。それに添えるためにシベラが自分の小遣いで、とてつもなく派手なふきんと缶入りのタフィーを買った。あまったお金でシベラはさらに色とりどりのキャンデーの包みも買い、パパとママとで公平に分けてとプルーデンスに指示した。心温まるひとときだった。毎日こうでなければならないのに。プルーデンスは悲しげに心の中でつぶやいた。

エバラードの晩餐会に行くために、プルーデンスはクリーム色のシフォンのブラウスと濃緑のベルベットのスカートに着替えた。鏡に映った自分の姿にいちおう満足し、アンゴラのショールを手に階段を駆けおりた。遅れそうだったが、ベネディクトはじりじりした様子も見せずに玄関広間で待っていた。

距離が近いので言葉を交わす必要もなく、エバラードの家に到着した。会話の主導権はもっぱらジョアンヌが握り、新婚旅行や家の改装などについて引っきりなしにしゃべっていた。「自分のことばかり話してごめんなさい」ジョアンヌはすまなそうにほほえんだ。「まるで夢を見てるみたい。目を覚ますと消えてしまうんじゃないかと思ったりして。でもエバラードがいるので現実だとわかり、ほっとするの。ねえ、プルーデンス、無条件に愛されるって、このうえない幸せだと思わない？」

「そう、そのとおりね」プルーデンスは調子を合わせ、エバラードに問いかけた。「お屋敷が全面的に改装されてもかまわないの？」

　エバラードは笑った。「全然かまいません。自分で言うのもおかしいが、今の今までぼくがカーテンや絨毯（じゅうたん）に関心があるとは思ってもみなかった」

　食前酒を飲みながら四人とも笑い声をあげた。食事のあとで一同は暖炉のまわりでくつろいだ。女性ふたりは結婚式の衣装の話題で盛り上がり、男性たちは新型の麻酔装置について話しこんでいた。

　ジョアンヌが結婚式にかぶる帽子の話を途中でやめて言った。「このふたりの話を聞いてよ――まるで独身同士みたいな話し方ね！」

「実際ついこのあいだまで、ふたりとも独身だったからさ」エバラードはいとおしげに初恋の人を見た。

「じゃあ、ちょうどいいときに私たちが現れたってわけね。私は少なくともひとりは赤ちゃんが欲しいの。プルーデンスには一ダースは生まれるでしょうけれど……」

　ベネディクトが笑った。「一ダース？　おいおい、ジョアンヌ、ぼくはこんなに忙しい身なんだぞ」

　自分も笑わないと、変に思われるだろう。プルーデンスは泣きたいのをこらえて笑いに加わった。

　次の数日はあっという間に過ぎた。プルーデンスは三人の荷物をまとめ、パスポートや現金を確認し、留守中のことについてシトカと話し合い、オルクにヘンリーの世話を頼んだ。シベラの相手はもとより、パーティに来た女性たちの誘いに応じてお茶につきあったり、手紙のタイプをしたりと忙しかった。

　ベネディクトはベネディクトで、十日も病院や診療所を休むので、さまざまな資料や書類を家に持ち帰って夜遅くまで仕事をしていた。かまっている時間がなくて申し訳ないと優しく謝りはするものの、ベネディクトがなんとなく自分の殻に閉じこもっているようにプルーデンスは感じた。腹を立てているのか、それともただ無関心なだけなのか。判断のしようがなかった。イギリスのどこへ行くのかはわかっているけれど、詳しいスケジュールは聞かされていなかった。ひとりで行動したり夫人同伴だったりするのだろうが、どんな場面であっても幸せな妻として明るくふるまおうと心に決めた。

イギリスへは、フーク・ファン・ホラントの港からカーフェリーでハリッジまで渡ることにした。子ども連れにとっては楽だし、夜の便ならベネディクトが一日の仕事をすませてから出発できるからだ。その日、プルーデンスは興奮しがちなシベラをできるだけ落ち着かせ、留守中の埋め合わせにヘンリーをゆっくり時間をかけて散歩させた。そしてついにアストンマーティンに乗りこむと、プルーデンスの胸ははずんだ。旅先のどこかで、ベネディクトと心を開いて正直に話し合えるかもしれない。愛していると打ち明けるつもりはないけれど、初心に返って親友としてやり直したいという心からの気持ちを伝えることができればいいと思う。初めて会ったときお互いにひと目で好きになったはずなのに、その気持ちが深まるどころか薄れたとしたらあまりに悲しい。

車の中では、シベラが会話を独占していて口を挟む暇もなかった。船に乗りこむとすぐ、プルーデンスはシベラを寝かしつけた。船内のバーで飲んでいたベネディクトは、疲れただろうからきみも寝たらいいと穏やかに言った。シベラの隣の狭いベッドにもぐりこみながら、プルーデンスは自分に言い聞かせた。辛抱強く待って、ちょうどいい機会を見つけなくては。

9

早朝でほの暗いイギリスには霧雨が降っていた。元気が出るような光景ではない。甲板から船着き場を眺めていたシベラは、がっかりしたような声を出した。「なんだかオランダそっくり」

「よかったじゃないか」ベネディクトが父親らしい言い方をした。「うちにいるみたいな気分になれる」

プルーデンスは手袋をしたシベラの手をぎゅっと握った。「結婚式のときに会ったナンシー叔母さんは好きでしょう？　一緒に遊べるわよ」

「うん、でもママのほうがもっと好き。パパとママは何日も旅行に行っちゃうの？」

「何日もじゃないのよ。それに楽しいことがいっぱいあるから、日にちのことなんか忘れちゃうわ」

フェリーはあまり混んでいなかったので、三十分後にはイギリスの道路を車で走っていた。小さな村に入ったところでベネディクトは速度を落とし、古風な破風のあるホテルの前でアストンマーティンを停めた。「ぼくは朝食なしではだめなんだ」道路に面した出窓のある小さな食堂に入った。船ではお茶とビスケットしか口にしなかったので、三人は旺盛な食欲で朝食を平らげた。

ハリッジからの距離は百二十キロほどで、午前九時ごろにはロンドン郊外に着いた。ベネディクトのフラットはロンドンのどこにあるのかプルーデンスがきくと、ウィグモア・ストリートの近くだという返事が返ってきた。ロンドンでプルーデンスが知っている地域といえば、ナンシーのフラットがあるところや、にぎやかな繁華街くらいしかない。それでもなんとなく、ウィグモア・ストリートは街の西のほうではないかと見当をつけた。朝のラッシュアワーは過ぎ、昼休みまではまだ間があるので、わりあい楽に市内を走ることができた。

　やがて車は混雑する大通りから離れ、閑静で瀟洒なわき道へ入った。そこから並木道に曲がると、丈の高いリージェンシー様式の邸宅が三方に並んだ行きどまりになっていた。そのうちの一軒の前にベネディクトは車を寄せた。「さあ、着いたよ。フラットはこの建物の三階にある」

　プルーデンスとシベラは車から外へ出て、あたりを見まわした。「なんて静かなんでしょう！」プルーデンスは思わず感嘆の声をもらした。シベラの手を取り、ベネディクトのあとから歩道を横切って建物に入った。狭い玄関ロビーの奥が広くなっていて、一方の側に階段が見えた。

「エレベーターはないんだ。ここで患者を診察したいと思ったら、一階の部屋が借りられるようになっている」三階までのぼると小さな踊り場があって扉はひとつしかなかった。

　意外にも扉の内部は広々としていた。居心地のよさそうな居間。小さな食堂と機能的なキッチン。寝室は三つもあって、バスルームにはシャワーもついている。三つ目の寝室はとても狭いが、家具の選び方が巧みで狭苦しく感じないようにしつらえられていた。〝ここは私の部屋〟と、シベラがさっそく宣言した。その隣の寝室は建物の裏の中庭に面していた。プルーデンスはひと目で気に入った。眺めるほどのものがあるわけではないが、周囲の壁を覆いつくす蔦が赤や黄に照り輝き、中央の花壇には菊が咲きみだれていた。

　ベネディクトが車の荷物を取りに行っているあいだに、プルーデンスはもうひとつの寝室ものぞいた。

「どこも掃除が行き届いていてきれいね」

「定期的に人に頼んである。その女性が午前中に来るはずだから、昼は外で食べようか。夕食はきみが何かつくってくれるかな？　冷蔵庫にあるもので」

「もちろん、喜んで。今日は講義があるの？」

「いや、最初の講義は明日の午前十一時だ。今日はいくつか電話をかけるだけだよ。ナンシーとお母さんに電話したら？　ぼくはコーヒーを淹れよう」

ベネディクトが電話をかけているあいだ、プルーデンスはなるべく聞かないようにして、二日間のロンドン滞在のために必要なものを荷物から取りだした。知り合いが大勢いるらしく、ベネディクトが電話をかけ終わったときはすでに昼を過ぎていた。三人は少し歩いて、イッシ・パリという感じのよいレストランに行った。ロンドン滞在中のベネディクトの行きつけの店のようだった。その日は何も予定がなかったので、三人はオクスフォード・ストリートやニュー・ボンド・ストリートを散策した。バーリントン・アーケードでベネディクトはシベラのために高価な服、プルーデンスにも赤毛によく似合う緑色のカシミヤのセーターを買った。

お茶を飲んでからタクシーでフラットに戻るなりプルーデンスはキッチンにこもり、ベネディクトとシベラのために腕によりをかけて夕食をつくった。料理は好評だったが、冷蔵庫に食材がいろいろ用意されていたおかげだとプルーデンスは控えめに言った。シベラを寝かせて居間に戻ったときは、ベネディクトは書類をいっぱい広げた窓際のデスクに向かっていた。遠慮がちに何か手伝えることがあるかと尋ねると、ぶっきらぼうに〝いや〟と言われてしまった。プルーデンスはひどく傷ついた。「だったら、私は寝ます。コーヒーを温めればいいようにしておきました。明日の朝食は八時半でいいかしら？」

ベネディクトは書類から、つかの間顔を上げた。

「ああ、ありがとう。おやすみ、プルーデンス」

その夜はすぐには寝つけず、やっと眠れたときはぐっすり眠りこんでいた。朝のお茶を淹れたとベネディクトに起こされ、プルーデンスは乱れた髪で跳ね起きた。それを見て、ベネディクトが言った。

「その青い絹の寝間着を着て枕いっぱいに髪が広がっているところは、『眠れる森の美女』みたいだ。シベラがきみのベッドに来たがってるよ」

ベネディクトにしてみれば軽い冗談のつもりかもしれないが、『眠れる森の美女』と言われてプルーデンスは平静を保つのが大変だった。けれどそんなそぶりは見せないようして、努めてあっさりと答えた。「シベラはね、毎朝のように私のベッドにもぐりこみに来るのよ」

シベラが駆けこんできた。ベネディクトも自分のコーヒーカップを手にベッドの端に腰かけた。「ぼくは五時までは合流できないから、その間ふたりで動物園かロンドン塔にでも行ったらどうだい？」

プルーデンスとシベラは午前中にロンドン塔を見に行き、昼食後はデパートを見てまわることにした。

「タクシーでハロッズに行って、帰りもタクシーにすればいい」ベネディクトが提案した。「ここの鍵を渡しておくよ。ふたりでだいじょうぶかい？」

シベラは目を丸くしてロンドン塔を見物した。近くのこぢんまりしたレストランでお昼を食べ、午後いっぱいハロッズで楽しく過ごした。特に目当てのものがあったわけではないが、口紅や絹のスカーフ、シベラのアンゴラの手袋を買った。それから時間をかけてベネディクトへの贈り物を探した。シベラがイニシャル入りの鮮やかな黄色のボールペンを見つけ、以前にプルーデンスから贈られた小さなバッグからお小遣いを出して払った。「ママもパパにあげるものを買わなきゃだめ」シベラは言いはった。ふたりはさらに二十分かけて男性用品の売り場をまわったあげく、子牛の革の手帳を選んだ。ベネディクトがそれを使うとは思えなかった。だがプルーデンスは、シベラを落胆させないためにその手帳を買った。買い物をすませたふたりは、小さなサンドイッチやケーキを添えたお茶を飲んだ。「パパが一緒だといいのに」シベラが口をとがらせた。

「ほんとね。でも、夜は一緒よ」

フラットに戻ると、すでにベネディクトは帰っていた。パパに報告したくてうずうずしていたシベラにあれこれ質問を浴びせ、宙に投げ上げて笑わせた。

「こんなにすばらしいボールペンは生まれてはじめて見た。これから毎日使うよ」

「ママからも贈り物があるの」シベラが言うので、やむなくプルーデンスは手帳を差しだした。

「ちょうど欲しいと思ってたんだ。さっそく新しいボールペンでこの手帳に書くことにしよう」ベネディクトは続けた。「明日の講演は午後だから、その前にナンシーのところへ車で送っていくよ。終わったら迎えに行く」

「ここにはもう戻ってこないとしたら、荷物を全部持っていったほうがいいのね？」

ベネディクトはうなずいた。「明日は、バーミンガムの病院の医科長夫妻宅でお世話になることになっている。感じのいい人たちだよ。そこで午前に講演をすませたら、昼食のあとでブリストルに移動し、二日ほど滞在する」

「そうなの？　そのあとはどこへ行くの？」

「エディンバラに二日、リバプールは一日だけ、オクスフォードにも二日の予定だ。でももちろん、退屈するとか疲れるとかなら、きみはいつでもリトル・アムウエルに行ってくれてかまわないよ」

プルーデンスはあわてて答えた。「退屈なんてするものですか。きっととても楽しめると思うわ」

ナンシーには大歓迎された。「ジェイムズが早く帰ってくるそうよ。シベラ、来てくれてほんとにうれしいわ。私と一緒にお祖母さまのところへ行って、パパとママの帰りを待つことにしましょうね」

昼食のあとで、ベネディクトは講演会場へ行った。

「ベネディクトって、すごく優秀なお医者さまなのね」ナンシーが言った。「なんの講演をするの？」

よくわからないと、プルーデンスは答えるしかなかった。ナンシーは意味ありげな目をした。

「とにかく、ふたりきりで長い車の旅をするわけね」

夕方にジェイムズとベネディクトが戻ってきて、午後のお茶をともにした。やがてベネディクトが言った。「そろそろ出かけたほうがいい。スレーター夫妻は夕食も一緒にと言ってくれてるから」ベネディクトは娘を抱き上げ、キスをして小さな箱を渡した。「パパとママが行ってから、これを開けてごらん。退屈しないですむよ」

車が走りだしてからプルーデンスはきいた。「シベラに何をあげたの？」

「時計さ。子どもが好きな真っ赤なのをね」ベネディクトはかたわらのプルーデンスを見やった。「シベラはなんとかなるよ。毎日どこかへ連れていくとかいろいろ計画していると、ジェイムズが言っていた」

M1号線に入り、ベネディクトは速度を百十キロに上げた。

「スレーター夫妻はバーミンガムの中心から少し外れたエッジバストンに住んでいる。明日の朝はトム・スレーターと一緒に出かけて、昼食は病院でとる予定だ。奥さんはマーガレットといって、今晩の食事に二、三人呼んでいるようだよ。明日の夜はブリストルのグランド・ホテルに泊まる。次の日は大学で講義して、午後は子ども病院に行かなければならない。夕方にはホテルに戻るけど、きみはひとりでだいじょうぶかい？」

「もちろん、だいじょうぶよ」

「結婚してからふたりきりになれるのははじめてだね。少しのあいだでもそうすべきときだと思ったんだ」

「どうして?」

「きみとぼくのことについて話し合ったほうがいいからさ。それ以外の時間は精いっぱい楽しもう」

「ええ」プルーデンスは〝半分でもないよりはまし〟という諺(ことわざ)を思い出した。胸につかえる悩みには目をつぶることにして、すぐにつけ加えた。「そうしましょう!」

スレーター夫妻は、見事な庭のあるエドワード七世時代風の広い屋敷に住んでいた。仲のよいおしどり夫婦といった感じの夫妻は、ベネディクトとプルーデンスを温かく迎え入れた。ミセス・スレーターがプルーデンスを二階の寝室に案内した。「お食事は八時半からですので、まだ三十分ほどあるわ」寝室に備えつけられたオーク材の家具は、時代遅れながらもよく磨きこまれていた。「ベネディクトには化粧室のベッドを使ってもらおうと思うの。講演の準備をしなくてはならないけど、あなたの安眠を妨げたくないと言っていたので。支度ができたら、下りていらしてね」

プルーデンスは食事に招かれた数人の客と握手や挨拶(あいさつ)を交わしながら、著名な医師の妻としてふるまえますようにとひそかに念じていた。実際は医師の妻としてのみならず、その美貌(びぼう)が人々の視線を浴びた。絹のドレスの淡いグレーが、燃えるような赤い髪を目をみはるほど引きたてていた。その晩も翌日の午前中も気分よく過ごせた。

ブリストルに向かう車の中で、講演はうまくいったのかとプルーデンスは尋ねた。

「うまくいったと思う――そう思いたいよ。とにかく、しゃべるつもりだったことはすべて話せたから」

ブリストルまでの百四十五キロの道のりのはじめから終わりまで、プルーデンスはベネディクトと以前のように気楽に話すことができてうれしかった。高速道路だけを走ったために、思ったよりずっと早く着いたのが残念なくらいだった。でも今晩はふたりきりで過ごせると気を取り直し、しゃれた服に着替えてホテルのバーでベネディクトと落ち合った。ところが、ふたりの年配の紳士がベネディクトと一緒にいた。ブラック教授とコールズ博士がわざわざ様子を見に来てくれたのだという。ふたりは上機嫌でプルーデンスにシェリー酒を勧め、夕食もともにすることになった。食後のコーヒーを飲みながら男性たちが専門的な話を始めたので、プルーデンスは丁重に挨拶して部屋に戻った。こんなふうで、いつになったらベネディクトと話し合えるのだろう？

ブリストルではそんな時間はなかった。翌日はベネディクトと言葉を交わす暇もなく、やっと帰ってきたと思ったら、ブラック教授と一緒だった。しかも今度は、ミセス・ブラックも同行していた。プルーデンスは終始にこやかな態度を崩さず、長びく夕食のあいだもやり場のない憤りをじっとこらえ、夫人の世間話に愛想よく調子を合わせていた。

次の日の朝食後にブリストルのホテルを出て、ひたすら北へ車を走らせた。「エディンバラまで五百八十五キロある。運転に六時間、休憩その他に一時間半として、夕方には着くだろう」

「それで、どこに泊まるの？」

「マッキン教授夫妻のところだ。二日間で四回の講演をこなさなければならない」ベネディクトは助手席の妻にほほえみかけた。「楽しんでるかい？」

「とっても」プルーデンスは強がりを言った。「昨日シベラに電話したの。パパによろしくって」

「シベラにおみやげを買わなくちゃね。スレーター家で着ていたドレスはきれいだった。目立ってたよ」

プルーデンスはぽっと頬を染めた。「ありがとう。私はできるだけ……」

「そんなにがんばって男どもの目を引こうとしなくてもいいんだよ」

プルーデンスは息をのんだ。「気に入らない？」

「きみは前にもその質問を口にした。忘れたのか？ぼくの返事は同じだよ」ベネディクトは車の速度を落とした。「このへんにパブがある。昼食にしよう」

プルーデンスとしては、ナンシーの結婚式ではじめて会ったときのことをもっと話したかった。けれど、ていよくはぐらかされてしまった。まだあと数日あるから、そのあいだに一度くらいは、自分たちのことについて話し合う機会があるだろう。

だがその機会はなかった。エディンバラでも、ベネディクトとたまに顔を合わせたときは誰かと一緒だった。夜の歓迎パーティでは話もできなかった。ランチ・パーティも同じで、ベネディクトの席はテーブルの反対側だった。

エディンバラの次に行ったリバプールも似たようなものだった。オクスフォードに向かう車の中で、プルーデンスは泣きたい思いだった。リトル・アムウエルに行くまで、あと二日しかない。車中ではふたりきりだったとはいえ、話題はベネディクトの仕事や訪ねた街、会った人々に限られていた。ふたりは依然として離れ離れだった。

オクスフォードの郊外に差しかかったとき、プルーデンスが突然言いだした。「私もあなたの講演を聞きに行きたいの。一回くらいは」

「しかし、赤血球増加症に興味があるかい？」ベネディクトはいくぶんおかしそうにきいた。

「なんのことかさっぱりわからないけど、あなたが講演するところを見たいの」

「きみが本当にそうしたいなら、明日ぼくと一緒に会場に行こう。退屈するだろうけど」

あなたが言ったりしたりすることで退屈するなんてありえない。それは口に出さずに、プルーデンスは礼を言った。「それと、講演のあとのことは心配しないで。私は買い物に行ったり、ひとりでなんとでもできますから」

「そのことはあとで話そう」

ふたりは、ベネディクトの昔からの知人だというクルックシャンク医師の家に着いた。夫人は丸々と太ったざっくばらんな中年女性で、プルーデンスのことを十代の自分の娘たちのように扱った。プルーデンスが講演に行くことをベネディクトから聞いた夫人は言った。「あら、それは結構なことじゃない。終わったらベネディクトが誰かに頼んで、あなたをここに送ってもらえばいいわ。お昼を用意してるから。ベネディクトは病院でみんなと食べるでしょう。どうせ男の人たちはビールをたくさん飲んで、いかがわしい話をするに決まってるのよ」

プルーデンスは笑った。「でしたら、お誘いがかからなくてよかったです。でも、私はタクシーか何かで帰れますから……」

「プルーデンス、それはそうだろうけど、送ってもらいなさい」うわべはあくまで穏やかでも、思いどおりにしたがるベネディクトの気質がわかっているので、プルーデンスは反論しなかった。

二階の寝室には意外にも最新の設備を備えた浴室がついていて、奥に化粧室もあった。ミセス・クルックシャンクは言った。「ベネディクトは化粧室で寝るなんて、思いやりのある人だこと。講演をまとめるために遅くまで起きているんでしょう。大変ね」

クルックシャンク夫妻の友人たちが飲みに来て、にぎやかな夜になった。ここでもグレーのドレス姿のプルーデンスは人気者だった。美しい容姿を鼻にかけることもなく、聞き上手で、偏屈な老学者が相手でも自分と同世代のように楽しげに話すからだろう。

　翌日、プルーデンスはベネディクトの講演を聞きに行き、クルックシャンク家で早めのお昼を食べてから車に乗り、オクスフォードをあとにした。講演の内容はまったく理解できなかったけれど、心の底からベネディクトを誇らしく思った。

「やっと終わった」運転席のベネディクトがほっと息をついた。「男どもからさんざん羨望の目で見られたよ。ぼくの講演のせいじゃなく、美しく魅力的な奥さまが原因だ」

　うれしい一方で、プルーデンスは眉をひそめた。

「それで私を連れてきたの？　偉いお医者さまの妻として、私がふさわしいかどうか確かめるために？」

　車は信号待ちをしていた。ベネディクトが妻の顔をのぞきこむようにして言った。「プルーデンス、そろそろ話し合いをすべきときじゃないかな？」

「とっくにそうでしょう。遅すぎるくらいよ」

「遅すぎるなんてことはない」信号が変わり、車が走りだした。しばらくして、プルーデンスが叫んだ。

「南じゃなくて……ウォリック通りを走ってるわ！」

「そのとおり。ウォリックに行くんだよ」

「ウォリック？」プルーデンスは怪訝な顔をした。

「ああ、そうだ」説明はいっさいなかった。

　どういうこと？　プルーデンスが横目でうかがうと、ベネディクトはいつになく厳しい表情を浮かべている。車はA423号線をひた走り、バンベリーを通り過ぎてサザムにいたり、そこからウォリックへ向かった。さらにウォリックの街を抜けてストラトフォード・アポン・エイボンの手前で曲がり、開いたままの大きな門に入って、高い木立のあいだのゆるやかな坂をのぼりはじめた。

「ウォリック城？　どうしてここに？　あと二時間で閉まるって、門のところに書いてあったわ」

「二時間あればいい。ここなら静かだろうと思って来たんだ。あそこに駐車場がある」

駐車場の係の男性は親切だった。「見物の人がほとんどいないから貸し切りみたいなものですよ。五時に閉まりますから気をつけて」

楼門をくぐりぬけると城は円形の芝生を囲むように立っていた。駐車場係が言ったとおり、あたりは静まり返っていた。ベネディクトはプルーデンスの腕を取った。「地下牢はやめて、貴族が暮らしていた部屋を見よう」ふたりは石の階段をのぼって広い扉の内側に入った。係のふたりの中年女性に〝こんにちは〟と声をかけられた。

音楽室、図書室、寝室、客間と大きな部屋が続いている。優美な衣装をまとった人形に目をとめて、プルーデンスは思わずつぶやいた。「この人たち、幸せだったのかしら？」ゆったりと会話を交わしているらしい婦人たちの人形のかたわらで、お仕着せの服を着た従僕の人形がお茶を注いでいる。

「幸せ？　もしも幸福が、ありあまる財宝や、きらびやかな衣装、大勢のしもべにかしずかれることを意味するならば、幸せだっただろうね」

ふたりは窓際で立ちどまり、眼下の壮大な滝を見下ろした。ベネディクトの腕が肩にかかるのを感じ、プルーデンスはかすかにおののいた。

「ぼくにとっての幸せとは、誰かを深く愛することだ。その人なしでは生きていけないほど深く深く愛することだ」ベネディクトはプルーデンスを自分のほうに向かせ、強く抱きしめた。「その誰かが、きみなんだよ」

プルーデンスはベネディクトのツイードの上着に鼻をあてた。「今？　今、そう思ったの？」

ベネディクトは笑った。「何を言ってるんだ。ナンシーの結婚式で後ろを振り向き、きみと目が合った瞬間に恋して以来、ずっときみを愛してる」

「それならそうと言ってくれればいいのに」

「そんなこと言おうものなら、きみは虐待された子犬みたいにおじけづいただろう。また傷つくのを恐れて」ベネディクトはプルーデンスの顎に指をあてて上を向かせた。「ぼくの判断が正しかったか間違っていたかはわからないが、しばらくそっとしておいて友達のように接すれば、そのうちきみもぼくを愛するようになるのではないかと思ったんだ」

プルーデンスは思わずすすり上げた。「私はもうずっと前からあなたを愛してるのに」そしてわけもなくつけ加えた。「あの感じの悪いマイラとか、エバラードを私に押しつけようとしたりして……」

「エバラードについては、そうすべきだと感じたんだ。マイラのことはなんとも思っていない」ベネディクトはゆっくりほほえんだ。「そういうことを言うのなら、あの感じの悪いトニーはどうなんだ？」

プルーデンスは泣き笑いしながら言った。「なんて時間を無駄にしてしまったのかしら！」

「ああ、でもたった今から、ふたりでその時間を取り戻そう」ベネディクトは腕に力をこめ、プルーデンスが息もできないほどしっかりと抱いて唇を重ねた。はじめは優しかったキスがしだいに熱をおびていく。

盗難防止のために様子を見に来た係の婦人は、口をあんぐり開けて眺めていた。こんなに上品な男女が人目をはばかる余裕もなく抱き合っているとは。こういうのを熱愛と言うのかもしれない。感傷的で古い考えの婦人はため息をつき、そっと立ち去って同僚に告げた。同僚の婦人ものぞきに行って帰ってきた。「もうじき閉館ですと注意しましょうか？」

係の婦人がふたたび行ってみると、ふたりは肩を寄せ合って窓辺にたたずんでいた。「この城は面白かったですか？　地下に喫茶室がありますが、まもなく閉館ですのでお気をつけください」

「妻もぼくも大変……」ベネディクトは間を置いてから続けた。「感動しました。お茶を飲んでから帰ります」

係の婦人は急いで取って返し、同僚に知らせた。「あの人たち、結婚してるんですって！　そうは見えなかったけど、あんなに夢中になって」そこでため息をついた。「ほんとにきれいな奥さまだったわ」

ベネディクトとプルーデンスは腕を組んで、係の婦人に教わったとおり階段を下りていった。そこでまた、ベネディクトは妻を抱き寄せてキスした。

「ちょっと遅くなると、お母さんに電話しよう。たまにはシベラを夜更かしさせてもいいね。M５号線の近くだから、そんなに時間はかからないと思う」

「どこに行こうと、何をしようと、私は平気よ。あなたと一緒なら」プルーデンスはつけ加えた。「そして子どもたちと一緒なら」

ベネディクトはもう一度キスした。「もちろん、子どもたち十人と一緒にね。さあ、お茶を飲みに行こう、ぼくの最愛の奥さま」

ハーレクイン・イマージュ　2011年5月刊（I-2167）

いくたびも夢の途中で

2024年4月20日発行

著　　者	ベティ・ニールズ
訳　　者	細郷妙子（さいごう　たえこ）
発 行 人	鈴木幸辰
発 行 所	株式会社ハーパーコリンズ・ジャパン 東京都千代田区大手町 1-5-1 電話 04-2951-2000（注文） 0570-008091（読者サービス係）
印刷・製本	大日本印刷株式会社 東京都新宿区市谷加賀町 1-1-1
表紙写真	© Kiril Stanchev ｜ Dreamstime.com

ISBN978-4-596-53855-0 C0297

今月のハーレクイン文庫

4月刊 好評発売中！

Harlequin 45th Anniversary

帯は1年間 "決め台詞"！

珠玉の名作本棚

「愛にほころぶ花」
シャロン・サラ

癒やしの作家S・サラの豪華短編集！　秘密の息子がつなぐ、8年越しの再会シークレットベビー物語と、奥手なヒロインと女性にもてる実業家ヒーローがすれ違う恋物語！

（初版：W-13,PS-49）

「天使を抱いた夜」
ジェニー・ルーカス

幼い妹のため、巨万の富と引き換えに不埒なシークの甥に嫁ぐ覚悟を決めたタムシン。しかし冷酷だが美しいスペイン大富豪マルコスに誘拐され、彼と偽装結婚するはめに！

（初版：R-2407）

「少しだけ回り道」
ベティ・ニールズ

病身の父を世話しに実家へ戻った看護師ユージェニー。偶然出会ったオランダ人医師アデリクに片思いするが、後日、彼専属の看護師になってほしいと言われて、驚く。

（初版：R-1267）

「世継ぎを宿した身分違いの花嫁」
サラ・モーガン

大公カスペルに給仕することになったウエイトレスのホリー。彼に誘惑され純潔を捧げた直後、冷たくされた。やがて世継ぎを宿したとわかると、大公は愛なき結婚を強いて…。

（初版：R-2430）

捨てられた聖母と秘密の子

トレイシー・ダグラス 作

仁嶋いずる 訳

ハーレクイン・イマージュ

東京・ロンドン・トロント・パリ・ニューヨーク・アムステルダム
ハンブルク・ストックホルム・ミラノ・シドニー・マドリッド・ワルシャワ
ブダペスト・リオデジャネイロ・ルクセンブルク・フリブール・ムンバイ

THE GP'S ROYAL SECRET

by Traci Douglass

Published by Harlequin Japan, a Division of K.K. HarperCollins Japan, 2024

トレイシー・ダグラス

USA トゥデイのベストセラー作家。シートン・ヒル大学にて大衆小説の創作で修士号を取得した。少し風変わりで心に傷を持っているけれど芯が強く、過去の逆境を乗り越えて運命の人を見つける主人公を描き、ときに笑えて、たいてい不器用で、決まってエモーショナルな恋物語を生み出す。その作品は心にじんとくるような癒やしのハッピーエンドが約束されている。

主要登場人物

ケイト・ネヴェス……………医師。
アデラ・ネヴェス……………ケイトの娘。
マヤ・ネヴェス………………ケイトの母親。
ダヴィアン・デ・ロロソ……ケイトの学生時代の恋人。偽名デヴィッド・ローレンス。アデラの父親。ルクレシア国のプリンス。医師。
フィリップ王…………………ダヴィアンの父親。
アラベラ王妃…………………ダヴィアンの母親。
アーサー皇太子………………ダヴィアンの兄。次期国王。
ノア……………………………ケレンシア号の給仕長。
キャリー………………………ケイトの仕事仲間。ケレンシア号内のクリニックの受付係。
メイブルック卿………………フィリップ王の招待客。

1

プリンス・ダヴィアン・マイケル・ジュリアン・ヘンリー・コンスタンティン・デ・ロロソは、ルクレシア国王である父のために、細心の注意を払って今回の旅を計画した。急きょ決まった二週間のこの地中海クルーズで、どこの港に立ち寄り、どんなクルーを選ぶかまで、全部だ。何もかもが完璧なはずだった。ところが、とんでもなかった――最初のつまずきは、雇ったシェフがひどく頑固なことだった。そのシェフが今、ノアという、にこやかなアメリカ人給仕長にフランス語でまくしたてている。ダヴィアンは人生でさまざまな〝力〟を培ってきた。交渉力、決断力、世界的に知られた医師にふさわしい能力だ。シェフが一人、腹をたてているからといって、黙って見ているわけにいかなかった。

「聞いてくれ、フランソワ」ダヴィアンは精いっぱいなだめる口調で、シェフのフランソワに言った。我の強い外科医たちに最先端の技術を教えるときは、彼らのプライドを傷つけないように話す。それと同じ口調だった。「その肉切り包丁をおろしてくれ。落ち着くんだ」

「いや（ノン）」フランソワは言い、包丁でノアを指し示す。「こいつが厨房（ちゅうぼう）から出ていくまではだめだ」

〝厨房〟とは、ダヴィアンがこのクルーズのためにチャーターした巨大ヨット、ケレンシアのキッチンのことだ。ヨットには最新技術とセキュリティシステムだけでなく、快適な設備も新たに取り入れられていて、小さな島の王国で高まりつつある脅威から急いで逃れるには、まさにうってつけだった。輝くタイル張りのフロア、最高級のステンレス製の機器類など、ルクレシアの王族にふさわしいものがすべてそろっている。

少なくとも、王家に連なる者にとっては申し分ない。ダヴィアンは王位継承順位としてはスペアの立場で、二番目以下となる。皇太子というよりは王室の顧問や補佐官に近い。そんな境遇でも、ダヴィアンは愛する人生を自力で切り開いてきた。権力も、それにつきものの悩み多き人生も、欲しいとは思わない。自分の野心や夢を追求し、彼の外科医の技術を必要とする人々を助け、世界をよりよくする仕事に、これ以上ないくらい満足している。今日はまず手始めに、選び抜いたクルー同士の関係に平和を取り戻さねばならない。

「フランソワ、給仕長の何に怒ってるのか教えてくれないか。メニューについてか?」

「こいつは新鮮野菜のラビオリのコンソメスープが、へどみたいに見えるって言うんだ!」

あとはフランス語の激しい悪態が長々と続いた。ダヴィアンは目を閉じて深呼吸をした。このミシュランの三つ星シェフがひと言ののしるたびに、木のまな板に包丁を打ちつける様子を見れば、給仕長はおそらく軽い気持ちで言っただけなのに、シェフがひどく気分を害したのだろうとよくわかった。

ダヴィアンはアメリカの大学で医学を修め、研修期間のほとんどをそこで過ごしたので、アメリカ人のユーモアのセンスは理解できた。だがフランソワはまったく違う。厨房の熱気がダヴィアンの顔や首をちくちく刺した。ここは気温が四十度近くあるに違いない。調理で火を使ったり、言い争ったりしているせいもあるだろうが、八月は地中海でもいちばん暑い時季だというのが大きな理由だろう。

「そんなこと言ってません」ノアがダヴィアンの背後から言った。「国王ご夫妻にお出しするには、もう少し彩りが必要かもしれないと言っただけです」

「嘘（うそ）をつくな！」

「もういい！」ダヴィアンは二人をにらみつけた。この二人を雇ったのは、経歴も申し分ないと思ったからだ。二人ともやめさせたくはない。クルーズの間は暴力沙汰にならないようにしなければ。

ダヴィアンは両親の到着に備えて用意されている料理を見下ろし、ため息をついた。たしかに少し……風味には乏しいが、父の健康状態からすれば淡泊な食事が必要だろう。去年大きな心臓発作を起こし、冠動脈のバイパス手術を受けたフィリップ王は、しばらくの間、厳しい食事制限中だった。今回急きょクルーズに出たのはそのためもあった。暗殺の脅威がささやかれる中では血圧が上がるようなことにもなりかねない。とくにルクレシアの王室はすでに一人、凶弾で失っている。ダヴィアンはときどき、愛する祖父が撃たれた日のことをまだ夢に見る……。

まな板にまた包丁がたたきつけられる音で、ダヴィアンははっと記憶を断ち切った。

「わかった。ぼくが見るかぎり料理はすばらしい（トレビアン）」ダヴィアンはフランソワに言った。「雇い主のぼくが言うんだから、何も気にしなくていい」

この言葉で気持ちがおさまったのか、フランソワがゆっくりと包丁をカウンターに戻した。ダヴィアンはすかさずそれを奪い取った。メスを持ち慣れた手にはその重さが不穏に感じられる。フランソワに再び持たせるのは心配だったが、今はそんなことを考えるときではなかった。

「ありがとう（メルシー）、シェフ」ダヴィアンはフランソワに言うと、ノアに向き直った。まだ背後にいて、ストイックな顔つきの下に反感を隠している。シェフと給仕長の関係はいつも波乱含みだ。何年も父のヨットに乗船しているダヴィアンは、よく知っていた。兄弟の関係に似ていなくもない。

ダヴィアンと兄のアーサーの間にも問題があった。

ダヴィアンは兄と同じ学校に入れられ、旅した場所も同じだったが、二人のあつかいにははっきりとした違いがあった。兄のアーサーはいずれ王になる。ダヴィアンは、父や兄、そして兄の息子たちに何かあったときだけ王位に就く。そんなことが絶対に起きないよう、近衛隊とルクレシアの警備隊が日夜働いている。それでもダヴィアンが王室内で軽視されているわけではない。彼の役目は別のところにある。他国との外交や外遊の際の調整、必要な場合には婚約者にもなったりする。だがそれも必要がなくなればお役御免となる。

目標や夢を持つ大人の男として、ダヴィアンはこんなあつかいにはうんざりしていた。

これまで数え切れないほど何度も家族のために自分の人生を中断してきた。このクルーズが終わり、暗殺の脅威がなくなったら、ダヴィアンは両親ときちんと向き合い、もういやだと言うつもりだった。

人生や医師としてのキャリアを王族の義務のためにあとまわしにするのはおしまいだ。そのために、最後の務めとしてこのクルーズを乗り切る気でいた。

「ノア、スタッフに言って、料理をメインダイニングに運ばせてくれ」ダヴィアンは手術室で使う、有無を言わせぬきっぱりとした口調で言った。そしてシェフのほうを向いた。「フランソワは夕食の準備を続けてくれ。二人とも、相手の仕事に口を出さないこと。いいな？」

「わかりました」ノアはうなるように言うと、前に進み出て料理の皿を三つ持った。

「わかりました」フランソワも不服そうに答える。

「よし」ダヴィアンは厨房を突っ切って外に出て、船室へと続く階段に向かった。二段のぼったところで船内放送のスピーカーから船長の声が響いた。

「緊急事態発生。医療スタッフは至急ブリッジへ」

ダヴィアンはひと言ののしりの声をあげると、方向転換して厨房を駆け抜け、別の階段を使ってブリッジへと急いだ。アドレナリンが湧き出てくる。この船にいるかぎり、彼の仕事は終わらない。

「ママ、あれはなに?」

ドクター・ケイト・ネヴェスはイベリア半島の南端近くにそびえる巨大な石灰岩を眺め、ほほえんだ。「あれはね、アデラ、ジブラルタルの岩というの」

五歳のアデラは鼻にしわを寄せて言った。「すごく大きいわね」

「大きいわね」ケイトは含み笑いをすると、娘のそばにしゃがみ込んだ。ここはケレンシアという豪華な大型ヨットのデッキで、彼女はアシスタントドクターとして雇われた。ケイトは娘の体を対岸の海岸のほうに向け、吹きすさぶ風から守るようにウエストに片腕をまわすと、その肩に顎をのせた。「あそこに陸が見えるでしょう。あれがモロッコ。今、このヨットは二つの大陸の間にいるの。大陸っていうのは、大きな陸の塊のことよ」ケイトは立ち上がって娘の手をとった。これから二週間の船旅で、あらゆるすばらしいものを娘に見せ、体験させてやりたい。「それから地中海に行くの、ママのお仕事で」

「誰と働くの? どうしてヨットで働くの?」アデラは母から手を離して走っていき、ケレンシアの最上階のデッキに並ぶアウトドア用のソファに座った。最近お気に入りの猿のぬいぐるみ、フレッドもいっしょだ。アデラは何を見ても〝どうして〟と言いたくなる年ごろだった。

「このクルーズではドクター・ウィルよ」ケイトはため息をついて娘のそばまで歩いていき、ロイヤルブルーのふっくらしたクッションに腰を下ろして海を眺めた。昼になってようやく視界が晴れてきた。すぐに太陽と風が完全に霧を追い払うだろう。

この五年でケイトは航海の知識を深めた。クルーズ船の船医から始めて、今はケレンシアのような私有船舶で、臨時雇いのサポートの医師として働いている。けれど、船の借り主が誰なのか知らずに契約したのは初めてだ。先方からは、ありとあらゆる秘密保持契約やプライバシー条項への同意を求められた。形式的なものだよ、とドクター・ウィリアム・ブライアントは言っていた。報酬は桁違いで、とても断ることなどできなかった。このクルーズを最後にアメリカに戻り、開業したいと考えていたから、なおさらだった。五年前にスタンフォード大学の医学部を卒業してから、夢の実現のためにこつこつと資金を貯めてきた。その夢がいよいよ現実になろうとしている。そんなとき、この仕事が突然目の前に現れた……まるで運命のように。

このクルーズに違法なところは何もないし、マフィアなどとも関係ないとウィルが保証してくれた。それに娘のアデラも同行できる条件だったので、ケイトは契約書にサインした。それでも不思議に思わずにいられなかった。こんな船をチャーターしてクルーの給料を支払い、運行にかかる費用を負担する余裕があるなんて、どこの誰だろう？

「ママ、階下に戻ったほうがいい？　わたし、ここにいたい」

「ママもよ」ケイトは娘の長い黒髪に指をすべらせた。「でもママは診療所の消耗品を補充しないといけないし、アデラはランチを食べないと。だからもう階下に戻りましょう」

ケイトは短い休憩時間をとっていちばん上のデッキに上がり、ジブラルタル港の眺めを楽しんでいた。これは船旅を始めたころからのお気に入りの一つだ。景色はとても美しく、平穏そのものだった。ただ、今のように風が強くなると波が立つ。

ジブラルタルで物資と燃料を補給し、残りの船客が乗り込むと、船は地中海へと出発する。そしてマルセイユとモナコに寄港したあと、最終目的地のシチリア島に向かう。のんびりとした短い旅だ。この五年、シングルマザーとして必死にがんばってきたのだから、少しくらい休んだっていいはずだ。仕事はあるけれど、この贅沢（ぜいたく）なクルーズで医師が必要になるとすれば、せいぜい胃腸の不調や偏頭痛だろう。もちろんもっと深刻な事態も起こりうる。熱中症とか心疾患で――最初にウィルから受けた簡単な説明によると、このヨットの借り主も心臓をわずらっているらしい。でも、うまくいけば今回のクルーズは大過なく過ごせそうだった。

　美しい景色を最後にゆっくり眺めると、ケイトは立ち上がり、ケレンシア号専属の医療従事者のユニフォームである白いシャツとパンツを整え直した。そして娘に手を差し出して言った。「さあ、もう行かないと」

　アデラはため息をつき、ソファからすべりおりて、父親と同じ青い瞳で母を見上げた。ケイトはその男性とはもう五年も会っていない。正体を隠され、いちばん必要なときに見捨てられたのだから、当然だ。自分の父親も同じタイプだったので、これ以上そういう男性とは関わりを持ちたくないし、持つ必要もないと思っていた。「ここにいる間にあの大きな岩まで行ける？　登ってみたいな」

　階下にあるクルー用のカフェテリアに向かいながら、ケイトはほほえんだ。「今回は無理だけど、いつか二人だけで戻ってきて、ゆっくりできるかもね。どう？」

「いいね」アデラがにっこりしたのを見て、ケイトは胸がちくりと痛んだ。この笑顔も記憶にある。それどころか、すべてが嘘だったあの男性のことはなんでも覚えている。もし彼がいなければ娘とは出会えなかったと考えると、後悔ばかりとは言い切れない。「ママ、ランチにフルーツを食べてもいい？」

「今日シェフが何を作ってくれたか見てみないと」

ヨットでは、乗客だけでなくクルーの待遇もすばらしく、毎食ビュッフェが用意された。また食事係や甲板員の中にはケイトの代わりにアデラの面倒を見てくれる人がいつもいた。以前のクルーズでいっしょだった人たちで、ケイトは彼らを友人だと思っていた。二人が手早く食事をすませようと壁際のテーブルについたちょうどそのとき、スピーカーから放送が流れた。

「緊急事態発生。医療スタッフは至急ブリッジへ」

ケイトは立ち上がり、クルー仲間のアンディに合図した。ケレンシアに乗り込んでからすぐに仲よくなった友人だ。「ママが戻るまで、アンディが面倒を見てくれるから。ママはお仕事なの」

ケイトは診療所に向かう通路を走っていき、メディカルバッグをつかむと、ブリッジへの階段を駆けのぼった。現場で何が待っているかわからないが、カリフォルニアでの研修期間とその後の勤務とで、緊急事態の経験なら何度もある。

「ドクター・ケイト・ネヴェスです」ブリッジに駆け込み、そう名乗りながら、ケイトは集まっている人々を顔も見ないでかき分けた。見えているのは床に横たわる女性クルーだけだった。どうやら意識を失っているらしい。ケイトは聴診器を取り出し、バイタルサインを確認した。「何があったんですか」

「あのケースに入っている美術品の掃除をしていたんだ」船長のスタンが言った。「像を動かそうとして手袋をはめたらこうなった。これまで何度も同じような作業をしていたから、だいじょうぶだと思ってたんだが」

典型的なラテックスアレルギーだ。天然ゴム製品のラテックスに何度も接したあとで発症し、命にかかわることもある。彼女もそれに違いない。いつ誰に重篤な症状が生じるかわからないため、ケイトは医療仕事では絶対にゴム手袋を使わなかった。

　患者に視線を戻し、緊急時のために常備しているエピペンをバッグから取り出す。アナフィラキシーショックを起こした患者には、エピネフリンを打てば回復が早くなる。「誰か１１２に電話して、患者をジブラルタルの病院に搬送する救急車を要請して。それから、この中に医療の基礎訓練を受けた人がいたら手伝って」

「ぼくが手伝おう」その深みのある声はなぜか聞き覚えがあった。「医師なんだ」

　男性が一人、ブリッジの人だかりをかき分けてケイトの正面に膝をついた。思い切ってそちらをちらりとうかがうと……。

　まさか、そんなことありえない。

でも現実だった。五年前、彼女の前から姿を消した男性。アデラの父親だった。

　デヴィッド・ローレンス。

　少なくとも、それが彼が研修期間中に使っていた名前だ。

　ともに学び、愛し合った相手だった。

なのに全部嘘だった。彼に関するすべてがいつわりだった。

　急患の処置訓練を受けていなければ、動けなくなっていたかもしれない。驚きに感覚が麻痺したのも数秒で、ケイトはすぐに自分を取り戻し、医療活動を続けた。女性は息が苦しげで、アレルギーによる湿疹が腕と首に広がっている。エピペンの出番だ。ケイトは女性の腿をつまんで針を刺し、もう一度脈と呼吸をチェックした。ほとんどの場合、薬は劇的な効果をもたらし、アナフィラキシー症状を抑える。

「救急車を呼んでくれた？」ケイトはそばに立つクルーに尋ねた。患者の呼吸が深まり、規則的になっている。赤らみもおさまってきた。いい兆候だ。

　目の前で患者の脈をとっている男性のほうにちら

りと視線を向けると、ケイトは胸が苦しくなった。五年前に去っていったアデラの父親が、なぜケレンシアに乗っているのだろう。

「到着しました、ドクター」その声にケイトは現実に引き戻された。「救急隊員が台車つきの担架を持ってきます」

「ありがとう」また彼のほうを見上げると、額にしわを寄せて集中している。いっしょに働いていたときと同じ表情だ。別れた日からほとんど変わっていない——今も日に焼けてしなやかな体つきで、ゴージャスだ。短い黒髪、セルリアンブルーの瞳。胸が締めつけられたとたん、患者がうめき声をあげたのでケイトはそちらにさっと目を向けた。

「アリス?」そう言って頬を軽くたたく。「ドクター・ネヴェスよ。何があったか覚えてる?」

「いいえ、ここは、どこ? どうしてみんなわたしを見ているの?」

「ゴム手袋でアナフィラキシーショックを起こしたのよ。これまでにアナフィラキシーショックの経験はある?」ケイトはバッグから点滴のキットを取り出し、患者の腕を消毒し始めた。

「いいえ、知っているかぎりでは、アレルギーはないはずよ」

「じゃあ、これが初めてね」ケイトは点滴のキットを開けた。今用意しておけば、病院までの道中で救急隊員が点滴を始められる。「今から腕に針を刺すから、少しちくっとするわよ」

ケイトは一回で血管をとらえ、カテーテルを入れた。「はい、終わり」

「どうして、何も覚えてないの?」ケイトを見上げるアリスの目に涙があふれた。「いったい、何があったの?」

「こういう症状が出ると、意識が混濁するのが普通なの。心配せずに今は休んで。あなたはゴム手袋に反応してアナフィラキシーショックを起こしたけど、エピネフリンを打ったたし、体はいずれもとどおりになるわ」

ケイトのうしろに担架を押して救急隊員が到着した。彼女は邪魔にならないよう離れ、救急隊員に経過を説明してアリスの現在の数値を伝えた。隊員たちはアリスの点滴を始め、救急車に運ぶ準備にとりかかった。デヴィッドがずっと隣にいて、ブリッジの人だかりの中でときどき腕が触れ合うだけで、神経がきつく張りつめた。あのころ二人はいつもこんなふうだった。

アリスがまたうめき声をあげた。「どこに連れていかれるの？」

「ジブラルタルの医療センターです」救急隊員が言う。「だいじょうぶ、しっかり面倒は見ますから」

「脈拍が正常範囲に戻ってきたし、血圧も正常値です」もう一人の救急隊員が言った。「エピペンがきましたね、ドクター・ネヴェス」そのとき彼は視界の隅にデヴィッドをとらえ、はっとしてわずかに目を見開き、すぐに一礼した。「これは、殿下」

とたんにケイトは憤然とし、怒りにこわばった肩から苦労して力を抜いた。そうだったのね。元恋人のデヴィッド・ローレンスが、ほかでもない、プリンス・ダヴィアン・デ・ロロソと結びついた瞬間だった。ヨーロッパの小さいけれど豊かな島国、ルクレシアの王子だ。つき合っていた大学生のころ、彼はケイトに嘘をつき、彼女と同じ若くて野心的な医学生だと信じ込ませた。恋に目がくらんでいたせいで、ケイトは浅はかにも彼の嘘を信じ、手遅れになるまで気づかなかった。今でも心の奥に怒りは渦巻いているが、その怒りはほぼ自分に向けられたものだった。夫に捨てられた痛みを抱いたまま一人で娘を育てた母の苦労を見てきたから、もう二度とあんなふうに人を信じ込むまいと心に誓っていた。ずっと一人でいたのはそれが大きな理由だった。心を開かなければ、傷つくこともないのだから。

「だいじょうぶよ、アリス。容体は安定してるし、点滴がきいてくれば気分もよくなって、すぐに船に戻れるわ」ケイトはアリスの手をやさしくたたいた。

「病院まで付き添いますよ」別のクルーが進み出て言った。「出航の前にアリスが船に戻れるように」

患者が運ばれていくのを見送ると、ケイトは身をかがめてメディカルバッグに医療器具を戻した。ダヴィアンがそれを手伝おうとしてそばにしゃがんだ。

「ケイト、二人でちゃんと話がしたい」青い瞳がケイトの緑の瞳をとらえた。ケイトの目にはショックと混乱、傷心、ためらいが次々と浮かんでいたが、彼女と同じようにダヴィアンも感情を表に出さなかった。それでも、娘のアデラと同じ青い瞳がこちらを見返しているのを見ると、ケイトは落ち着かなかった。「まさか……こんなところで会うなんて思ってもみなかった」

「それはわたしも同じよ」ケイトはブリッジにいるほかのクルーに聞かれないよう、声を低くした。医療器具をしまい終え、バッグのファスナーを閉じ、背中を起こす。「もう診療所に戻らないと」

ケイトは背を向け、ダヴィアンの返事も待たずに立ち去った。彼女の目からすれば、五年前に別れの挨拶もなく姿を消したことが、何よりも雄弁に彼の気持ちをすべてを物語っていた。

2

ブリッジでの緊急事態のあと、ダヴィアンは船の手すりからジブラルタル港を眺めつつ、一人の静かな時間を味わっていた。二度と会うことはないと思っていた女性との——ケイトとの再会のシーンを思い出しながら。診療所など世界中にあるのに、よりによってここにいるとは……。

しかし最初の出会いも運命なのだから、また運命の力が働いたとしても驚くにはあたらないかもしれない。そもそも、このクルーズの医療責任者としてスタンフォード大学時代の昔なじみの教授であるドクター・ウィル・ブライアントを雇ったのは自分で、適任者選びは教授に一任した。教授は当時、ダヴィアンの素性を知る数少ない一人だった。

ケイトは記憶の中にあるとおり、自然なままでもゴージャスに見えた。プラチナ色の筋が入った長いハニーブロンドの髪。ルクレシアのエメラルド色の丘を思い出させる大きな緑色の瞳。そして体は……この五年、彼のファンタジーを埋め尽くしてきたのと同じ体だ。

去っていったのはケイトだった。

いや、もっと正確に言うなら、彼が止めなかったから去った。なぜなら、ほかにどうしようもなかったからだ。

やめろ。

ありえたかもしれない未来を思い描いてもしょうがない。現実を見る目に長け、鋭い洞察力を持つダヴィアンは、勝手な夢を見る自分にいやけが差すことがあった。彼には王族の義務と仕事がある。自分の手で作り上げた人生がある。それで満足しなければばならない。どうやらケイトは前に進んでいるようだし、二人とももう大学時代とは違う。

だがどうしてケイトはこんな贅沢(ぜいたく)なヨットで働いているのだろう。研修生時代、ケイトは貧困地域の医療や医療サービスの不均衡の解消に意識を向けていた。夢をあきらめたのだろうか。

とてもそうは思えない。ケイトは簡単にあきらめるような性格ではない。

ケイトは彼の婚約の記事を目にしただろうか。あれはとんでもないジョークだった。ダヴィアンがおむつもとれないころに決められた政略結婚で、断る権利などなかった。これもまた、権力ゲームの世界で彼が駒として利用された例の一つだ。最悪なのは、ダヴィアンがそんな家族の行動の理由を理解していることだ。おもな収入源を観光に頼るルクレシアの王族として、観光客を呼び寄せるために世間に対して富と特権という外見をとりつくろう必要がある。

さらに大事なのは、彼が家族を愛していることかもしれない。みな善良な人々だ。しかし彼らにも果たすべき義務がある。ダヴィアンは人生で何よりも義務を優先すべきだと教え込まれてきた。

これまではそれを信じ、それに従って生きてきた。

だが、その後事情は変わった。ケイトと過ごした大学時代もそうだった。生まれて初めて王族でない人生を、ほかの人々のように自由に生きる機会があれば送っていたかもしれない人生を味わった。ところが、医学部を卒業したあともケイトと人生をともにできると思い始めた矢先に、またもや現実が冷たく立ちはだかった。父が心臓の病に倒れ、ダヴィアンは人知れずルクレシアに帰国することを余儀なくされた。できるだけ早くケイトのもとに戻ろうと考えていたものの、義務に邪魔されてしまった。父の病状からマスコミの目をそらすために、王宮の広報チームはダヴィアンの意に反して彼の婚約の情報をもらしたのだ。そのせいで彼は子ども時代の許嫁（いいなずけ）のナミナと婚約したふりをするように強いられた。ナミナのほうもこの婚約には不本意だったが、父が回復し、婚約が解消されたときにはもう手遅れだった。スタンフォード大学に戻ったダヴィアンは、ケイトが姿を消したのを知って打ちのめされた。卒業したあと、ケイトは彼がいないまま先へ進んだのだ。ダヴィアンは一カ月カリフォルニアにとどまり、気持ちを整理しながら、これから何ができるか考えた。ケイトに電話して話そうとしたが、返事はなかった。結局彼はわずかに残っていた課程を終わらせて卒業し、医師として出発するため一人ルクレシアに戻った。この五年は祖国の人々のしあわせを最優先に考え、医師として静かに暮らしてきた。いつか兄が王位につき、王族としての人生から解放される日を夢見ながら。

ため息をついて手すりにもたれ、潮風を胸いっぱいに吸い込む。

二人はあまりにも長い時間を失った。あれからたくさんのことがあった。

あんなふうに背を向けた事実を考えれば、ケイトが自分の道を選んだのを責められない。素性を隠していたのは彼だ。もちろんそれは父の命令で、彼の意思ではなかった。父はセキュリティの面から偽名でスタンフォード大学に通えと言ってゆずらず、彼も夢を追えるならなんでもする気で承諾したのだった。だがそれはケイトにした仕打ちの言い訳にはならない。あのときはあれがベストだと思ったが、今は……。

もうどうでもいい。

もう終わったことだ。目の前の仕事に集中しなくては。このクルーズに、家族のことに、そして両親との話し合いに。

なのに、ブリッジにいたときのケイトの姿が次々と頭に浮かんでしまう。

心のどこかでは、追いかけたい、五年前に姿を消した事情を説明する許しを求めたいと思った。でもそんなことをしてなんになる？　これから十四日間で旧交を温めたとしても、そのあとは別々の道を行くだけなのに。

やめるんだ。

今のままでいい。そのほうがずっとシンプルだ。

だが、人生がシンプルだったことなどこれまであっただろうか。

ダヴィアンはため息をつき、手すりから離れてシルクのネクタイを整え直した。港のほうを見ると、さっき倒れたクルーがタクシーでヨットに戻ってくるのが見えた。やがて、甲板員が大きなウインチで船の錨(いかり)を巻き上げ、出航の準備を始めた。

自分の船室に戻りながら、さっきブリッジでケイトを手伝って患者を助けたときのことを考えた。あんな状況なのに、前と同じように血が熱くなってしまった。最初に会ったとき以来、ケイトといっしょにいると必ずそうなってしまったことを、彼は思い出していた。

3

ヨットに設けられた狭い診療所で、ケイトは戸棚の消耗品の補充を終えた。今回のクルーズのために急きょ客室を改装して作り出したスペースだ。これまでの経験では、借り主が専属の医師を連れてこないかぎり、スーパーヨットには医療スタッフがいないのが普通で、今回のクルーズはいろいろな意味で特殊だった。

アデラはシェフのフランソワと厨房(ちゅうぼう)にいて、今夜の夕食に出す野菜を洗う手伝いをしている。クルーは皆ケイトの娘を歓迎し、ケイトが仕事でいなくなるときはかわるがわる面倒を見てくれた。今回のクルーズが終わったら、このことをなつかしく思い出すだろう。船上では誰もが家族であり親友だ。ボストンの自宅のアパートメントでは、いつもアデラと二人きりだ。たまにケイトの母が子守に来たり、週末いっしょに過ごしたりしてくれる。子どものころ母から聞いた家族の昔話を母がアデラにするのを見るのがケイトは好きだった。

薬品の在庫チェックを終えたケイトは、受付のキャリーといっしょに記録をつけた。そのときアレルギーを起こしたクルーがやってきた。

「ドクター」診療所のドア口からアリスが声をかけた。まだ顔色が悪かったが、今朝搬送されたときに比べれば千倍も元気そうだ。「戻ってもだいじょうぶだって言われました」

ケイトは退院許可書を受け取り、目を通した。

「よかった。すっかりよくなったみたいだけど、念のため今日はゆっくり過ごしてね。それから、もうゴム製品には近づかないこと」

「了解。いきなりだから驚きました。これまで一度もなかったのに」

「たまりにたまったものがある日突然命取りになるのは、めずらしいことじゃないの。ナッツとか蜂刺されとかで同じ症状が出たのを見たことがあるわ」

「まさか」アリスがそれ以上言う前に、ベルトのトランシーバーから船長の声が響いた。

「船長からアリスへ。至急ブリッジへ」

アリスはため息をつき、肩をすくめた。「さっそく仕事に戻れってことですね」

ケイトはにっこりした。「無理しないようにね」

その後は診療所の掃除に戻り、間もなく乗船するメインゲストを迎える準備を整えた。その二人については、基本的な病歴以外何も知らない。二人とも六十代で、女性のほうはこの年代にありがちな高血圧と関節炎以外は健康だ。しかし男性のほうは前年の冠動脈のバイパス手術以来、心臓の具合がひどく悪い。数種類の薬を服用し、腕利きの心臓外科医に定期的に診てもらっている。ケイトは、担当することになる患者との顔合わせを待ち遠しく思っていた。少なくともデヴィッドが現れるまでは。

デヴィッドではない。

ダヴィアンだ。

どうして今になって現れたの？　彼からも、過去に起きたことからも立ち直り、アデラと二人で人生を築き上げたのに。ブリッジで彼を見かけたときは、まるっきりの不意討ちで、息ができなくなり、思考が停止してしまった。さいわいすぐに自分を取り戻して、患者を救えたけれど。

ダヴィアンの助けがあったからだ……。

ケイトはため息をついてうなだれた。彼は以前から優秀な医師だった。あんなふうに背を向けたことをあやまるべきかもしれない。五年もたったのだから、もう乗り越えていて当然だ。

でも、あんな仕打ちをどうすれば乗り越えられるというのだろう。

ダヴィアンがケレンシアに乗船しているということは、これからのクルーズもいっしょかもしれない。ケイトが今心配しているのはそれだ。ダヴィアンの素性を知ったとき、ケイトは彼が王族であることの意味を考えて不安を抱いた。ケイトの娘は国王の次男の子どもという立場だから、長男が結婚して二人の子どもたちがいることを考えると、アデラがルクレシアの後継者になる可能性はまずない。それでも、ダヴィアンが真夜中にこっそり家を出て王国に戻り、一週間もせずに婚約したことを考えると、娘に王族と関わってほしいとはとても思えなかった。アデラに父親についてほとんど何も教えていないのはそれが理由だ。ダヴィアンに会うことは二度とないと思っていたから、今まではそれで問題なかった。しかしアデラは、大きくなるにつれて父親は誰なのか、どこにいるのか質問するようになった。そして今、ケイトの人生に突然ダヴィアンが舞い戻ってきて……。

とんでもないことになってしまった。

ケイトはため息をついて天井を見上げた。記憶がどんどんよみがえってくる。

妊娠後数週間はひどく具合が悪く、デヴィッドを捜すのは大変だった。彼の顔写真が一面に載った結婚予定の新聞記事を見たときは、心が粉々に砕け散る思いがした。よくもあんな仕打ちができたものだ。恋人になる前から二人は友人であり同僚でもあったのに。人生であんなに近しい関係になったのは母以外にはデヴィッドだけだった。彼も同じだと言ってくれた。別の女性と婚約するとわかっていながら彼女と愛し合い、深い関係になるなんて、信じられない。そのことを考えると五年たった今でも心が痛む。デヴィッドは、彼女の父親と違って名誉を重んじる誠実な人だと思っていた。ところがどうやら違っていたらしい。あのときは理性よりも欲望や情熱を優先してしまった。もう絶対にあんなあやまちは繰り返さないとケイトは誓っていた。

　大学の最後の学期が終わるころには自分を取り戻し、デヴィッドが去ったのを受け入れる気持ちになっていた。もし彼が王族だと打ち明けてくれたとしても、彼女にはその世界の一員になる資格がない。それで結構だ。ずっと自立してきたし、これからも自分の足で歩いていく。カリフォルニアをあとにしたことも、アデラが生まれてから海に目を向けたことも、人生で最良の決断だった。報酬はよく、世界中を旅して娘に異国を見せられる。こんなチャンスを何かと引き換えにはできない。お金には換えられない教育だ。

　もうデヴィッドは必要じゃない。この五年、必死に働いて自分とアデラのための人生を築いてきた。このクルーズが終われば、ボストン郊外で家庭医として開業する目標をようやく達成することができる。物件の頭金ぐらいはもう貯めてあるし、必要な医療機器類やスタッフも調べてある。贅沢なクルーズもいいけれど、ケイトの夢は困窮する人々を助けることで、今度はそれがフルタイムでできる。ダヴィアンのせいでまた人生を左右されるつもりはない。たとえ昔と同じようにそばにいるだけで脈が跳ねあがってしまうとしても。

「やあ」ドア口から声がしたので振り返ると、ノアがアデラといっしょに立っていた。「ママを捜してるっていう子を連れてきた」

「ママ！」アデラが走って飛びついてきたので、ケイトは抱き上げて娘の髪に顔をうずめ、ノアのほうを見やった。「連れてきてくれてありがとう」

「お安いご用だ。ゲストを歓迎するそうだから五分後に制服でデッキに来るよう、船長が言っている」

「了解」ケイトはアデラを連れて通路に出ると、クルー用のデッキに続く螺旋階段をおりて自分たちの船室へと戻った。そして下段のベッドにアデラを座らせると、小さなテレビの電源を入れた。「ママがお仕事をしてる間、ここにいてくれる？」

「うん」アデラはもう人形の着せ替えに気をとられていた。

「いい子ね」ケイトは鏡で服装をチェックした。さいわい、ゲストの到着に備えて今朝制服に着替えておいた。娘の頭にキスし、船室を出て急ぎ足でメインデッキに向かうと、ちょうど三台の黒いＳＵＶ車が港に到着するのが見えた。先頭の車から降りてきた黒いスーツとサングラス姿の二人の男はまちがいなくボディガードだ。耳につけた装置に話しかけながら、あたりをうかがっている。そこに三台目から降りた四人の黒服の男も加わった。六人の男が真ん中の車を囲む中、運転手が外に出てドアを開け、年配の夫婦が姿を現した。

ケレンシアのクルーは、ゲストに有名人がいても驚かないよう指示を受けていたが、今回のゲストがよりによってルクレシアの国王夫妻だとわかったとたん、驚かないでいるのはむずかしかった。

信じられない。

ケイトの衝撃は大きかった。ダヴィアンの両親だ。彼が乗船していた理由がわかった。でも国王夫妻は専用のヨットを所有しているはずで、そのほうがセキュリティの面でも安全だと思える。クルーの間にざわめきが走ったのを見ると、そう思ったのはケイトだけではなかったらしい。ケイトは次にアデラのことを考えた。国王夫妻が乗船しているとなると、誰かがダヴィアンとアデラがそっくりだと気づく可能性が高くなる。それが何を意味するかに気づいてケイトは呆然とした。蓄えがあるとはいえ、王族と親権争いするような資金はない。

国王夫妻は港からヨットへと敷かれたレッドカーペットの上を歩いてくる。ダヴィアンがメインデッキに出てきて、ヨットに乗り込む両親をエスコートした。ケイトはいっきに暗い気持ちになった。

このクルーズはただごとではない。

王族一行がクルーの歓迎の列に沿って進む間、ケイトが思い切ってダヴィアンに視線を向けると、目の前のヨットの外壁をじっと見つめている。ケイトには自分と同じく、彼もつらそうに見えた。

「そしてこちらが船医、ドクター・ケイト・ネヴェスです」一行が彼女のところまで来ると、ダヴィアンがそう紹介した。ケイトは膝を曲げてぎこちなくお辞儀をした。

「ようこそ、陛下」

背筋を伸ばすとダヴィアンと目が合い、ケイトは口の中が渇くのを感じた。耳の奥で血の脈打つ音が響き、膝からは力が抜けそうだった。彼女は意志の力で笑顔を保った。

あとの時間はぼんやりとしたまま過ぎていった。夜、眠りに落ちると、やっかいな夢を見た。たった一人で道に迷っている自分がいて、遠くにダヴィアンが見えるのに、彼はこちらを見ない。呼びかけることも、助けを求めることもできない。

早朝に目覚めると、頬が涙で濡れていた。ケイトは起き上がって着替え、アデラも着替えさせた。寝たはずなのに疲れが残っている。外からは、ヨットをマルセイユ港に係留する甲板員の声が聞こえてきた。最初の寄港地だ。

ケイトはダヴィアンの故国ルクレシアについて考えた。数年前、アデラのことでダヴィアンと連絡をとろうとして調べたところ、ルクレシアは豊かな島国で、バルト海に面した険しい断崖絶壁の上に青々とした農地が広がり、美しい中世の建物が並んでいる。国民はドイツ語と英語を話す。そして王室はケイトの想像よりずっと有名だった。

ルクレシアは、中国との香辛料と茶の交易の拠点として何世紀も前に建国され、そのおかげで王族は巨万の富を築いた。現在ルクレシアは観光業をはじめ漁業、農業、クリーンエネルギーにGDPの大部分を頼っている。モナコのようにカジノや競馬場が設けられ、税制上の特典の多いタックスヘイブンの地として世界中の富が集まる国でもある。

そう考えると、また同じ疑問が頭に浮かんだ。なぜそんな国の王族がこのヨットにいるのだろう。

朝食をとりにアデラと厨房に向かいながら、ケイトはため息をついた。いちばん簡単なのはダヴィアンにきいてみることだけれど、彼と話すのはできるだけ避けたい。少なくとも、しばらくはその気になれない。もちろん、いずれはちゃんと向き合い、アデラのことを打ち明けなければならない。でもそれはあとにしたかった。彼と話をするなら、もう少し時間をかけて頭を整理してからだ。

「ノア！」アデラはケイトの手をふりほどき、給仕長に駆け寄った。「ジェニーに新しい服を着せてあげたんだけど、どう思う？」

アデラが人形を差し出すと、ノアはピンクとオレンジのちぐはぐな人形のコーディネートをそつなくほめ、ケイトのほうにウインクした。

自分と娘の朝食をとりに行く間も、ケイトはまだ思い出にとらわれていた。船医になろうと決めた日のことははっきりと覚えている。アデラが生まれてからボストンにこもりきりでつらそうなケイトを見て、母が勧めてくれたのだ。仕事をこなしながら親の役割を果たすだけでも大変なのに、傷心が重なったせいで生活はいっそう苦しかった。そんなとき母がヨットのクルーの訓練生募集の記事を見せてくれた。最初ケイトは半信半疑だったが、思い切って問い合わせの電話をしたあと、すぐに登録した。そして卒業と同時に大手の船会社二社と面接し、その日のうちに採用が決まった。給料はいいし、生活費はかからず、ただで旅行ができる。アデラは連れていくことも、母にまかせることもできた。あのころはいいことずくめに思えた。

でも四年たった今、ケイトは定住を考え、夢を追いかける気になっていた。

トレイに自分用のコーヒーとトースト、アデラのシリアルとミルクをのせると、ケイトはテーブルに戻った。ダヴィアンとその家族がここにいるのは動かせない事実で、彼女にはどうすることもできない。でもどう対処するかは自分で決められる。あくまでプロとして距離をとり、できるだけ波風をたてずにやりすごそう。通常、こういうクルーズでは船客のために船外活動やツアーが組み込まれているから、ダヴィアンと顔を合わせることはほとんどないはずだ。アデラをゲストエリアに近づけないようにして、二人で診療所にこもっていればいい。ダヴィアンの父の病状はうまくコントロールできているようだから、クルーズ中にケイトの診察が必要になる可能性は低いだろう。

船がジブラルタルに戻ったら、自由の身になって家に帰れる。これが最後の乗船でよかった。これからの二週間ですべきなのは、ダヴィアンと向き合い、娘のことで真実を告げる頃合いを見つけることだ。

その日ダヴィアンははっきりした目的を持って目覚めた。リストの先頭にあるのは、ケイトに話しかけ、なぜ五年前突然姿を消したのか説明することだ。仕事が忙しいのを理由に断られないよう、早めに診療所に行かねばならない。

階下のデッキにおりて通路の突き当たりのドアをめざす。このヨットは最近改装したらしく、どこも真新しい。分厚いカーペット、つややかな木製の羽目板、金具。診療所の前まで来ると、突然ドアが開いて、ケイトが出てきた。その目がわずかに見開かれ、表情が暗くなった。彼女が診療所に引っ込んでしまわないうちに引き留めようとして、ダヴィアンは駆け寄った。「ケイト、待ってくれ。話がしたいだけなんだ」

「忙しいの」ケイトは小声でそう言って彼を締め出そうとしたが、ダヴィアンはドアの隙間に爪先を入れて押さえた。ふだんのダヴィアンは女性相手にこんな乱暴なまねはしない。だが数年ぶりの偶然の再会が運命のように感じられ、このチャンスをむだにしたくなかった。「ちゃんと予約をして」

「どうして？　予約ならキャンセルできるからか」

ドアの向こうでケイトがののしりの声をあげ、そのあと誰かに小声で声をかけるのが聞こえた。中に本当に患者がいるのだろうか。しまった。ケイトの仕事の邪魔をする気はなかった——ただ話をして、過去に決着をつけたかっただけだ。

ケイトが出てきて後ろ手にドアを閉め、彼をもと来た階段のほうへと追いやった。「どこに行く？」

「サンデッキよ」その口調はそっけなかった。やっぱり怒っている。だとしても責められない。これから二週間はこの船に閉じ込められるのだから、よけいにちゃんと話し合って過去の誤解をとかねばならない。それにダヴィアンは彼女が恋しかった。これまでずっと。ケイトは彼をデッキの前方にある手すりのほうへと導いた。今朝のケイトは髪をうなじで丸くまとめていたが、ほつれた髪が風に揺れている。彼女は着色レンズになったアビエイターサングラスをかけて目を隠し、海を見やった。「どうしてここにいるの？　プリンスなんだから、自分のヨットなんて二十隻ぐらい持っているはずよ。なのになぜ借りたの、殿下？」

いつまでたっても称号に慣れられず、ダヴィアンは歯を食いしばった。「堅苦しい言い方をしなくてもいいじゃないか」

「そのほうがいいと思うわ」ケイトが振り向いたので、サングラスに決然とした彼の顔が映った。「だって、本当に呼びたいように呼んでいたら、あなたは不快な思いをするでしょうから」

不快な思いをして当然だ。ダヴィアンはゆっくり息を吐いた。これではどうにも思うように話が進まない。彼は最初から話そうとした。「研修医のとき、二人の間があんなふうに終わったことを後悔していると知ってほしいんだ。いきなり姿を消したのには理由があって――」

「どうでもいい」ケイトの言葉が壁のように二人の間に立ちはだかった。「今となっては、もう関係ないわ」

「ぼくにとっては大事なことなんだ」

「大事にしてることもあるとわかってよかったわ」

その皮肉が図星だっただけに、ダヴィアンは顔をしかめそうになった。あの夜、別れの言葉さえかけずに立ち去ったことで、この五年間ずっと罪悪感に駆られていた。だが、ほかにどうしようもなかった。あのときは父の命に関わる最悪の事態を覚悟したせいで、彼は両親のいいなりだった。今の彼は三十六歳で、誰の指図も受けない自立した大人だ。もう誰かのために人生を犠牲にするのはおしまいにしたかった。

「診療所に戻らないと」ケイトは歩き出そうとして振り向いた。「クルーズを楽しんでね、プリンス・ダヴィアン」

「ケイト、聞いてくれ」ダヴィアンは駆け寄り、彼女の前に立ちはだかった。「お互い思ってることは全部ぶちまけようじゃないか。もうこのことで悩むのはいやなんだ」ケイトが腕組みして黙っているのを見て、彼はこう付け加えた。「頼む。長くは引き留めない。謝罪して釈明するチャンスさえくれたら、あとはもうきみの好きにしていい」

無言の一秒が流れ、さらにそれが続いた。サングラスでケイトの目が見えなくても、緑の瞳の視線が彼に熱く突き刺さっているのがわかった。

ケイトはようやくため息をつくと、両手を振り上げた。「いいわ。終わらせましょう。わたしは忙しいの」

きびすを返して手すりへと戻るケイトを見て、ダヴィアンはほほえみを噛み殺した。たとえ緊張状態にあっても、ケイトと再会できたのは本当によかった。どれぐらい会いたかったか今まで気づかなかった。二人は恋人という以上に親友同士で、ケイトは誰よりも彼を理解してくれた。だから彼女を失ったことでダヴィアンは自分の一部を失ったのだ。なくしたかけらを見つけたからには、なんとしても関係を修復するつもりだった。ダヴィアンはケイトのあとを追い、同じように手すりにもたれて地中海を眺めた。

彼は深呼吸して自分を奮い立たせ、口を開こうとしたが、言葉は出てこなかった。

「ママ！　ノアが港に連れていってくれて、新しいお友だちができたの。パウロだよ。ママの近くでいっしょに遊んでもいい？」

4

最悪に近いタイミングでアデラが現れたのを見て、ケイトはなんとか狼狽（ろうばい）を隠そうとしたが、ダヴィアンの顔に好奇心が浮かんでいるところを見るとあまりうまくいかなかったようだ。「ええ、いいわよ」

ダヴィアンがこちらの動きを目で追っているのを意識しながら、ケイトはデッキで遊んでいる子どもたちのところに行ってしゃがんだ。「こんにちは、パウロ。ファンの息子さんね」

「うん」少年は笑顔でケイトを見上げた。ファンは機関室で働く機関士で、出身はスペインだ。夏の間はパウロを引き取って面倒を見ている。ケイトがアデラを連れてきているように、船長はファンにも息子を連れての乗船を許可していた。二人の船室はケイトたちの船室のすぐそばにある。

ケイトは笑顔で立ち上がり、手すりのそばでじっと子どもたちを見つめるダヴィアンのもとに戻った。彼はさっとケイトに視線を戻したが、目には疑問の色が浮かんでいる。

打ち明けなければ。

でもケイトは心の準備がまだできていなかった。一人で子育てをしてきた五年の年月が立ちはだかっている。ケイトはかわりにこう言った。「物事は変わっていくのよ。あなたもわかると思うけど」

ダヴィアンの整った顔に傷心の痛みがよぎった。ケイトはたちまち自分の言葉を後悔したが、口に出したことは取り消せない。ため息をついて目をそらし、声をやわらげる。「あなたの人生も変わったでしょうね。奥さんや家族ができて」

「結婚はしていない」

そうなの？

正直に言うと、妊娠したばかりのころ、連絡をとろうとしたのにタブロイド紙で彼の婚約を知って以来、王室に関するニュースは見ないようにしていた。彼はきっともう結婚して家族を作り、しあわせな人生を送っていると思っていた。でも陰鬱な表情とぶっきらぼうな言葉からすると、そうではないらしい。

「残念ね」ケイトは心から言った。「いつ離婚したの？」

「離婚したわけじゃない」

ケイトには衝撃だった。「お悔やみ申しあげるわ。全然知らなかった」

ダヴィアンは小声で悪態をつき、ケイトのほうを見た。「最初から結婚していない。ナミナとの婚約は発表直後に解消した。マスコミが騒いだからきみも知ってると思ったんだが……」彼は黙り込み、視線をそらして、髪を指でかき上げた。それを見ると大学時代と変わらずケイトの胸は痛んだ。だが彼女はすぐにそんな気持ちを抑え込んだ。今は〝もしもあのとき〟となつかしんでいる場合ではない。ダヴィアンは深く息を吸い込み、ケイトに視線を戻した。「まっさきにきみに連絡するべきだった。今ならわかる。当時は何もかもが混乱していて、気がついたときには手遅れだった。きみに連絡できる権利があるとはとても思えなかったし、きみを家族のごたごたに巻き込むのだけは避けたかった。時間が解決してくれるかもしれないと思ったが、時間はぼくらの間を引き裂いただけだった」

彼の言うとおりだ。時間は二人に味方しなかった。こんな話をする心の準備はできていないとはいえ、話すなら今しかない。ケイトはうなずいた。「そうね。ここに座って、あなたの話を聞かせて。それから――」

二人が歩み寄る間もなく、悲鳴が空気をつんざき、ケイトとダヴィアンは何も考えずに行動に移っていた。ケイトの心臓は猛烈な勢いで打ち始め、まっすぐ子どもたちのほうに向かった。パニックで喉が締めつけられる。もしアデラに何かあったら……。

デッキに設けられたホットタブをまわり込むと、かわいそうにパウロがウッドデッキに倒れていた。顔には血の気がなく、意識を失っているようだ。頭のそばに小さな血だまりができている。

「何があったの？」ケイトはアデラの前にひざまずき、震えて泣いている娘を抱き寄せた。「だいじょうぶ？」

「追いかけっこをして逃げてたんだけど、デッキが濡れてつるつるで、パウロが転んで頭を打っちゃったの。ママ、パウロはだいじょうぶ？」アデラはケイトの胸元に顔をうずめ、泣きじゃくった。

階段をあがってくる複数の足音が聞こえ、ほかのクルーが集まってきた。少年の様子をたしかめるダヴィアンを、みな呆然として見ている。

「脈も呼吸も安定している。救急車が必要だ。それからこの子の父親を呼んでくれ」

甲板員が機関室のファアンを呼びに階段を駆け下りていった。ケイトはダヴィアンを手助けしようと、アデラをノアに渡した。そして腕時計を見て言った。

「悲鳴が聞こえてから三分間意識がないわ」

ダヴィアンは少年の頬をたたいた。「パウロ、聞こえるかい？　目を開けてくれ」

「なんてことだ！」ファアンが息をのみ、息子のそばに駆け寄ってひざまずいた。「何があったんだ？」

「アデラと二人で追いかけっこをしていて濡れたデッキで足をすべらせ、頭を打ったみたいなの」ケイトの胸にあらためて罪悪感がこみ上げた。ダヴィアンのことに気をとられすぎた。これではいけない。

さいわい、少年は身じろぎし、まぶたが震えて開いた。

「パウロ、かわいい息子（ミイーホ）」フアンは息子の手を胸にあてた。パウロは起き上がろうとしたが、ダヴィアンはその胸に手を置き、寝かせたままにした。

「きみは足をすべらせたんだ」ダヴィアンはもう一度少年の脈をたしかめた。「覚えてるかい？」

「ううん」パウロは顔をしかめた。その目に涙があふれる。

フアンが息子の頬にキスし、スペイン語で何かささやくと、パウロは落ち着きを取り戻したようだった。救急車が到着し、再び救急隊員がケレンシアに乗り込んできた。この二日で二度目だ。めったにないことだとケイトは思った。

時間を一秒もむだにしないダヴィアンのやり方を見ていると、ケイトと同じく医療の実践を積んできたのがうかがえた。ダヴィアンは救急隊員にてきぱきと事故のあらましを伝える。「患者は……」そこでフアンのほうを向いた。「息子さんは何歳だ？」

「七歳です」

「患者は七歳の男の子で、デッキで足をすべらせてホットタブの側面に頭をぶつけ、三分ほど意識を失った。脈も呼吸も正常だ」

転んだのがアデラでもおかしくなかったと思うと、ケイトは体が震えた。

この子たちをちゃんと見ていなかったのがまちがいだった。ダヴィアンの話や、二人の間にあったことに気をとられすぎていた。

「パウロ、頭以外に痛いところはある？」ケイトは尋ねた。

少年は首を振った。「パパがいい」

「パパはそばにいるわ」ケイトは答えた。

パウロの下唇が震えたが、今度は泣かなかった。強い子だ。ケイトは首の触診を始めた。「ここは痛む？」

「うわ！」パウロが顔をしかめた。「うん、痛い」

ケイトは今度は頭をチェックした。髪が濃く密集しているせいで頭皮の状態がわかりにくい。「頭頂部右側に二センチの裂傷があるみたい。現時点では骨折は認められないけど、確認のためにCTを撮ったほうがいいわね」

「パウロ、口を開けてくれるかい？」ダヴィアンが言うと、パウロはそのとおりにした。「いい子だ。上顎は安定してる」ダヴィアンは肩から腕へと触診を続けた。「どこか痛いところは？」

「腕に何も感じない」パウロが眉を寄せて言った。

ケイトはダヴィアンと小さくうなずき合うと、肩越しに振り返ってファンに告げた。「こういう怪我の場合、よくあることなの。しばらくすると症状は消えるけど、念のため病院で検査しましょう」

ファンは十字を切った。ダヴィアンは子どもにもわかるジョークでパウロをほほえませ、頸椎カラーをすんなりと装着した。ダヴィアンはいつだって患者のあつかいがうまかったけれど、子どもに対してはとくにそうだったと、ケイトは思い出した。

救急隊員が担架を運んできたのでケイトとダヴィアンは脇によけた。「この人たちがあなたを担架にのせて船から降ろしてくれるわ。じっとしててね」

「パパもいっしょに行くから」ファンが心配そうに言い、救急隊員たちが慎重にパウロを担架にのせ、固定するのを見守る。

こうして緊急事態は始まったときと同じく、すみやかに収束した。救急隊員たちは無線で病院と連絡をとりながらパウロを船から降ろし、ほかのクルーも持ち場に戻った。間もなくサンデッキにはケイト親子とダヴィアンだけが残された。ケイトは娘を抱き上げて手すりのそばにあるベンチに運び、腰を下ろして娘を抱き寄せた。

「パウロは死んじゃうの？」アデラが鼻をすすりあげながら尋ねた。

「まさか」ケイトは自分自身もまばたきして涙を払いながらほほえんだ。「だいじょうぶ。ちゃんと治すために病院に運んだだけよ」

「怖かった」アデラは母の胸に顔をうずめた。

「ええ、ママも怖かったわ。人生にはときどきああいうことが起きるけど、前に進む勇気を持って努力すれば困難を乗り越えられるの。アデラはよくがんばったわ。パウロも」

アデラは何も答えず、ただケイトにきつくしがみついた。

ダヴィアンが近づいてきて隣に座った。救急隊員たちが行ってしまってからひと言もしゃべらないけれど、物思いにふける顔つきを見れば、忙しく考えをめぐらせているのがわかる。ケイトは、どうかそれがアデラのことではありませんように、アデラとダヴィアンが似ている事実とは関係がありませんようにと、祈る気持ちだった。

質問を封じるようにケイトは言った。「さっきは見事だったわ。今も医師として働いてるの？」

「ありがとう」静かな口調だった。「そうなんだ。ルクレシアでティーチング・ホスピタルを開いている。次世代の研修医を教育しながら、自分でもできるかぎり患者を診ている」

「すばらしいわ」ケイトは娘を膝にのせ、寄りかからせた。「パウロがすぐに戻ってこられるといいんだけど」

「後遺症は残らないはずだ」ダヴィアンは片手で顔をなでると、アデラに視線を向けた。ケイトははっとした。「子どもがいたんだな」

ケイトは喉がふさがりそうになりながら、答えた。

「ええ」

「おめでとう。子どもを欲しがっていたのは覚えてるよ。名前は？」

「アデラよ」

「かわいい子にぴったりの名前だ」ダヴィアンがにっこりしたので、ケイトはほろ苦い思い出に胸が締めつけられた。口元をわずかにゆがめるこの笑みを見ると、ケイトはいつも膝から力が抜けたものだった。「何歳だ？」

　ケイトはためらった。本当のことを言えば、ダヴィアンは逆算して答えを出してしまう。でも彼に嘘(うそ)はつけない。ケイトは深く息を吸い込み、答えた。

「五歳よ」

「ふーん」最初はその意味がよくわかっていないようだったが、笑みが徐々に消え、眉間にしわが刻まれた。「そうか」やがて彼は顔をこわばらせて目をそらした。「ぼくが出ていってから、すぐ切り替えたんだな」

　今は怒りにすがるほうが楽だとケイトは思った。

「あなたが姿を消してから、でしょう。ほかにどうすればよかったの？　あなたを思って泣き暮らすとか？」

　ダヴィアンはゆっくりと息を吐き、うつむいた。

「違うよ、ケイト。そんな意味で言ったんじゃない。ただ……」ダヴィアンは首を振った。「ぼくらはたくさんのものをなくした。時間も、未来の可能性も。全部ぼくの家族と義務のせいだ」

「どうして王族だと教えてくれなかったの？　どうして嘘をついたの？　最初から将来はないってわかっていながらつき合うなんて。わたしは大切にされてると思ってた。友だちだと思ってたのに」

　最初、ダヴィアンはあっけにとられて彼女を見つめた。傷心でとがったその言葉は、どんなメスよりも深く彼を切り裂いた。なぜなら真実だったからだ。二人は友だちであり、友だち以上の関係でもあった。大切に思っていたし、本当のことを言えば、行動に移すつもりはないものの、今もその気持ちは変わらない。

今、ようやく彼女に真実を打ち明けるチャンスが訪れた。ダヴィアンは息を吸い込み、話し始めた。

「連絡しようとしたんだ、ケイト。婚約を解消したあと、父の健康上の問題は解決した。だが前にも言ったように、ぼくの世界は混乱をきわめていて、きみの人生にあんなごたごたを持ち込みたくなかったんだ――すでに一度、ひどく傷つけたあとだったし……」ため息をつき、水平線に目をやる。「あのやり方はまちがっていた。ぼくが悪かった。嘘をついたのはぼくの考えじゃなかったが、嘘のせいできみを傷つけたのは本当にすまなかった」ケイトがじっとこちらを見つめているのを見て、彼は続けた。この告白を楽にしてくれる気はないようだが、それも当然だ。「ことの始まりは、ぼくがアメリカの医大に行きたいと言ったことだ。ルクレシアにもいい教育機関はあったが、当時最新の医学を学ぶならアメリカだった。ぼくはすべてを吸収してルクレシアに持ち帰り、故国を助けたいと思った」彼はさびしげに笑った。「もちろん父は反対した。ぼくが王室で大事な役割を担っているからじゃない。スペアだからだ」

「スペア？」ケイトは顔をしかめた。「どういうこと？」

「予備の後継者さ。兄のアーサー皇太子に何かあったときのための保険さ。だが父と兄、そしてその後継者たちに何もないかぎり、ぼくが王位につくことはないから、ぼくの役目はただ待つことなんだ」

「待つ？」

「そう。絶対に起きないことを待つ役目だよ。だがスタンフォード大学に入ってからは待つのをやめた。ぼくの望みは、人を助けて世の中をよくすることだ。そこで父と話し合って、ある取り決めを交わした。警備を連れていくこと、正体がばれないように偽名を使うことを条件にするなら、アメリカに行ってもいいと。当時のぼくはその条件に飛びついた」

ケイトは長々とため息をついた。「偽名を使ってアメリカに来た経緯はわかったわ。でもそれは、わたしに真実を打ち明けなかった言い訳にはならないわ。わたしたちは信頼し合ってると思っていたのに……」言葉が途切れた。「誰よりも近しい存在だった。いっしょに働いて、勉強して、それ以外のことだって……」

「そのとおりだ」ダヴィアンは風で乱れた髪をかき上げた。「誓って言うが、きみには打ち明けるつもりだった。あの翌朝、言おうと思っていた……」愛し合った日の翌朝に。これだけの年月を経てもまだ痛みを感じるその言葉は、ダヴィアンの喉につかえた。自分に正直になればわかる。彼は誰よりもケイトを愛した。しかし、あのとき義務をないがしろにはできなかった。でも今彼が負っている義務は、隣にいる女性に過去の行動を釈明することだけだ。「ところが電話があった。というか、グリゴリオに連絡が入ったんだ」

「待って」ケイトは眉根を寄せた。「それはルームメイトのグレッグのこと？」

ダヴィアンは短くうなずいた。「彼の本名はグリゴリオだ。ぼくらが幼いときからの従者で、いっしょに育った。今は王室から離れて自分の会社を立ち上げている。とにかく真夜中に母からグリゴリオにすぐ帰国するよう連絡があった。父がひどい心臓発作を起こして命が危ういと。兄はすでに即位が必要になったときの準備に入っていて、ぼくは王位交代の手助けのために即刻帰れと言われた。きみに事情を説明したかったからせめて朝までいさせてくれと頼んだんだが、時間の猶予はなかった。グリゴリオとぼくは急いで荷造りして、数時間後にはプライベートジェットに乗っていた。アパートメントを出たとき、きみはまだ眠っていたよ。次の日になれば電話できるだろうと思っていたが、ルクレシアに着くとすべてが混乱状態だった。家族は情報がもれないよう二十四時間態勢で奔走していたし、父の容態は深刻で、寝食の時間もなかった。連絡するどころではなかったんだ」

つかの間、沈黙が流れた。「婚約の件は?」

ダヴィアンは乾いた笑い声をあげた。「あれはマスコミ向けだよ。ぼくと同じで、ナミナもぼくと結婚する気なんかなかった。子どものころに勝手に決められたんだ。マスコミが飛びつくに違いないこの偽情報がぼくに断りもなくリークされたのは、父の病状から注目をそらすためだ。母は、世間の目をごまかすならロイヤルウエディングがぴったりだと考えたんだ。たとえそれでぼくの人生が台なしになっても、王位のためならしかたがないと切り捨てられた。ぼくらがマスコミの目をごまかすのは今に始まったことじゃない。始まりはたぶん祖父の暗殺のときだろうな」

ケイトの顔に驚きが浮かんだ。「お気の毒に。全然知らなかったわ」

「かなり昔のことだ」ダヴィアンはゆっくりと息を吐いた。「ぼくはまだ五歳だった。一部の過激派が、首都に建てられた政府機関の除幕式に祖父が出席するという報道をもとに、暗殺を計画した。そしてテレビ中継の最中に祖父を撃ったんだ。ひどい事件だったよ」

「ああ、ダヴィアン」ケイトは彼の手に自分の手を重ねた。その肌は柔らかく、温かかった。「そんな恐ろしいことがあったなんて」

「国中が悲しみに沈んだのを覚えてる。でもそれ以降新しいルールができたんだ。マスコミはもう味方じゃないとわかったし、王室のメンバーは移動の際に必ず別行動をとるようになった」ケイトが顔をしかめたのでダヴィアンはほほえんだ。「必ず、とは言えないな。今回は特別だから」ダヴィアンはケイトの疑問に答えるようにそう言った。「さっき言った過激派は何十年も身をひそめていたが、最近になってまた現れて王室をおびやかそうとしている。父の最近の病状や退位して兄に王位をゆずるという噂が出始めたことで、王宮の警備チームは父はしばらく国を離れたほうがいいと判断したんだ。ふだんなら王室所有のヨットを使うところだが、できるだけ秘密裏に出国するためにケレンシアを選んだんだ」

ケイトは座り直した。その肩から少し力が抜けている。「これであなたが偽名を使った理由が理解できたわ」

ダヴィアンはケイトの隣でクッションにもたれた。かすかに肩が触れ合っただけで体に緊張の波が広がったが、彼はそれを抑えつけた。「それでも学生のときにあんなふうに姿を消したことの言い訳にはならないし、どんなにあやまっても足りないのはわかってる。何もかもが芝居だったんだ。婚約も、結婚の準備も。父が回復するとすぐ、ナミナとは友好的に別れたよ。あれは父の病状からマスコミの目をそらすための策略でしかなかった」

「そうだったの」ケイトの口調にはかすかに警戒心がにじんでいた。それも当然だとダヴィアンは思った。いつの日か、彼が王室の権力ゲームの駒だったことに気づいてくれるかもしれない。たとえ許せなくても、彼の行動を少なくとも理解はしてくれるかもしれない。「それでいろいろと謎が解けたわ、あなたについて」

今度は彼が顔をしかめる番だった。「謎？」

ケイトの口角が上がり、ピンクの唇にほほえみが浮かぶのを、ダヴィアンは見つめずにいられなかった。その唇に自分の唇が触れた感覚で頭がいっぱいになり、彼はごくりと喉を動かして無理やり意識を気持ちを切り替えた。

やめるんだ。

「あなたはわたしが知っていた医学部の学生とは話し方が全然違っていたけど」ケイトは肩をすくめた。「いつもなんていうか……堅苦しかったわ」

「堅苦しい？」

「そう。まるで辞書をまる暗記してるみたいに」

ダヴィアンは笑った。「前にもそう言われたことがある」

二人はしばらく黙ったまま、潮風とカモメの鳴き声に囲まれてそこに座っていた。言うべきことは言ったし、これで緊張した空気がいくらかやわらぐだろうと思ったものの、まだ話さなければならないことがたくさん残っている。

「ぼくは――」彼が口を開き、ケイトも話し出した。

「わたしたちは――」

「すまない」ダヴィアンが言った。「続けてくれ」

「いいえ、あなたから」

ケイトはぐっすり眠っている娘を抱き直した。アデラ。かわいい女の子にふさわしい、かわいい名前だ。ダヴィアンは思った。まつげが小さな頬に扇形に広がっている。どこか見覚えのある顔立ちだが、ケイトの娘なのだから当然だろう。

沈黙が続くのにいたたまれなくなり、ケイトが言った。「それで、今はご家族といっしょなのね」

「そうだ。両親の気まぐれに対応するために」

「人の命を救うヒーロー役も果たしてる」その言葉にダヴィアンがちらりと目をやると、ケイトの顔に心からのほほえみが浮かんでいた。彼は血が熱くなり、脈拍が跳ね上がった。どれほどこの笑みが恋しかっただろう。「一度も緊急事態に駆けつけてくれたわね、ドクター・デ・ロロソ。手伝ってくれてありがとう」

「お安いご用だ、ドクター・ネヴェス」ダヴィアンははにっこりした。その瞬間、年月は消え、二人は大学時代に戻っていた。二度の緊急事態の間に、二人は昔のリズムを取り戻し、息の合ったチームとして協力し合っていた。あのさりげない仲間意識をこの先も持ち続けたいとダヴィアンは心から願った。彼とケイトは自然にパートナーとして動いていた。まるでいっしょになるのが運命のように。

それを壊したのは彼だ。

そう思うと大事な思い出に冷水を浴びせられた気がして、ダヴィアンは現実に立ち戻った。

腕時計をたしかめ、立ち上がって船首のほうを見ると、甲板員たちが次の寄港地のマヨルカに入港する準備をしている。「そろそろ両親のところに戻って様子を見てくるよ。何も問題ないかどうか」そう言ってケイトのほうを向く。「ぼくの事情を聞いてくれてありがとう。感謝するよ」

彼はそのまま立ち去り、心の中を整理してこれからどうするか考えようと思っていたが、階段へ向かう途中でケイトに呼び止められた。

「待って、ダヴィアン」ケイトはベンチに座ったままだった。「あなたに話したいことがあるの」

ダヴィアンはまたベンチに戻って座った。ケイトほど誠実で率直な女性は知らないぐらいだから、話の内容がなんであれ、ダヴィアンは彼女の言葉を信用するつもりだった。

ケイトは深く息を吸い込み、ダヴィアンのほうを見ず、娘を見下ろした。いつになく緊張した様子だ。「どう切り出していいかわからないのだけれど」

ダヴィアンは明るく笑った。「むずかしい話を打ち明けたばかりのぼくに言わせれば、心を決めてさっさと吐き出すのがいちばんだ」

ケイトは、美しい緑の瞳を輝かせて、しばらくじっと彼を見つめていたが、やがて口を開いた。「アデラのことよ」そして、ごくりと喉を動かす。「あダヴィアンはケイトに目を向け、アデラを見て、またケイトに視線を戻した。「まさか……いったい……どうして？」

おかしな問いかけだった。わかっているはずだ。しかし自分に子どもが、ケイトとの子どもがいるという事実を頭が受け入れなかった。

ぼくの娘。

ケイトの言葉を疑ったことはこれまで一度もない。さっきケイトからアデラの年齢を聞いたが、時間的につじつまも合う。それでも……。「どうしてもっと早く教えてくれなかったんだ？」

「教えようとしたのよ。妊娠がわかってすぐに。タブロイド紙で婚約の記事を見て、あなたの正体もわかったけれど、それでも知らせるべきだと思った」

ケイトはため息をつき、アデラをきつく抱きしめた。

「連絡をとろうとしたけど、大学はあなたのことを何も教えてくれなかった。だからルクレシアの大使

なたの子どもなの、ダヴィアン。アデラはあなたの娘なのよ」

最初はその言葉がよくのみ込めず、ダヴィアンはただ座っていた。この小さな子がぼくの子どもだって？　そんなはずはない。いっしょに過ごしたのはひと晩だけだったし、避妊もした。

だが百パーセント確実というわけではない。医師としての自分がそうささやいた。

それでも……やっぱりありえない。ダヴィアンは少女の寝顔に視線を落とした。黒っぽい髪は彼にそっくりだ。父や兄とも似ている。それにあの顎のラインは……幼かったころの兄の姿が頭に浮かんだ。自分自身の写真も。

見覚えがあると思ったのは自分に似ていたからだ。

そう思いあたると肺から空気が奪われ、胸が締めつけられた。

ああ、まさか。

館に行ってあなたと話したい理由を伝えたの。今振り返れば、追い払われた理由がよくわかるわ。でもあのときのわたしは必死だった。なんとか警備の人と話せたけど、あなたに取り次いではくれなくて、結局あきらめたのよ」

「ケイト……」人生で初めてダヴィアンは言葉を失った。何を言えばいい？　連絡をとろうとしたというケイトの話を彼は信じた。彼女の言うとおりだ。プリンスとデートしたとか、妊娠したとか、詐欺まがいの連中はあとをたたない。王族との接触にルールが設けられているのは理由があってのことだ。だがケイトはそれにはあてはまらない。あのころ話したい相手がいるとすれば、それは彼女だった。しかし彼は父の病気や見せかけの婚約に気をとられていて、考えがおよばなかった……。

そのとき、アデラが母の腕の中で身じろぎし、目を開けた。ダヴィアンと同じ青い瞳だ。彼の心はすっかりとろけてしまった。

ぼくには娘がいる。アデラだ。

アデラは起き上がり、口をとがらせて目をこすった。そして母を見上げ、ダヴィアンに目をやった。

「この人はママと同じお医者さま？」

王族や富豪の前で、話す経験を積んできたはずのダヴィアンだったが、一人の少女からのたった一つの質問で舌が動かなくなった。彼は驚きのあまりじっと自分の娘を見つめた。

さいわい、ケイトが助け船を出すように立ち上がり、アデラを抱き上げた。「ママのお友だちよ」その言葉にかすかに刺があるのをダヴィアンは聞き逃さなかった。「ドクター・デ・ロロソっていうの。お昼寝が終わったらまた会えるわよ。起きたらフランソワのランチビュッフェが待ってるし、今日はパイナップルが出るそうよ。好きでしょう？」

アデラはうなずいたが、その目はまだダヴィアンを見つめている。「あなたはパイナップル好き?」

ダヴィアンはサンドペーパーのようにざらつく喉に唾をのみくだし、かすれる声で言った。「ああ、好きだよ」

「よかった」アデラがにっこりすると、ダヴィアンには雲間から太陽が顔を出したようだった。「じゃあ、ランチのときにいっしょに食べられるわね。いいでしょう、ママ?」

ケイトは娘とダヴィアンを見比べた。彼のまなざしの陰りに警戒心をぬぐえないでいる。アデラを託せるほど彼を信用していないのは明らかだった。

ダヴィアン自身、自分を信用できるかどうかわからなかった。仕事では子どもの相手をするし、そばにいるのは楽しいが、自分の子どもとなれば責任がともなう。最近は自分と両親のことで手いっぱいなのに、この愛らしい少女の命まで守れるだろうか。

しかしパニックになる前に、落ち着きと決意がわき上がってきた。

アデラはぼくの子だ。

そう思うと胸が温かくなった。

きっとできる。アデラもケイトも大切にしなければ。これは彼の責任だ。決してなおざりにはしない。

「そうだね、パイナップルを食べよう、アデラ。さあ、昼寝をしておいで。あとで会おう」そしてケイトにささやいた。「寝かしつけが終わったら、もう少し話せないか」

ケイトは小さくうなずいて階段へと向かった。その後ろ姿を見送りながら、ダヴィアンは一瞬にして独身の男から、子どもがいて家族を持つ男になった事実を受け入れようとしていた。

5

アデラを寝かしつけると、時刻はもう十時を過ぎていた。ケイトは船室のドアをそっと閉め、通路の壁にもたれて目を閉じると、深いため息をついた。

こんなに早くダヴィアンにアデラのことを打ち明けるなんて、何を考えていたんだろう。

もちろん彼には知る権利があるし、これ以上引き延ばしたくなかったのも事実だ。でも真実が表に出たせいで、別の問題が生まれてしまった。彼がケレンシアに乗っていると知ったとき、まずは今の彼がどう変わったかを観察し、それからちゃんとしたタイミングでさりげなくこの話題を切り出すつもりだった。

ところがパウロのことがあったせいで、ダヴィアンから姿を消した理由をいきなり打ち明けられ、ケイトは警戒心を忘れて自分も話す気になってしまった。

図書室で待ち合わせをしたものの、今のケイトはなぜかアデラとの人生を守りたい気持ちが強かった。ダヴィアンは娘のことで何か要求するつもりだろうか。

でも今話さなければいつ話すの？

困難から逃げ出したことなどないケイトは、覚悟を決めて壁から離れ、その二分後に人気のない図書室に入ってドアを閉めた。ふだんここには誰も来ない。話し合いにここを選んだのはそれが理由だ。

アドレナリンがあふれて落ち着かず、座り心地のよい椅子に腰を下ろす気になれなかった。手を動かしておきたくて書架を整理しようと思ったちょうどそのとき、ドアが開いてダヴィアンが入ってきた。

ああ、本当にすてきだ。研修生のころとほとんど変わらない。ただ、こめかみの髪に白いものが交じっている。黒いスーツ姿のままだがネクタイはゆるめていて、日に焼けた喉元がのぞいている。そこにキスしたいと思う常軌を逸した衝動にとらわれ、ケイトは両脇で手を握りしめた。

ダヴィアンの強烈な青い瞳が部屋を見まわし、隅にいるケイトをとらえた。まるで眠っていないかのように目の下にくまができている。ケイトにはその気持ちがわかった。彼と再会したあと、昨夜はほとんど眠れなかったからだ。気がつくと、彼に近づいて引き寄せて、しばらくこの胸で休ませてあげたいと思っている自分がいた。

それ以上のことも。

だめ、考えるのはやめよう。

疲れているせいだ。ここに立っていないでアデラといっしょに昼寝するべきだった。でも残念なことに今日は当直勤務だから、どちらにしろすぐには休めない。船客はダヴィアンとその両親だけだから医師が必要になる可能性は低いけれど、クルーに何か起きるかもしれない。

ダヴィアンは近づいてきてソファに座った。「待たせたかな？」

「いいえ、だいじょうぶ。時間ぴったりよ。別にちゃんとした会議ってわけじゃないし……」

意味のないおしゃべりはやめなければ。

ケイトはダヴィアンの向かいの椅子に座り、ゆっくり息を吐いた。「それで、さっきの続きだけど」

「そうだな」

二人はコーヒーテーブルをはさんで見つめ合った。二人の間の距離を考えれば、グランドキャニオンをはさんでいるも同じだった。階上のサンデッキで感じた親しい空気は朝靄のように消え、緊張感だけが残った。

「すまない」ダヴィアンは、膝の上で握りしめた手を見つめながら口を開いた。「さっき、きみに聞いたことがまだ心の中で整理できないんだ。もっと落ち着いた気分で話し合いに臨めればよかったんだが……」彼はあきらめたように両手を振り上げた。「じつは子どもがいた、なんてそうそう聞く話じゃないからな」

「ええ、そのとおりね」ケイトは彼に同情しそうになった。でもダヴィアンは一度も彼女の様子を尋ねてこなかった。たとえ子どものことは知らなくても、元気かどうかぐらい連絡してくれてもよさそうなものだった。愛し合ったという事実は、ケイトにとっては特別だった。しかしダヴィアンには違ったようだ。だから今も同情したくない。そんな思いとは裏腹に、ちくりと痛む胸をケイトは無視した。そして勇気を奮い起こして言葉を続けた。「あなたに何かしてほしいとは思ってないの」

ダヴィアンは驚いてまばたきをし、顔をしかめた。

「なんだって?」

「アデラのことよ。デッキであの子のことを打ち明けたのは、あなたには知る権利があると思ったからよ。でもあなたからお金やそれ以外のものが欲しいと思ってるわけじゃないの。わたしたちは、助けがなくてもやっていけるから」

ダヴィアンは首を振った。「それはわかってる。きみが立派な母親なのははっきりしてるよ、ケイト。それに、きみは誰よりも強い人だ。きみとアデラになんの問題もないのは承知してる」

「でも?」

「でも、とは?」

「問題がないのがわかっていても、それだけじゃないんでしょう？　ダヴィアン、あなたは気になるものを放っておける人じゃない。研修生のときも、絶対にまちがいのないようによけいな検査までしてたじゃない。そんなあなたが娘の存在を知ってあっさり引き下がるとは思えないわ」

ああ、これではうまくいくはずがない。言葉が先走るのをなんとか止めることはできたものの、ボタンをはずしたダヴィアンのスーツの上着と内側の白いシャツから目が離せない。上半身に張り付いた柔らかなコットン素材がその下の筋肉を浮き上がらせている。もう五年もたつのに、目を閉じれば指先に感じたあの筋肉の感触、肌のぬくもり、首元の石鹸(せっけん)とスパイシーな香りを思い出せる。ケイトの指が腹筋からズボンのウエストへ、そしてさらに下へと向かったとき、ダヴィアンがはっと息をのんだことも……。彼女も生身の人間だが、もう何年も誰ともつき合っていない。彼女にとってはダヴィアン以上の男性はいなかった。妊娠、仕事の忙しさ、子育てに追われて、恋愛やロマンスに割く時間はなかった。

「どんな子なんだ？」ダヴィアンの静かな声がして、ケイトは熱い物思いから覚めた。「好きな色は？　好きな食べ物は？　誕生日はいつだ？　シーフードは好きかな？　アレルギーはあるのか？」彼は座り直して首を振った。「いっしょに過ごせるはずの時間をずいぶん失った気がするから、取り戻したいんだ」その目がケイトの視線をとらえた。「ぼくのことは知ってるのか？　ぼくが本当は誰なのか」

ケイトはほほえみを噛(か)み殺した。ダヴィアンはいつもいきなり本題に入ろうとする。「普通の五歳児よ。いつもなぜ、どうしてって質問攻めで、好きな色はピンク。好物はフライドポテトとパイナップル。誕生日は八月十二日。エビやカニやロブスターは好きだけど、魚はそれほどでもない。アレルギーはないわ、わたしが知るかぎりは」ケイトはそこでかすかに首をかしげた。「あなたとは今朝会っただけで、誰なのかは知らないわ。必要にせまられるまで、つまりあなたに再会するときまで、何も教えるつもりはなかったの。今のところ父親については深くきいてこないけど、アメリカに戻って学校に通うようになったら、それもすぐ変わるでしょうね」

「アメリカに戻るつもりなのか」ダヴィアンが身を乗り出した。

「ええ、このクルーズが終わったら。アデラが転々とせずにすむように、腰を落ち着けるつもりなの」

ドクター・ブライアントとボストンの母をのぞいて、誰かに将来の計画を話すのは初めてだ。「資金が貯まったから、開業する予定よ」

「すごいな、おめでとう。場所は子どものころ住んでいたボストンか？」

「いいえ、カリフォルニアよ。サリナスの近く。あの地域には大勢の移民が暮らしているから、その人たちにも手の届く医療を提供したいの」

ダヴィアンがほほえんだので、ケイトは胸がどきりとした。「きみは昔から理想家だった」

「そうね」ひさしぶりで彼の注意が自分だけに向けられる快感を無視して、ケイトは彼に話を戻した。

「あなたは？　ルクレシアで病院を経営してるって言ってたわね。経営者なんて意外だわ。あんなに患者を治療するのが好きだったのに」

「今も好きだよ」ケイトと仕事の話をするうれしさで、表情が明るくなった。「経営面は人を雇って手伝ってもらってる。きみの言うとおり、そういう仕事は好きじゃない。ぼくがやってるのは実地教育だ。一般外科手術でのレーザーの最新技術についてセミナーを開いているが、いちばん優先してるのは患者だよ」

「わたしたち二人とも希望がかなったのね」

「全部かなったわけじゃない」

ダヴィアンの目に傷心と孤独の影がよぎったのを見て、ケイトは胸が少し苦しくなった。本音を言えばケイトの希望も全部かなったわけではない。ただ一つ手に入らなかったものは、今目の前に座っている。あのころ彼に心を開き、誰にも話したことのなかった秘密を打ち明けた——過去について、父親について、将来の夢について。二人ならハッピーエンドが待っていると思っていた。ところが彼の嘘が明るみに出て、ケイトの想像もおよばない義務や責任を背負う男性だとわかった。たとえ娘がいても、結婚することはありえないと。

ダヴィアンとよりを戻したいわけではない。そんな気持ちはない。

でも仮定の未来をファンタジーとして想像するのは、別におかしなことじゃない。誰だって夢は見るものだ。

二人はまた互いに見つめ合った。やがてダヴィアンが身じろぎした。「ケイト、最初からやり直せないだろうか。昨日はお互い切り出し方がまずかったと思うんだ」

「それは五年前にあなたがいきなり姿を消したからよ」ケイトが皮肉っぽく言った。

ダヴィアンは思わず視線をそらした。「ああ、そのとおりだ」

サンデッキでの会話のあとで、彼がこんなにあっさりと自分の非を認めるのは不思議だった。もう過去を変えることはできないけれど、ケイトはアデラを絶対にそんな目にあわせたくないと思った。「ダヴィアン、あなたがアデラに父親だと名乗り出る気があるのかどうかまだ聞いてないけれど、アデラの母親として、これだけは守ってほしいの。もしまたひと言の断りもなく姿を消すつもりなら、今のこの関係を変えないのがいちばんだと思う。アデラがあなたや自分の血筋についてを知るのは、もっと大きくなって理解力がついてからでもいいんだし」

つかの間、ダヴィアンは反論したそうに見えた。しかし結局ため息をついて短くうなずいた。「わかった。でもはっきり言っておくが、もう二度と黙って消えるつもりはない。あのときだってそんなつもりはなかったが、義務があってしかたなく――」

「アデラにあなたが父親だと明かせば、あなたにも娘に対する義務が生まれるわ」ケイトは一歩も引かなかった。「父親が途中でいなくなるぐらいなら、最初からいないほうがいい。わたしはそのつらさを知っているし、娘にはそんな苦しみを味わわせたくないの」

「娘の前から消えたりしないと約束する」ダヴィアンはため息をついてうなだれた。「きみがどんなにつらかったかわかるよ。お父さんの件があっただけに、よけいに。それをぼくが繰り返してしまったことも……」ダヴィアンは視線をそらした。「自分が悪かったのはわかってる。今ぼくにできるのは、きみに許しをこうことと、何があろうときみとアデラの前から消えないと約束することだ」

ケイトはその言葉を信じたかった。信じたくて胸が痛くなるほどだったが、できなかった。彼の誠実さが証明されるまではだめだ。かつて信じたせいでどうしようもなく傷ついてしまったのだから。

「クルーズが終わるまでに、いつか夕食に来てくれないか」ダヴィアンの声には疲労がうかがえた。「ぼくの両親も呼んで……」

「だめよ」ケイトは再びダヴィアンと視線を合わせた。「アデラにちゃんと話をして、この先のことを決めてからじゃないと。あなたのご両親に会わせてアデラが混乱するのは困るわ」

「わかった」ダヴィアンはうなずいた。「次の寄港地で一日いっしょに過ごしてみよう。先に知り合いになれば、ぼくが父親だと打ち明けやすくなる」ダヴィアンは咳払い(せきばら)をした。「きみさえよければ」

この会話に何を期待していたにしろ、これはケイトの予想外だった。こんなにやさしくて心が広いダヴィアンを見ると、かえって警戒心が高まってしまう。ケイトは物事が順調に運ぶのに慣れていなかった。それでも、一日をいっしょに過ごすのはいいアイデアだと認めないわけにいかない。「わかったわ。一日休みがとれるかどうか診療所のスケジュールを確認してみて、あなたに連絡する」

ケイトの心には、まだ一つ疑問が残っていた。「どうしてDNA鑑定を要求しないの？」単刀直入にきいていた。

ダヴィアンは笑った。「もしぼくの両親が知ったら、するに違いないからさ。王位継承の関係でね。だが今知ってるのはぼくたちだけで、ぼくはきみを信じてる。これまでもずっとそうだった」

今度言葉を失うのはケイトの番だった。研修生時代はすべてが完璧なわけではなかったけれど、二人の間にはいつも信頼関係があった。少なくとも彼が姿を消すまでは。でもダヴィアンは今も彼女を信頼している……この意味は重い。

「じゃあ、ぼくは両親のところに戻る」ダヴィアンは立ち上がった。「二人ともモンテカルロを楽しみにしていて、準備が整ってるか、警備がちゃんと配置されてるか、ぼくが確認しないといけないんだ」

ケイトも席を立ち、彼のあとについて図書室を出た。あきらめのにじむ彼の口調を聞いて、ケイトは思わず気の毒になった。「大変ね。自分の家族に使用人あつかいされるなんて、つらいでしょうね」

「もう慣れたよ。子どものころからそうだったから。でも自分が特権階級なのはわかってるから、自分を哀れむ理由はない。世の中にはもっと大変な人たちがいる。だから、医師の仕事と慈善活動を通じてできるかぎりそういう人々を助けることを人生の使命にしてるんだ。それができているといいんだが」

研修生のころケイトが彼に惹かれたのは、二人とも同じ理想を抱いているのが理由だった。これほど年月がたっても、その気持ちは今も強い。

「あなたの話からすると、できてると思うけど」一瞬、視線が絡み合い、二人の間で熱気が無視できないほど燃えあがった。けれどケイトはその事実を直視せず、安全な診療所の方向へとあとずさった。

「モナコのこと、あとで予定を連絡するわ」

「ケイト?」ケイトが診療所の前まで来るとダヴィアンが呼び止めた。そして彼女が振り向くのを待って言った。「ありがとう」

長い沈黙が流れたあと、彼は去っていった。ケイトは胸に期待と不安が渦巻くのを感じた。これは人生で最高の決断だっただろうか、最悪だっただろうか。それは時がたってみないとわからなかった。

6

自分に娘がいたことの衝撃がおさまると、ダヴィアンはアデラに出自の事実を隠しておくのはそれほど簡単ではないと気づいた。クルーズの間中、彼の行動に逐一目を光らせている両親がいるとなるとよけいにそうだ。だが、昔の行動の結果とちゃんと向き合うのは彼の義務だった。

娘。ぼくには娘がいる。

その言葉は、高揚と不安を同時にもたらした。子どもがほしい、自分の家族を持ちたいとずっと思ってきたが、そのために計画し準備する時間はたっぷりあると考えていた。我が子を王室のごたごたに巻き込みたくはないが、現実的に考えればあまり選択肢はない。アデラのことはどんな敵からも命懸けで守るつもりだ。彼はこれまで家族のためにあまりにも多くを犠牲にしてきた。娘との関係まで義務のためにあとまわしにすることがあってはならない。

「どうかしたのか、ダヴィアン」翌日、朝食の席で父のフィリップ王が言った。「心ここにあらずだな。しかも顔つきが虎のように荒々しい」

「だいじょうぶです」ダヴィアンはつぶやくように答え、コーヒーを飲んで顔をしかめた。

ケレンシアのクルーがすばらしい朝食を用意してくれていたが、ダヴィアンはあまり食欲がなかった。しかし両親とそのゲストたちは違った。フィリップ王とダヴィアンの母アラベラ妃は、航海中の退屈をまぎらわせるため、もっとも信頼の厚い友人や顧問を何人かこのクルーズに招待していた。おかげでダヴィアンは両親を楽しませる以外の仕事をこなす時間が持てた。最初は船室にこもって来月の医学会議での発表資料を用意するのにほとんどの時間を費やすつもりだった。いつもは私用の屋敷でほとんどをこなしているが、兄と話し合った結果、両親の身の危険が高まってきたことを考えしばらく王と皇太子を引き離すのがいちばんだという結論に達した。そして移動中でも仕事ができるダヴィアンがクルーズ中の両親のお守り役をおおせつかったのだ。彼は深いため息をつき、資料を見下ろした。プレゼンテーションの準備と、ケイトとアデラともっといっしょに過ごしたい思いとで引き裂かれそうだった。

「おなかがすいてないの?」隣席の母が尋ねた。「少しでも何か食べないと、元気が出ないわよ」

ダヴィアンは母に小さくほほえむと、目の前の皿からフルーツと焼きたてのクロワッサンをとり、自分の皿にのせた。

「モンテカルロでの日程は計画してくれた?」母が言った。「ホテルでマルコと打ち合わせをするのを忘れないで。マルコは今週のツアーでわたしたちが何を見たがってるか、よく知っているから」

フィリップ王がため息をついて椅子の背にもたれた。「おまえの兄もいっしょじゃないのが残念だよ。あんなにモンテカルロが好きなのに」

ダヴィアンは、それは父上の身の安全のためですよと言いたい気持ちを抑えた。受け流して今日という一日に集中しよう。今はもっと大事なことがある。

ケイトとその娘のことだ。

アデラ。

ダヴィアンは王族として富や特権は重視してこなかった。しかしアデラは、成長して自分で選択できるようになるまでは、そういった恩恵にあずかれる権利がある。ただアデラの立場がはっきりしたら、また新たな問題が持ち上がるだろう。アデラが過激派の攻撃目標になることをダヴィアンは恐れた。ケイトとその娘を彼の人生に取り戻すのは、二人をこの状況に巻き込むことを意味する。だからこそ、感情におぼれるわけにはいかない。論理的、理性的に問題を解決しなければならない。

サンデッキに上がり、ターコイズ色の地中海を眺める。頭上の空は目が届くかぎり雲一つない。海はすでににぎわっていた。小さな船が巨大な貨物船と並んで進んでいく。ヨットの船長はたくみな操船で混み合う船の間を抜け、すいている海域へと向かっていく。もし医師にならなければ、ダヴィアンはルクレシアの王立海軍に入隊していただろう。彼は海と船に愛着があった。

下のほうから、ウインドベルにも似た聞き覚えのある笑い声が漂ってきて、ダヴィアンの体にまた熱いものが走った。彼女のそばにいると、いつもこうなってしまう。

ケイトだ。

あれから何年もたっているのに、惹かれる気持ちはいっそう強くなっている。彼がいない間にケイトが味わった苦労を考えると、よけいにいとおしかった。一人で彼の子どもを産み、研修期間を乗り切った。彼が故郷の病院を引き継ぎ、世界的に有名な医療センターへと生まれ変わらせるいっぽうで、ケイトは娘のために自力で生計をたててきた。

出会う前からケイトは苦労を味わってきたのに、彼のせいでさらに苦しい目にあわせてしまった。わざとではなかったにしろ、今となってはそんなことは関係ない。苦しい境遇から這い上がったケイトを立派だと思うと同時に、彼女の面倒を見たいとも思った。あのころ互いに大事に思っていたから、そして彼女がアデラの母だからだ。

ただ一つ頭が痛いのは、すべての事情を――そしてケイトとアデラを、世間の目から隠さねばならないことだ。二人を恥じているからではなく、守るために。彼や家族が日々どんな目にあっているか、二人は知らない。今回のクルーズの原因となった過激派の脅威は言うまでもないが、どこへ行っても追いかけてくるパパラッチもいる。ケイトとアデラをそんな下劣な視線にさらしたくない。

ダヴィアンはしばらくそこで海を眺めながら考えごとにふけった。自分が生まれてからずっとそうだったように、大事な娘がマスコミに追いかけられるのを想像すると胸が痛んだ。ダヴィアンはケイトと娘を臆測や噂や絶え間ない危険から守るためならなんでもしようとその場で自分に誓った――彼が直接二人を守れない場合はとくに。

なんてことだ。

サングラスをはずし、顔をこすってまたかけ直す。今はケイトのことではなく、両親のモンテカルロめぐりとプレゼンテーション資料に集中しなければならない。腕時計を見ると、もう十五分もここにいる。そろそろ動かなくては。

まず、両親のツアーについてマルコとかいう男に連絡し、次に警備スタッフに日程を説明する。王族の特別なツアーを実現するために、ダヴィアンは一日働き、ストレスをためなくてはならない。予定どおりに事が運んで当然と思われている。

うまくいっても、彼がプリンスというより称号を持つ秘書であることが証明されるだけだ。

ダヴィアンは患者や病院が恋しかった。なのにここにいて、自分の夢をかなえるのではなく義務を果たしている。今までずっと家族の言いなりになってきたのは義務と忠誠心のなせるわざだ。彼は祖父を尊敬し、両親と兄を愛していた――たとえその考えに同意や納得ができなくても。

兄と二人で王と王妃のために急きょこのクルーズを考えたときは、両親の静養期間を作り、暗殺をほのめかす者が逮捕されるまで二人を世間の目から隠すのが目的だった。だが王として注目され持ち上げられるのが大好きな父を、王を敬愛する臣民から引き離すのは、手のひらからこぼれ落ちる砂を引きとどめようとするみたいなものだ。ダヴィアンはため息をつき、パステルカラーの家が点在する断崖の上を眺めた。ときどき、彼がどんなに緻密に計画を立てても、みんな失敗する運命のように思えてしまう。

だがダヴィアンはすぐさまそんな思いを振り払った。もともと自己憐憫にひたるような性格ではない。行動を重視するタイプで、やるべきことは山ほどある。ダヴィアンは階下の船室に戻り、モンテカルロを訪問する準備に取りかかった。例のマルコと話し、ツアーの確認をする。そして腰を落ち着けて給仕長のノアに頼んでおいたタブロイド紙すべてに目を通す。さいわい王族がケレンシアで出航したという記事はどこにも出ていなかった。そのあと彼は患者の様子を確認するためルクレシアの病院に電話した。

これまでのところ順調だ。

電話と仕事を終えると、もう午後の遅い時間だった。脚の筋肉をほぐして新鮮な空気を吸おうと、ダヴィアンはデッキに戻った。船尾のデッキに行き、ケレンシアの強力なエンジンが後方に作り出す波を眺める。背を向けて手すりに両肘を据えたとき、ケイトが右前方にいるのが見えた。金髪を風になびかせ、願い事をするか夢でも見ているように目を閉じている。今日は制服を着ていない。白のポロシャツとショートパンツで、日に焼けた長い脚をあらわにしている。それを見てダヴィアンはふいに欲望で喉が苦しくなった。あの脚がどんなに柔らかくなめらかで、どんな手ざわりだったかを思い出した。欲望に駆り立てられ、エクスタシーをめざす間、その脚がきつく彼の腰に巻き付けられていたことも……。

ここから見るかぎり、アデラはおらず、ダヴィアンは気がつくと彼女に歩み寄って抱き寄せ、キスしたい思いにかられていた。つややかな髪に手を差し入れて指をからめ、上を向かせて、首元の脈打つ肌に舌を這わせたい。やさしく噛(か)んだら、ケイトは息をのんであえぎ声をあげるだろう。

突然、ダヴィアンはクリーム色のリネンのスーツとアイボリーのドレスシャツがわずらわしくなった。この場で破り捨てて、ケイトみたいに気楽な服が着られたら……。

ケイトが少し横を向き、ヨットのずっとうしろにいるダヴィアンに目を留めた。彼が思わず足を踏み出すと、ケイトはあとずさった。ダヴィアンの足は勝手にケイトのほうへと向かっていく。しかし近づくにつれ彼女は遠ざかっていき、手すりにうしろをはばまれるまで止まらなかった。

「今日のきみはとてもすてきだ」できるだけさりげない口調を心がけながら、彼はケイトの隣で足を止めた。

ケイトと二人きりになるとぎこちなくなってしま

う。"すてきだ"とは言ったが、本人の美しさに比べればそんな表現は色あせる。ケイトのように内面も外見も美しい女性に会ったことがないのはたしかだが、会っていきなりかけるような言葉だろうか。五年も離れていた経緯を思えばなおさらだ。

それでもケイトはその言葉に顔を赤らめ、手すりを握る手に力をこめた。黒っぽいサングラスのせいで目までは見えなかったが、ダヴィアンは感じ取った――ケイトはほめられて気恥ずかしい思いをしていると。研修生時代、ケイトは幼いころの話をしてくれた。ケイトが十歳のとき父が出ていき、彼女は母の女手一つで育てられた。さりげない話しぶりだったので、ダヴィアンは彼女が当時の苦しみを力強く跳ね返して育ったのだろうと思い込んだ。だが今日の様子からすると、当時の経験が今のケイトに予想以上に深い傷跡を残したのかもしれないと思わずにいられなかった。彼のほめ言葉にどう反応していいかわからないでいる様子を見ると、よけいにそう思えた。

「まあ、ありがとう」ケイトは視線を落としたまま答えた。「働いていないときはカジュアルな制服にドレスダウンするの。ヨットの所有者から支給されるから、色や形は選べないのだけど」そうあわてて付け足す。

不安で口数が多くなるケイトを見て、ダヴィアンの中の緊張がいくらかほぐれた。この関係を台なしにしたくないと思っているのは、彼だけではないとわかって安心した。

ダヴィアンは咳払い（せきばらい）をして深呼吸すると言った。

「きみはなんでも似合うよ」

二人は手すりの前で肩を並べて海を眺めた。ときどき腕が触れてしまい、体を欲求の波がさっと駆け抜ける。すると小さなビキニ以外に何も身につけていないケイトの姿が脳裏をよぎった。裏切りものの体がまた過熱状態になった——鼓動は速まり、耳の奥で血の脈打つ音が響いて、胸が締めつけられ、突然ズボンがきつくなった。さいわいスーツの上着がこの反応を隠してくれたので、ばつの悪い思いはせずにすんだ。目をきつく閉じて、自制心を呼び戻す。美しい女性と同席したことなど何度でもある。ケイトの隣に立っただけでこんなふうになるなんてありえない。

「二日後にモナコに着いたときの診療所のスケジュールを確認したんだけど」ケイトが口を開いた。

「昼間ならモンテカルロに行けるわ。ドクター・ブライアントが当直勤務だから。でも夜には戻って交代しないと」

「よかった」二人はまた黙り込んだ。まだ緊張していたダヴィアンは、それがうっかり知られて自信たっぷりで冷静な外見を台なしにするのが怖くて、口を開かなかった。

「それで」しばらくしてケイトが言った。「アデラにお出かけのことを教えたら、もう大喜びよ。モナコについて質問されて、できるかぎり答えたんだけど、あなたならもっとよく知ってるんじゃないかと思って——」そしてダヴィアンのほうに手を振った。

「プリンスだから」その頰がまた愛らしくピンクに染まった。「いいえ、別にあなたがしょっちゅうモナコに行ってるって思ってるわけじゃないの。だって、医学部に四年、研修医で四年、それから専門医のフェローシップで三年でしょう。十一年はモナコには行っていない計算になるから」

ダヴィアンはほほえみを嚙み殺して彼女が話し終えるのを待った。「そのとおりだ。ぼくの経歴をまとめてくれてありがとう」

サングラスがあっても、ケイトが恥ずかしそうに目を丸くするのが見える気がした。彼女は首を振った。「ごめんなさい。どうしてこんなに緊張してるのかわからない。初めて話す相手でもないのに。だいたい、わたしたちは話すどころかそれ以上のことだって——」ふいに言葉が止まった。「最低ね。もうしゃべるのはやめるわ」

ダヴィアンはほほえみ、ケイトに触れたくならないように両手をポケットに入れた。自分に腹をたてるケイトがあまりに愛らしく、抱きしめてだいじょうぶだと言ってやりたかった。「いいんだ。わかるよ、ケイト。ぼくも同じだから。ぼくだって緊張してる。今の関係を壊したくないから二人とも慎重になってるんじゃないかな」

ケイトが深く息を吸ってほほえみ返したので、ダヴィアンの世界は超新星の光を浴びたように明るくなった。「ええ、そのとおりよ。二人とも自分にプレッシャーをかけすぎているのかも」

「そうだな」ダヴィアンはもっと無難な話題はないか考えた。「あのあと、パウロから連絡はあったのか?」

「ええ」ケイトは手すりに体重をあずけた。「ずいぶんよくなったわ。父親と話したんだけど、今日退院できるそうよ。脳震盪(のうしんとう)だけで、さいわい骨折はなかったみたい。モナコで再乗船する予定よ」

「よかった」

「あなたのご両親のほうは?」ケイトは少し首を傾けてきいた。「今朝カフェテリアでノアがほかのクルーと話してたんだけど、モンテカルロでゲストを招いて盛大なピクニックランチを振る舞うそうね」

「ああ、ゲストたちも上陸する。でもぼくらとは別行動だ。今日はほとんどその手配と警備の確認で終わったよ」

しばらく彼を見つめていたケイトは、顔をしかめた。「不満そうね」

「心配してるだけだ」

「ご両親の安全を?」

「ああ。ルクレシアで暗殺予告があったからね」ダヴィアンは手すりにもたれた。熱くなった顔にあたるひんやりした海風が心地よい。かつての悲しみが消えていき、彼は深いため息をついた。「祖父をあやめた過激派は何年も前に終身刑を受けた。ところがまた新しい一派が姿を現して、君主制を廃止しろと要求してるんだ。だが父のフィリップ王は国民から支持を得ていて、国民のほとんどは王室の存続を望んでいる。そんなときに父が心臓発作を起こしてしまった。父はもうすぐ七十歳で、退位して兄のアーサーにすべてをゆずりたいと考えているが、暗殺予告や本人の健康問題のせいで今は危険なんだ。ぼくらが何より恐れているのは、革命が起きたり、君主制に対する国民の信頼を失ったりすることだ。だから兄と話し合って、両親にはしばらく国外に出てもらうのがベストだと判断した。父を休ませるいっぽうで、一時的に兄に国の指揮をまかせれば能力の証明にもなる。その間に過激派の気勢も多少は鈍るだろう。そうしたら帰国して、状況を見極めるつもりだ」

「大変ね」太陽が雲の間に隠れ、ケイトがサングラスをはずしたので、美しい瞳があらわになった。ダヴィアンも同じようにサングラスをとった。

二人はつかの間見つめ合ったが、やがてケイトが腕組みして素足の爪先に視線を落とした。ダヴィアンは、そのかわいい爪先にキスし、ケイトを笑わせると同時に欲望のため息をつかせるところを想像して、どうしようもなくなった。

そんな思いを読み取ったのか、ケイトの視線がちらりと彼の唇に落ち、口元が少しゆるんだかと思うと、瞳の色がかすかに濃さを増した。体が反応してしまうのを隠そうとしているのは自分だけではないのかもしれない。ダヴィアンは思った。二人の間に熱気が満ちてくる。もう少しだけ、あと数センチだけ体を寄せれば、キスできる。五年前と同じように口づけが甘いかどうか確かめられる……。

だめだ。よけいなことは考えるな。

「それで、モナコの話だけど」しばらくしてケイトが口を開いた。ダヴィアンはまた海のほうを向き、サングラスをかけた。

「いいところだよ。行ったことは？」

「まさか。わたしはずっとアメリカから出たことがなかったのよ。モナコに行くなんて想像したこともなかったわ」

事情は少し違うとはいえ、ダヴィアンもその気持ちは理解できた。ルクレシアの王宮で育った彼は、アメリカに渡って医大で学び、ケイトみたいなすばらしい女性と出会うチャンスがあるなんて考えたことすらなかった。それでもあのころでさえ、国を飛び出して人の命を助け、本当の人生を送りたいと夢見ていた。祖父の暗殺に影響を受けたのもあるが、もともとそういう性格なのだろう。ケイトが幼いころから抱いていた気持ちもそれと同じかもしれない。単調な暮らしから抜け出して、自分の手で運命を切り開きたいという思いだ。

「子ども時代はつらかったのか」ダヴィアンが尋ねた。

「つらかったわけではないけど、ただ……」ケイトは肩をすくめた。「わたしが望むものとは違った。だから家を出て自活を始めたの」

「医大に行ったときのことか」

「そう。キャンパスの近くに女の子四人で安いアパートメントを借りて、生活費のためにみんなウエイトレスのアルバイトをしたの。学資援助で学費と教科書代はまかなえたけど、家賃までは出なかったから」

「それでもクラスのトップで卒業した」

「そのとおり」ケイトはにっこりした。そして太陽に顔を向けたので、ダヴィアンは日に焼けた喉元のラインを視線でたどってしまい、あわてて目をそらした。やがてケイトはまた彼のほうを見て尋ねた。

「あなたはどう？　ルクレシアに戻れてうれしかったでしょう？」

「そうだな」祖国のことは愛しているし、これからも大事だ。しかし最近何か欠けていると感じずにいられない。正確に言うと何かではなく誰かで、人生を分かち合い、ともに家庭を築く誰かだ。「ルクレシアは美しい土地だし、カリフォルニアもいいところだったけど、ぼくは今も本当の故郷を探している気がする。どこよりもしっくりと感じられる場所を」

「それは王宮じゃないのね」

「ああ、王宮じゃない」

ケイトはうなずいた。「アデラのことを知ってもらえてよかった。でも、もしあの子を傷つけたらわたしがただじゃおかないから。わかってる？」

「傷つけないよ。何があっても絶対に傷つけないと約束する。人生に保証はないけれど、名誉にかけて誓う。アデラを苦しませるようなことは絶対にしない。これでいいね？」

「いいわ」ケイトは短くうなずき、手すりから離れた。「そろそろ診療所に戻らないと。消耗品の在庫の補充作業が山ほどあるの」

「モナコの予定を考えておくよ。きみには初めての場所だから、特別なものにしたい。きみとアデラのために」

「すてきね」

階段をおりていくケイトを見送りながら、ダヴィアンはさりげない会話に大きな意味を感じていた。可能性と約束に満ちた会話だった。こんなに重要な意味を持つ一日はもう二度と来ないかもしれない。このチャンスを最大限に生かして、モナコで家族として過ごす一日を三人のためにすばらしいものにしたいとダヴィアンは思った。

階下の診療所に戻ったケイトは、もう一人のスタッフである受付係のキャリーを手伝って消耗品の在庫を補充した。出航して二日がたったが、船医の仕事はさほどなかった。ただ王の心臓の状態を考え、ダヴィアンからは経験ある医師を二十四時間態勢で待機させることが求められていた。

ダヴィアン。デヴィッド。

二人の間にあったことを考えると、まだ強く惹かれる気持ちがあるなんて信じられなかった。少なくともケイトはそう感じていた。そしてダヴィアンのむさぼるような視線を見てしまった彼女は、彼もまた同じ思いに違いないと思った。

ただ二人ともそれを行動に移さないだけで。

一度痛い目にあい、心の傷も残っている。

それでもまだ、夢を見ることはできる。

「ルクレシアの王宮の写真を見た？」アルコール消毒綿を棚の容器に入れながら、キャリーが尋ねた。「豪華そのものよ。敷物一枚だけでわたしが育った家の一軒分の価値があるんじゃないかしら」

ケイトの心は階上にいる男性のことでいっぱいで、話はほとんど耳に入らなかった。彼は過去のことを、目の前で祖父が暗殺され、そのせいで医師を志したことを話してくれた。患者に献身的で、人々を助けようとする彼の姿勢は、今考えればそんな思いが表れたものだった。王室のせいで人生を中断されても我慢してきたのは、そんな強い思いがあったからに違いない。ダヴィアンの中には人の助けになりたいという思いがある。研修生時代、ケイトは何度もそんな彼を見てきた。

五年前に彼が姿を消したとき、〝プレイボーイ・プリンス〟という新聞記事や噂は全部本当で、彼は自分のことしか考えていないと信じ込んでしまった。彼の嘘に裏切りと怒りを感じたせいで、ひどいおこないの噂を聞いても、もう二度と関わりたくない気持ちが強くなっただけだった。彼がいなくなったのは人生で最高の出来事だとさえ思えた。

彼に連絡をとろうとしても返事がなかったことも、ケイトが一人で生きていく大きな理由となった。

けれど今、彼女は疲れていた。少ないサポートで医師として長時間労働をこなしながら子育てするのは予想よりずっとむずかしかった。ケイトの母は手伝ってくれるものの、それだけでは足りない。

ダヴィアンならもっと助けてくれるかもしれない。

それにアデラの将来のこともある。ルクレシアとその王室は、アデラが生まれながらに持った権利の一部だ。アデラには彼らを知る権利がある。でもそれは、アデラが大きくなって、自分でどうするか選べるようになってからだ。それまではケイトが責任を持つしかない。

「では、次は舌圧子ね」キャリーがそう言い、壁際に積まれた箱のほうへと向かった。「ところで、プリンス・ダヴィアンのことをどう思う？ すごくホットよね」

ケイトは彼を守らなくてはという奇妙な衝動を感じ、顔をしかめた。「どこで知ったの？」

「昨日会ったの」キャリーはにっこりした。「プリンスがあなたを捜しに診療所に来たから。あなたはラッキーね。どこで知り合ったの？」

事情を隠したままどこまで答えていいかわからず、ケイトはキャリーの視線を意識しながら舌圧子を手のひらいっぱいにつかんで容器に詰め込んだ。

「それは、その……」検査着が入った箱をつかみ、診察台の下の引き出しに入れようとしてしゃがむ。

「一度、カリフォルニアで開かれた学会で会ったことがあるの。知り合いってわけじゃないし、どうしてわたしを捜しに来たのかもわからないけど」

「本当に？」これ以上話したくないと言わんばかりのケイトのそっけない口調からは何も読み取らず、キャリーは背中を起こして探るようにケイトを見た。

「変ね。ドクター・ブライアントが話してるのが聞こえたけど、あなたとプリンスは古い知り合いだって口ぶりだったけど」

「まさか」肩がこわばってしまい、ケイトは意識して力を抜いた。「ドクター・ブライアントはどうしてそんな話をしたのかしら」

キャリーはため息をついて背を向け、残りの舌圧子を容器に詰めた。さいわい、それから二人は打ち解けた雰囲気の中で、無言で作業を続け、診療所の準備を整えた。

〝ところで、プリンス・ダヴィアンのことをどう思う？　すごくホットよね〟

ケイトの頭の中には、まだキャリーの質問の言葉が響いていた。そのとおり、ダヴィアンはホットだ。ケイトがホットじゃないふりをしたところで関係ない。事実、さっきデッキで彼と過ごした時間は楽しかった。研修生時代の気の置けない仲間意識がよみがえった。

それに、あの視線。

手すりに並んでいたとき、彼女の唇を見つめるダヴィアンの瞳には渇望の炎が燃えあがり、それを見てケイトの唇は熱く火照った。今日キスされたわけでもないのに。あの瞳は昔の二人を思い出させた。彼に手を伸ばしたくなるのをこらえるために、そして彼をデッキに押しつけてその体を何度もむさぼりたくなるのを抑えるために、手すりをぎゅっと握りしめていないといけなかったほどだ。

こんなことを考えるのはまちがっている。たとえ二人の間に子どもがいるとしても、ケイトはダヴィアンが求めるような女性ではない。彼女は医師の仕事と娘との将来で頭がいっぱいなのだから。

ダヴィアンがプリンスである事実は動かせない。彼はほんの二週間の周遊のためにケレンシアみたいなヨットを借り上げることができる。好きなときにプライベートジェットで地球の反対側にまで飛んでいける。ケイト・ネヴェスみたいな、ごくありふれた家庭医を目指す女など好きになるはずがない。

とはいえ、違う国に住んでいても子育てで協力する夫婦はいる。この旅が終わったあともいっしょにいなければならない理由はない。それでもケイトの胸の奥底には孤独な心の痛みがあり、ダヴィアンがいっしょにいたいと思ってくれることを望んでいた。

どんなにばかげた願いだと、わかってはいても。

二日後にはいっしょにモナコを訪れるようになると考えると、そんな思いがいっそう強くなる……。

でも今さら断るわけにはいかない。いったん決めたことなのだから。それに、アデラが二人の間の緩衝材になってくれるかもしれない。何を見ても質問せずにいられないアデラがいれば、会話は途切れないはずだ。ダヴィアンとの間にぎこちない沈黙が流れるのを心配しなくていい。あの熱いまなざしに胸を高鳴らせ、体を火照らせる暇もないだろう。

そう悪くない一日になるかもしれない。モンテカルロを見てまわるのは楽しみだ……。

そのときケイトの頭にデッキにいた彼の姿が浮かんだ。太陽の光をいっぱいに浴びて風に吹かれていた、スーツとネクタイ姿のハンサムすぎるダヴィアン。ケイトはくすりと笑みを浮かべた。ヨットの上でスーツとネクタイを身につけていても気取っているように見えない男性はダヴィアンぐらいだろう。

ほんの一瞬、ケイトはグレース・ケリーがモナコ公妃となったことを思い出し、ダヴィアンみたいな人と結婚したらどんなだろうとふと思った。

それでも、すぐさまそんな想像は断ち切った。ハリウッドのおとぎ話でもあるまいし、ダヴィアンが白馬の王子さまになってケイトとアデラをお城に連れていき、いつまでもしあわせに暮らすなんてありえない。せいぜい、まる一日いっしょに過ごして互いをよく知り、何年も続く絆(きずな)作りにつなげるだけで精いっぱいだろう。なぜなら、アデラが就学したら引っ越しは控えたいからだ。ダヴィアンが娘に会いたいならアメリカまで来てもらうしかない。夏休みにはアデラと二人でルクレシアまでダヴィアンに会いにいってもいい。でもクリニックがあるから、やはり離れるのはむずかしいかもしれない……。

「ケイト?」キャリーが言った。「聞いてる?」

全然聞いてなかった。ケイトは顔を赤らめてキャリーのほうを見た。「ごめんなさい、何かしら?」

「だいじょうぶ?」

「ええ、平気よ」そう言って片手で額をぬぐう。「ちょっと疲れただけ。悪いけど、もう一度言ってくれる?」

「これでわたしのシフトは終わりって言ったの。また明日よろしくね」

「ええ、明日ね。わたしはあさっては一日オフだけど、木曜には戻ってくるから」

「了解」キャリーはにっこりした。

一人になると、ケイトは残りの消耗品の箱をいくつか片づけ、診療所の鍵を閉めた。緊急事態のためのトランシーバーがショートパンツのウエストのうしろにはさんであるのをたしかめ、腕時計を見る。もうすぐ夕食の時間だ。急げば料理の皿をとってデッキの錨(いかり)のそばに持っていき、ノアとアデラといっしょに夕日を見ながら食べられる。

今日のメニューは小エビのグリルと野菜のロースト、ライス、自家製のフライドポテトだ。王族がランチビュッフェで残したカニやロブスターも少しあった。ケイトはたっぷり三人分の料理を皿にとり、船首に続く階段をあがった。西に向かうヨットから眺める空は澄んでいて、きっと夕日が美しく見えるはずだ。

ところが船首に近づくと、意外にもアデラと話す男性の声が聞こえてきた。

ダヴィアンだ。いったいどうして――。

船首に駆け寄ろうとしたケイトは、ダヴィアンと娘の姿を目にして足を止めた。ダヴィアンは陸のあちこちを指さし、アデラはその声にうっとりと耳を傾けている。一瞬ケイトはパニックに襲われたが、すぐに気を取り直した。

ダヴィアンがアデラといっしょにいるのは当然だ。娘なのだから。心配することなど何もない。

全然。

それでも、心の奥深くでケイトは不安だった。しかしそんな思いを口にはせず、声をかけた。「ノアはどこ？」

ダヴィアンが顔を上げた。その頬が風にあたって赤らんでいるのを見て、ケイトは心がまた少しほぐれるのを感じた。日に焼けた顔に浮かぶ笑みがまぶしかった。「着替えると言って部屋に戻ったよ」

アデラがやっとケイトのほうを、というより手に持った料理の皿のほうを見た。「持ってきてくれたの、ママ？　もうおなかがぺこぺこ」

「そうよ」ケイトはダヴィアンと視線を合わせながら答えた。「ノアの分も持ってきたんだけど、いっしょに食べないのなら――」

「ぼくが代わりにもらおうか」ダヴィアンはケイトの皿にのっているロブスターを見やった。「船で食べるシーフードは最高にうまいから」

ケイトはとまどいながらも、ノアが用意しておいてくれた小さなテーブルに料理とナプキンを置いた。

「ええ、そうね。このシーフードは地元でとれたものよ。シェフが毎朝漁船から買うから、これ以上ないっていうぐらい新鮮なの」

ケイトはアデラを座らせ、小エビとフライドポテトをとってやった。そして自分はロブスターをとって、ヨットの錨の上げ下げに使う銀色に光るウインチの上に座った。テーブルには椅子が二脚しかなかったからだ。同じようにロブスターをとったダヴィアンは、ひと口ほおばって目を上げると、ケイトがおもしろそうに見ているのに気づいた。口にバターをつけた彼は、まるでクッキーをつまみ食いしているところを見つかった子どもみたいだ。とても愛らしくて、ハンサムで、セクシーで、そして……。

「そこに座ってもいいのか？」ダヴィアンがロブスターを持っていないほうの手で、ウインチを指した。

「そうだよ、ママ。ノアが言ってたよ、そういうのに触っちゃだめって」

「ああ、そうね」ケイトは立ち上がってテーブルのほうに行った。「ノアが言いたかったのは、子どもはだめだけど、大人はいいってことよ」

「大人になりたいな」アデラが口をとがらせた。「大人は楽しいことがなんでもできるもの」

ケイトとダヴィアンは視線を見交わした。どちらもほほえみを噛み殺している。やがてダヴィアンがアデラの頭をなでた。「急がなくいいんだよ。子ども時代をゆっくり楽しむといい」

「みんなそう言うね」アデラはため息をついたが、ふいに表情を明るくしてケイトを見上げた。「ママ、太陽が沈んでいくのを見るんだよね？」

「そのつもりよ」

「ぼくもいっしょにいてもいいかな」ダヴィアンが小声で言った。おそらくアデラに聞こえないようにするためだろう。

残念ながら、ダヴィアンは五歳児のコウモリなみに鋭い聴覚を知らないようだった。アデラは自分にとって大事な話なら、船の端からだって聞き取れる。

「そうだよ、ママ！」アデラは興奮して座ったまま飛び跳ねた。「いいでしょう？　ダヴィアンといっしょに夕日を見ようよ」

驚いているダヴィアンといたずらっぽく笑うアデラを見て、ケイトは思わず笑ってしまった。「どうぞ。あなたがそう言うなら」

ロマンティックな誘い文句ではなかったが、ケイトはそんな誘い方をするつもりもなかった。

アデラは、ケイトが来る前にダヴィアンといっしょに見たもののことを楽しげにしゃべっている。ケイトがときどき思い切って目を上げると、ダヴィアンはすっかり夢中になって娘を見つめていた。こんなに複雑な事情がなければ、この光景は奇跡のように思えたかもしれない。

ようやく食事を終えると、アデラは船の外壁の近くでぬいぐるみたちと遊びたいと言い出した。太陽が水平線へと沈んでいく中、ケイトは娘から目を離さず、テーブルでダヴィアンと向き合った。

「ケイト？」

ダヴィアンの声に物思いを破られ、目をやると、彼は何か言いたげにこちらを見つめている。ダヴィアンと目が合った瞬間、ケイトはそれを後悔した。なぜなら彼の存在が自分でも手に負えないほど近く、体が熱くなってきたからだ。

「顔にバターがついてる」ダヴィアンはナプキンを差し出した。

「あら」ケイトはナプキンを受け取って口元をぬぐった。「とれた？」

「まだだ」

もう一度拭く。「これでどう？」

ダヴィアンはしげしげと彼女を眺めた。「まだついてる。とってあげるよ」

そう言ってケイトからナプキンをとると、彼は止める間もなく立ち上がってテーブルに身を乗り出し、片手でそっと顔を上げさせて、やさしく口元を拭いた。意思に反してケイトのまぶたが閉じ、酔いしれてしまいそうな感覚が体に広がっていく。誰かにこんなふうに触れられるのは本当にひさしぶりだった。やさしさとぬくもりに満たされて……。

時間の流れがゆっくりと感じられ、二人の視線が絡み合い、空気までが熱気をおびる。ダヴィアンの視線がケイトの唇に落ち、また戻る。下腹部に火照りが増して、ケイトはごくりと喉を動かした。自分の体にあふれているのと同じ欲望がダヴィアンの瞳に渦巻いている。彼の表情が熱望から強烈な欲望へと変わった。ダヴィアンがさらに少し身を乗り出したので、頬にあたる息が感じられるほどだ。ナプキンはテーブルに落ち、代わりに彼の手が頬を包んだ。こんなことをしてはいけない。どうかしている。すぐそばでぬいぐるみと遊ぶアデラは、二人のことなどまったく眼中にはないけれど、それでも。

このままではよくない。ダヴィアンを求めていないからではない。本心ではこれまでずっと求め続けてきた。でも今は彼に多くを求めすぎている。船上で二人の間に何が起きるにせよ、これ以上は続けられない。彼は祖国と病院に戻り、ケイトはボストンに帰ってクリニックを開く。アデラがいるから連絡はとるだろうけれど、それだけだ。昔の感情、昔の生活の残り火が幻想を見せているにすぎない。そこに未来はない。どんなに短い間に熱気が炸裂（さくれつ）しても、別々の道に進めばあっけなく冷めてしまう。以前と同じように。

けれど理性がどんなに声をあげて警告しても、ケイトは身を引けなかった。ダヴィアンはその場を動こうとせず、何かを待つようにじっと見つめていたが、やがてさらに身を乗り出してケイトにキスした。

ケイトは血が熱くなり、鼓動が速まって、それから……。ああ、なんてすばらしいのだろう。

甘く、柔らかで、とてもセクシーだ。

それでもそのとき……。

「ママ！　お日さまが沈むよ！」アデラが駆け寄ってきてケイトのショートパンツを引っ張った。

情熱に圧倒されていたケイトはつかの間ダヴィアンを見つめたが、さっと体を引いて娘を抱き上げ、今この瞬間に意識を戻そうとした。

信じられない。さっきのキスはダヴィアンとの思い出がすっかりよみがえったようだったし、それ以上でもあった。

だからこそ、ケイトはもう二度と繰り返すまいと思った。

7

翌日もヨットは海上にいた。次の寄港地が遠いからではなく、王室のゲストたちが水上バイク、ウォータースキー、ウェイクボードなどのウォータースポーツを楽しみたいと言い出したためだ。ヨットのいちばん上のデッキから海面へとすべりおりるビニール製の大型スライダーまで設置された。太陽が出ていて海水は比較的温かく、遊びにはうってつけの一日になりそうだ。

だがそこにダヴィアンは含まれていなかった。昨夜のケイトとの中途半端なキスばかりが頭に浮かび、彼女への気持ちがこの何年も変わらず強かったことしか考えられなかった。今でも目を閉じれば、顔にかかった息も、指先で頬をなでたとき彼女の体に走った震えも、はっきりと感じられる。体が近づいて、唇と唇が重なる寸前に、ケイトが息をのんだことも……。

「そこをどいてくれ！」父の友人であるメイブルック伯爵が大声でそう言い、スライダーを勢いよくすべらせて海に飛び込んだ。先に海にいた仲間からにぎやかな歓声があがる。まだ昼だというのに、皆すでに酔っ払っている。

ダヴィアンはため息をついて首を振り、読んでいた記事に目を戻した。ふだんなら新たな治療法の技術的な側面について熱心に読みふけるタイプなのに、気が散ってふらふらとケイトのことを考えてしまう。

ケイトしか頭にない。

もっと正確に言うと、なぜ彼女が娘のアデラのこととなると話題を変えたり細かい話し合いを拒否したりするのか、その理由が気になっている。

二人の娘なのに。

ぼくの娘。

それが真実なのは気持ちの上ではわかっているのに、その言葉を口にするたび衝撃を受けてしまう。アデラはあの年ごろの彼の双子といってもいいぐらい似ている。それは否定できない。だがそれを受け入れるのと、しっくり感じられるようになることとの差は大きい。ダヴィアンは子どもが好きだ。ただ、ある日突然自分に子どもがいると突きつけられるのは予想していなかった。それにケイトはまだ彼を警戒している。だが今後うまくやっていくためには、そんな状態を乗り越えて前に進まなければならない。

「もう一回だ」メイブルック卿がまたスライダーへと歩いていった。ゲストがステップをのぼるのをサポートするためにスライダーのいちばん上で待機している甲板員のほうに、少しふらついた足取りで近づいていく。

「すみません、スライダーの向きを直すのでちょっと待ってください。さっき突風が吹いて――お客さま！」甲板員が叫んだ。

次の瞬間、ダヴィアンの耳に大きなどすんという音と女性の悲鳴が響いた。彼はすぐさま立ち上がった。緊急事態の前には学会誌など二の次だ。「どうしたんだ？」真っ青な顔で下のデッキを見下ろしている甲板員二人に駆け寄る。「何があった？」

「待ってくださいって言ったんですが」甲板員の一人が言った。「突風のせいでスライダーがねじれたから直そうとしてたんです。でもあの方がすべろうとして、それで……」

手すりから乗り出して下のデッキを見ると、倒れたまま動かないメイブルック卿の体が見えた。ダヴィアンの体にいっきにアドレナリンが駆け巡り、瞬時に外科医モードに切り替わった。「救急隊に連絡してくれ。一刻も早く救急ヘリが必要だ」

そう言うと彼は下のデッキへと階段を駆け下りた。上のサンデッキから下のデッキまでは五メートル近くあるし、床のチーク材は硬い。これはまずい。ダヴィアンは動かない男性へと駆け寄った。その胸がかすかに上下している。

「メイブルック」ダヴィアンは彼の頭と首を探り、外傷がないかチェックした。「聞こえるか？」

「何があったの？」ケイトが駆け付けてきて患者の向こう側に膝をついた。

ダヴィアンはスライダーの事故を説明し、ケイトから聴診器をとって肺の音を聞いた。「呼吸が浅い。今のところ意識はなく、反応もない」

ケイトは患者の頬をたたいた。「聞こえますか？ドクター・ネヴェスです」

メイブルック卿は小さなうなり声をあげ、ケイトを殴り倒さんばかりの勢いで手足をばたつかせた。ダヴィアンがとっさに患者を押さえ込む。メイブルック卿の目が開いたが、その目はぼんやりとして当惑気味だ。

ダヴィアンは患者の顔を見つめた。「メイブルック、ダヴィアンだ。きみは転落して怪我(けが)をした。今から処置をするから、じっとしていてくれ」

「ヘリが向かってます」ほかのゲストを近づけないようにしながら甲板員が言った。その中にはメイブルック卿の妻もいて、泣いている。「あと五分で到着します」

「痛むところがあったら言ってください」ケイトは患者のライフジャケットを開き、胸を探った。「ここは？　こっちはどうですか？」

「ああ、そこだ！　そこが痛む！」メイブルック卿が怒鳴り、息から強いアルコールのにおいがした。

「腹部に痛み」ケイトが言った。「腫れてるようね。内出血もありそう」

「そのバッグにカテーテルは入ってるか？」ダヴィアンは顎でケイトの足元の黒いバッグを指した。

「ええ」

「よし」ダヴィアンはデッキの人だかりのほうを見やった。「全員をここから移動させてくれ。今から内臓に損傷がないか確認するために処置をおこなうから」

甲板員はてきぱきと皆を遠ざけた。メイブルック卿の妻はダヴィアンの母の肩にもたれて小声で泣いている。

「尿に血が混じってないかたしかめないと」ダヴィアンはそう言って必要なものを取り出そうとメディカルバッグのそばにしゃがんだ。手袋をはめ、器具を用意すると、メイブルック卿のもとに戻ってカテーテルを入れた。とたんにチューブが鮮血で満たされた。「出血してる。肝臓の裂傷だろう。おそらく腎臓も損傷してるな」

「まずいわね」ケイトは患者の上半身をくまなく触

診した。「ほかに痛む場所は？」

「背中だ！　背中が死ぬほど痛い。横向きになってもかまわんかね？」

「だめだ」ダヴィアンは患者が体を動かさないようその上に身を乗り出した。「救急隊が来るまでは動かせない。怪我がひどくなる危険があるから、じっとしていてくれ」

ケイトはチェックを終えて腰を下ろし、ダヴィアンの視線をとらえた。緊急事態に直面し、二人ともプロの表情をしている。絶望的なケースでも医師は落ち着きを失ってはいけない。そうしないと患者が生き延びる可能性がなくなりかねないからだ。それでもダヴィアンはケイトのまなざしにメイブルック卿の容態の深刻さを読み取った。内臓出血が確認されたということは、十五分か二十分で病院に運び込んで手術しないと、患者は出血多量で死んでしまう。

「起きないわけにいかないんだ」メイブルック卿がダヴィアンを押しのけようとした。「妻にこんな姿を見せたくない。面子というものがある」

命が危ないのに面子にこだわっている場合じゃないと言おうとしたとき、救急ヘリが近づいてくる轟音が聞こえた。やがてヘリは少し離れたヘリパッドに着陸し、二人の救急隊員がケイトとダヴィアンのもとへ駆け寄ってきた。

「六十二歳男性。四、五メートルの高さから背中から転落。検査したところでは、おそらく肝臓と腎臓からの出血が疑われる。尿に出血あり。本人は背中の痛みを訴えている」

彼が脇によけると、救急隊員は注意深くメイブルック卿を担架にのせて腕に点滴を刺し、待機しているヘリへと運んでいった。

「待って！」メイブルック卿の妻が呼びかけた。

「わたしもいっしょに行くわ」

救急隊員が急いで彼女を乗せると、ヘリはすぐに飛び立った。

ダヴィアンとケイトは、ほかの人たちといっしょにヘリが遠くに消えていくのを見送った。周囲は奇妙な静けさに包まれ、カモメの鳴き声と風の音しか聞こえない。

誰かが腕にぶつかったとき、ダヴィアンはようやく父が隣に立っていたことに気づいた。見るからに動揺した様子だ。彼は父をそばの椅子に連れていって座らせた。「休まないと。今のは大変な事故でしたよ」

「あの男はだいじょうぶなのか？」父はこの十分で十歳も年をとったように見えた。

「どうかな」ダヴィアンは正直にそう言い、父のそばにしゃがんだ。「でも優秀な医師の治療が受けられる。あとで電話して、様子を聞いてみます」

父は重々しくうなずいた。「おまえがいてくれて助かった」

「それが仕事ですから」ダヴィアンが答えた。

「天職だよ」その言葉を聞いて、ダヴィアンは初めて父が自分にちゃんと向き合ってくれたと感じた。医療は彼の天職だ。とはいえ、父がそれを理解し認めてくれる日が来るとは想像したこともなかった。だがその瞬間はすぐに消え、父は再び国王の立場というよそよそしい壁の中に閉じこもってしまった。咳払いをして立ち上がると、父は言った。「この件がマスコミにもれないようにしてくれ」

ダヴィアンは愕然として、うなだれた。またこれだ。いつだって大事なのはマスコミの対応だ。親しい友人が重傷を負ったというのに、父が気にするのはこの件が外にもれないかどうかでしかない。ダヴィアンが王族としての人生を求めないのはまさにこれが理由だった。何よりも面子を気にかける。王室を捨てたい気持ちがまた少し強くなった。

「まさかランチの時間がこんなことになるなんて」デッキに散らばった医療品を片づけながら、ケイトが言った。

父と話したあと、ダヴィアンもまた自分の中に閉じこもってしまった。父親とうまくいっていないダヴィアンを思ってケイトは胸を痛めたが、少なくとも彼には父親がいる。子どものころのケイトより恵まれている。

片づけを手伝いに、彼がケイトのそばに戻ってきた。「さすがの働きだったな、ドクター」

「あなたもよ」ケイトはにっこりした。本音を言うと、ダヴィアンといっしょに働くのはいつだって大歓迎だ。なぜなら彼が相手だと互いを高め合えるからだ。二人の間には健全なライバル心があった。

「お父さまはだいじょうぶ?」メディカルバッグのファスナーを閉めながらケイトがきいた。

「いずれよくなる」ダヴィアンは顔をしかめてそう言い、立ち上がった。「強い王という体面を保たないといけないんだ」

その口調ににじむ苦々しさがケイトの胸を刺した。「どんなときも強く見せないといけないなんて、さぞ疲れるでしょうね」

「ああ」ダヴィアンはケイトのあとについて、デッキの下の診療所に向かった。

自分のスペースに彼がいるのは……どこか不思議だった。長年一人でやってきたから、ダヴィアンの存在に違和感があった。不愉快なわけではないけれど、いつもとは違う。その上、娘の存在を打ち明けたことで起きる変化に彼女自身まだついていけていなかった。今さら言っても手遅れだが、打ち明けなければよかった気がする。あるいはもっとタイミングを選ぶべきだったのかもしれない。でも、あなたには五歳の娘がいる、といきなり告げるのにいいタイミングなんてあるだろうか。

診療所の鍵を開け、ドアを押し開けてライトのスイッチを入れると、バッグを床に置く。あとからダヴィアンが入ってきて、ドアを閉めた。ドクター・ブライアントは休みで、キャリーは休憩中だった。

「考えさせられるな」急ごしらえの待合室に置かれた椅子にダヴィアンは腰を下ろした。「ああいう事故を見ると」

「何が？」そう言いながら、ケイトは受付のデスクの裏にある小さな冷蔵庫から水のボトルを二本取り出した。一本をダヴィアンに渡し、自分もその隣に腰掛ける。

「人生はあっという間に、なんの前触れもなく変わることがある」

ケイトはうなずいて水を飲んだ。「わたしたちの場合にもあてはまるわね」

「そうだ」

つかの間、二人は黙り込んだ。ダヴィアンは大きく息を吸うと、肩越しにケイトのほうを向いた。

「きみはどう対処してる？」

「わたしたちのことに？」ケイトは肩をすくめた。

「そうね、とてもひと言では言えないわ。あなたはどう？」

ダヴィアンは下唇を嚙んで椅子の背にもたれた。その拍子に腕が触れ合ってしまい、ケイトの全身に心ならずも衝撃が走った。今は彼が人生に舞い戻ってきた現実を頭で受け止めるだけで手いっぱいだった。肉体的にも、感情的にも動揺させられたくない。ところが彼女の体はそうは思っていない。ダヴィアンは髪をかき上げ、天井を見上げた。「どうかな。自分でもわからない。アデラのことを聞いて大喜びだと言いたいところだが、そう言えば嘘になる」

ケイトは体を固くした。「うれしいと言ったじゃない」

「うれしいよ。同時に……混乱してもいる。葛藤を感じるんだ」ダヴィアンは首を振り、目を閉じた。

「その事実と向き合おうと努力してる。ぼくの思いや考えをきみには隠したくない。あのとききみとの絆（きずな）を断ち切ったんだから、せめてそれぐらいはと考えている。でも、むずかしいんだ」

「わかるわ」

「本当に？」

ケイトは水のボトルに目を落としていたが、彼の視線にこめかみが熱くなるのを感じた。

ため息をつき、ダヴィアンのほうを見る。彼をまた受け入れ、心を打ち明けるのは簡単だ。ダヴィアンは以前から聞き上手なのだから。でももう彼を信じることはできない。少なくともまだ時間が必要だ。けれど、心配そうな彼の目を見るとケイトは何か言わずにいられなくなった。「ええ。シングルマザーの一人っ子って、物事を抱え込むことも多いから」

嘘ではない。でも百パーセント真実でもなかった。

ダヴィアンはつかの間じっと彼女を見つめていたが、やがてうなずいた。「わかるよ。研修生のころ、その話をしてくれたのを覚えている。お母さんは元気かい？」

「ええ。今もボストンよ。わたしたちがクルーズに出ている間、家の様子を見てくれているの」

「それは助かるな」

「ええ」

ぎこちない沈黙が再び訪れ、まだ口にされない言葉が二人の間に重く立ちはだかった。やがてダヴィアンが口を開いた。「このクルーズが終わるまでには両親と話をして、王室を出ると告げるつもりでいる」

ケイトは眉をひそめて彼のほうを見た。「なんですって？　どういうこと？」

「ぼくにとってそれが正しい決断だからだ。前からそう感じていたが、アデラのことがあって、自分のやるべきことがわかった。ぼくが子どものころにあったような恐ろしい目にアデラをあわせたくない」

ダヴィアンはため息をついた。「ごまかしや、不公平な義務、虚勢。ぼくはただ医師として普通の人生を送りたいだけなんだ。アデラにも普通の人生を望んでいる」

ケイトの頭の中で警報が鳴り響いた。ダヴィアンが娘との将来を熱く語るのを聞いて、ケイトの保護本能が頭をもたげた。立ち上がり、冷たく言う。

「ルールを決めるのはわたしだってことを忘れないで。あなたがプリンスであろうとなかろうと、アデラの将来がどうなるかはわたしが決める。アデラにあなたのことを話すタイミングもね。わかった?」

ダヴィアンのまなざしが鋭くなったのを見て、一瞬ケイトは言いすぎたかと思った。でも彼はため息をついて立ち上がると、譲歩するように少しほほえんだ。「ああ、わかった。だが覚えておいてほしい。きみとアデラがぼくなしでは生きていけなくなるぐらい、魅力的で離れがたい男になるつもりだから」

ダヴィアンがドアを開けて出ていくのを、ケイトは見送った。

残念なことに、ケイトがいちばん恐れているのはまさに彼なしでは生きていけなくなることだった。

8

翌朝ダヴィアンは早くから起き出し、外出の準備に着手した。まずは両親に護衛をつけて送り出さねばならない。ところが朝食のためにデッキに出るとノアが待っていた。彼は、メイブルック卿の手術が無事終わり、よくなりつつあるとの連絡が現地の病院からあったと伝えてくれた。

「父と母は？」ダヴィアンは顔をしかめてきいた。

「まだ寝室です。お父さまは今日のモナコ行きは気がのらないのでヨットにとどまるとのことです。お母さまも同様です。昨日あんなことがあったから、お出かけになる気分ではないんでしょうね」

「本当に？」ダヴィアンは心配そうに言った。昨夜父と話したときはモンテカルロの訪問を楽しみにしていたし、ダヴィアンは両親の望みをかなえるために、長く会っていない旧友たちとのランチも含めて、苦労してすべてを調整し、手配したのに。「父の体調はだいじょうぶなのか？」

「陛下はだいじょうぶだとおっしゃってます。殿下は計画を変更しないようにとのことでした」

ダヴィアンの心配が強まった。父は旅行が、母は買い物が大好きだ。それをあきらめるというのだから、これは大きな赤信号だ。ダヴィアンは本人たちから話を聞こうと決めた。

「ありがとう、ノア。ドクター・ネヴェスとお嬢さんが来たら、すぐに戻るから待っているように伝えてくれないか？」

「わかりました、殿下」

ダヴィアンは階下の主船室へと急いで駆けおりると、ドアをノックした。「ダヴィアンです。入ってもいいですか？」

一瞬の間があってドアが少し開き、シルクの部屋着姿の母が出てきて、隙間からダヴィアンを見上げた。「あら、どうしたの？」

「今日は上陸しないと聞いたんですが、何かあったんですか？」

「だいじょうぶよ」母はそれ以上ドアを開けずに言った。「ここで日光浴でもしてのんびりしようと思ったの」

もっともらしい理由だったが、ダヴィアンの心配は消えなかった。母の背後にいる父をのぞき込もうとしたが、できなかった。「父上の体調は？」

「元気だよ」室内から深みのある声がした。「休んでいる間にたまってしまった、仕事のメールの返事をしようと思ってね。アラベラ、ダヴィアンを入れてやってくれ。心配でたまらないらしい」

母が脇にどいてドアを大きく開いたので、父がキングサイズのベッドに寝そべり、積み上げた枕にもたれているのが見えた。とても元気そうな様子だ。

そういうことか。ケイトとアデラといっしょに過ごす一日への不安と、両親が行けなくなった別の状況への不安とを同等に考えてしまったのだ。医師という職業が諸刃の剣になることがある。緊急でもないのに異常を感じてしまったりして。相手が身近な人となるとよけいに。

ダヴィアンは深く息を吸い、髪をかき上げた。

「わかりました。すみません、二人ともなんの問題もないみたいだ。とにかく、もし何かあったら連絡してください」

「助かるわ、ダヴィアン」母はそう言い、笑顔で息子の姿をしげしげと見つめた。今日はカジュアルな格好で、ゆったりしたアロハ風のシャツとショートカーゴパンツ、サンダルというでたちだ。「気分転換にゆっくり楽しんできて」

「ありがとう」ダヴィアンはそう言って立ち去ろうとした。

「息子よ、こっちへ来なさい」父の声が彼を引き留めた。「ききたいことがある」

ダヴィアンはふっと息を吐き、寝室に入ってベッドのそばまで行った。「なんですか？」

「いっしょに出かけるドクター・ネヴェスという女性だが、大学のときの知り合いだそうだな」

「ええ。スタンフォード大学でいっしょに研修を受けた間柄です」突然、王室に呼び戻されるまでは。ダヴィアンはそのひと言を口にしなかった。「友人ですが、それが何か？」

「ただ、気をつけろと言いたくてね」父は眼鏡越しにダヴィアンを見上げた。「今、何より避けたいのはスキャンダルだ」

ダヴィアンは言い返したくなるのを全力でこらえた。王宮で彼が巻き込まれた唯一のスキャンダルといえば、父の広報チームが捏造したものだけだ。止めようもなく胸に怒りがこみあげた。このクルーズはあと数日で終わり、皆が日常に戻って、ダヴィアンは王室の義務とはいっそう距離を置くことになる。それまでは笑顔で耐えるしかない。「今日はスキャンダルとは無縁ですよ。彼女は五歳の娘を連れてきます」

「そうなのか」まったく納得していない口調だった。「今夜、食事に呼びなさい。その女性に会ってみたい」

「わかりました。そうします」母の頬にさっとキスをすると、ダヴィアンは階上に向かった。デッキに戻ると、白いトップスとデニムのショートパンツ、白いスニーカーでそろえたケイトとアデラが待っていた。ダヴィアンはケイトの長い素足に目を奪われたが、なんとか視線を引き離し、笑顔で近づいた。

「おはよう、レディたち。冒険に出かける準備はできたかい？」

「うん」アデラが手をたたいた。「冒険大好き！」

「では出発しよう、プリンセス」ダヴィアンは笑ってアデラを抱き上げた。初めて娘を抱く甘い感覚で胸がきつく締めつけられる。ケイトを見ると、その瞳に不安がちらついている。今日が終わるまでに、あの不安を消すために全力を尽くそうとダヴィアンは誓った。思わずケイトの唇に目をやると、昨夜のキスが脳裏によみがえった――熱く刺激的で、あまりにも短かったあのキスが。ダヴィアンはその記憶を押しやった。ケイトとまたキスをすることを考えると鼓動が速まるが、計画どおりにことが進むなら、今日はキスをしている暇などない。

ケイトはにっこりしてコンクリートの埠頭へと続くタラップを指した。「じゃあ、行きましょうか」

モナコ公国は大きくはないが、その魅力は広さをおぎなってあまりある。世界でも指折りの豊かな国で、王宮や豪華なカジノが有名だが自然にも恵まれている。今日ダヴィアンは、二人のためにそのすべてを味わえるプライベートツアーを計画していた。

まずはモナコ大公の公邸、モナコ大公宮殿だ。この宮殿は、彼の故国ルクレシアのそれと比べるとずっと古くてきらびやかでもある。十三世紀、ジェノバの要塞跡地に築かれた宮殿はモナコ全体を見下ろす高台にあり、モンテカルロと海のすばらしい眺めを楽しめる。きらびやかな広間を通りながら、ケイトはアデラにあちこちを指さして小声で説明した。アデラは夢中の様子だ。やがて一行は玉座の間に入った。金と赤のベルベットで飾られた大きな玉座が正面に現れたのを見て、アデラが尋ねた。「ダヴィアンもあんなのに座るの？」

ダヴィアンが目を丸くしてケイトを見ると、ケイトもまた、アデラが彼が王族だと知っていたことに驚いたようだった。ダヴィアンはアデラのそばにしやがんで言った。「ぼくはああいう玉座には座らないんだよ、プリンセス。座るのは父だ。それより、どうして知ってるんだい?」

「ノアがダヴィアンのことを教えてくれたの。貴族なんだよ、って」

「ああ、そうだったのか」ダヴィアンは立ち上がり、二人を出口へと連れ出した。「次はどこに行こうか? 海洋博物館はどうだろう?」

「いろんなお魚がいるところ?」アデラはそう言って彼の手を握ったので、アデラを真ん中にして三人が手をつなぐ形になった。「鮫が見たいんだけど、いるかな?」

そこには鮫だけでなく、クラゲでいっぱいの円筒形のタンクや、怪我をしたウミガメのリハビリセンターもあった。また北極や南極、気候変動についての展示も充実していて、ダヴィアンがルクレシアに帰ったら兄と話したいと思わせるようなアイデアにあふれていた。より多くの観光客を引きつけると同時に環境の改善にもつながるやり方を、ルクレシアでも応用できるかもしれない。見学を終えてランチに向かうころには、三人とも空腹だった。

ダヴィアンがレンタルした運転手付きのバンに乗り込むと、アデラが口を開いた。「鯨の骨の中を歩いたのよ、見た? すごかったね!」

「そうね」ケイトは笑い、アデラの頭の上にキスした。

ダヴィアンがアデラを真ん中にしてシートの裏に腕を垂らすと、指先がケイトの肩に触れた。こんなふうにいっしょにいるのがとても自然でしっくりくる。ほとんど本当の家族のようだ。ダヴィアンは今まで自分がこうしたかったことに気づかなかった。

「ここと同じようにスクリーンやバーチャルリアリティを使った、没入型のゴッホ展を見たことがあるかい?」

「ええ、展覧会がボストンに来たときに母と見に行ったわ。アデラはまだ小さかったから覚えてはいないけれど」

「ゴッホって誰？」

「有名な画家よ、アデラ」ケイトはそう言ってアデラの髪を顔からかき上げた。「おばあちゃんとママとで行ったんだけど、アデラはまだ赤ちゃんだったのよ」

「ふうん、全然おぼえてない」アデラはおもちゃをいじっていたが、やがてこう言った。「今度はダヴィアンもいっしょに行こうよ。ね？」

「ぼくは……どうかな……」彼はアデラからケイトへ、またアデラへと視線を戻した。「そのうちね、プリンセス」

アデラはため息をついた。「わたしにはパパがいないの」

ダヴィアンは腹に不意討ちをくらったような気がした。心のどこかで、娘を抱き上げて言いたかった。〝いや、パパはいる。ぼくがパパだよ。もう二度と離さないからね〟と。だが長年家族を最優先に考える癖がついていたせいで口を開けなかった。この秘密は一度外に出たら、もうもとには戻せない。この先どうするかをしっかり決めるまでは公にはしたくない。それが決まればアデラに話し、両親や兄に打ち明け、最後に世間に公表するつもりだった。

だからダヴィアンは答えずに話題を変えた。「さて、おなかがすいてる人は？」

アデラがすかさず手を上げたので、ケイトの顔に彼と同じ安堵の表情が浮かんだ。

「わかった」ダヴィアンは運転手のほうに身を寄せて何か小声で言った。

数分後、車は両側に店や屋台がぎっしり並ぶ細長い路地の前に止まった。三人は車を降りて人混みの中を歩き出した。ゆるやかなカーブを曲がると、ガーリックと焼きたてのパンのにおいが漂ってきた。

「いいにおいね！」ケイトが深く息を吸い込んだ。

「どこに行くの？」

「モナコで一番のピザの店だよ」ダヴィアンがアデラの手をとったので、三人はアデラを真ん中にして店の前まで行った。中にいた女主人が数年前のダヴィアンの来店を覚えていて、飛び出してきて抱擁を交わした。この小さなレストランは、昔からここに暮らすイタリア人家族が長年切り盛りしてきた店だ。三人は窓際の静かな席に案内された。飲み物とピザを頼むと、三人はおしゃべりをしながら料理を待った。

「この店はどうやって知ったの？」ケイトが尋ねた。

「モナコのお気に入りの店なんだ」ダヴィアンはにっこりした。「何年も前、両親に連れられて来たときに兄と二人で見つけた。以来、何度も来ている」そしてため息をついた。「研修生時代に人生がめちゃくちゃになったときも、一人になりたくてここに来たんだ。ここはぼくの聖域なんだよ」

「あなたに自分だけの居場所があってよかった」ケイトが言った。「それにいっしょに出かけられる兄弟も。お兄さまとは今も仲がいいの？」

「昔ほどじゃない」ダヴィアンはノスタルジーで胸が痛くなった。「子どものころは互いが唯一の味方だった。でも大きくなるにつれて兄は国王への道を進まされ、ぼくは放っておかれるようになった」彼は鼻で笑った。「それも、緊急事態の火消しのために広報がぼくを必要とするまでのことだったがね」

ケイトは彼の手を握った。「お兄さまはあなたが利用されるのに納得していたの？」

「いや、もちろん納得なんてしてなかった」ダヴィアンは大きく息をつき、目を閉じた。「危機が去ったら、だめになったものを取り戻そうと言って、できるかぎり支えようとしてくれた。でもやがて兄は外交訪問や演説や要人との会見に駆り出されるようになって、ぼくの問題はそのまま残った」ケイトの手に励ますように力が入った。

「大変だったのね。どんなに苦しかったか想像もつかないわ。あなたがそんな目にあういわれなんかないのに」

その口調にあふれるやさしさと信頼に、ダヴィアンは息が詰まった。ケイトを引き寄せて抱きしめたかったが、そんなことはできない。今はまだだめだ。

ケイトの視線が彼から離れ、店の内装やアーチ型の天井、あちこちに飾られている地元を描いた素朴な風景画に向いた。その口元にほほえみが浮かぶ。リラックスして楽しんでいる今日の彼女はいつもよりさらに美しい。それを見ると胸が苦しくなり、ダヴィアンは自分ではなく彼女のことを話題にしたいと思った。ケイト・ネヴェスに関するすべてを知りたい。「クルーズ船であちこちをまわる仕事は大変だろう。お母さんに会いたくならないのか」

「ときどきはね」一瞬ダヴィアンのそんな言葉が理解できなかったのか、ケイトはまばたきして彼を見た。「一週間に一度は電話で話すから、それで埋め合わせてるけど」

ケイトがもっと自分をさらけ出してくれればいいのにとダヴィアンは思ったが、無理強いはしたくない。ケイトはまだ彼を信頼しきっていないし、追い詰めたら逆効果になる。気持ちの準備ができたら口もほぐれてくるだろう。

「お待たせしました」ウエイターが皿とカトラリーを並べ、石窯で焼いた大きなピザマルガリータと生野菜のサラダを置いた。

おなかをすかせた三人はほとんど話もせずに食べた。アデラがピザを口いっぱいほおばるのを見て、ケイトとダヴィアンは笑った。「まさにぼくの好きなタイプだ」ダヴィアンはそう言ってアデラの髪をくしゃくしゃにしてなでた。少しカールしているところが彼とそっくりだ。

　食べ終えるとダヴィアンが支払いをすませ、三人はレンタカーに戻った。それでもダヴィアンが心配していたとおり、小さなアデラには盛りだくさんすぎたようで、最後の目的地に到着する前にぐっすり眠り込んでしまった。地中海の絶景を望む公園に着くと、ダヴィアンは二人がアデラを抱きかかえずにすむようベビーカーを借りた。ベビーカーに乗せ替えても目を覚まさないところを見ると、アデラはよほど疲れていたようだ。

　静かな小道の散策は、すばらしい一日の締めくくりにはぴったりだった。庭園を抜ける日差しあふれる小道には彫像や噴水が並び、名高いモナコ大聖堂を目にすることもできた。ケイトは一日中携帯電話を手放せず、記念にと写真を撮り続けた。ふだんのダヴィアンはカメラが苦手だったが、ケイトを信用していたし、思い出作りのためだというのはわかっていた。

　庭園の中央にあるアルベール一世の銅像のそばで、二人は海を眺めようと足を止め、ベンチに座って少し休むことにした。

　海を眺めるケイトの髪が、かすかな潮風に揺れている。状況さえ違えば、ダヴィアンは彼女を脇に引き寄せ、石鹸とレモンの香りを吸い込んでいただろう。隣り合って座る二人の間に、船の帆が風をはらむように沈黙が広がった。

　やがてケイトが口を開いた。「ダヴィアン、今日はここに連れてきてくれてありがとう。とてもすてきだったわ」

「気に入ってくれてよかった」そう言った彼は、ヨットに戻ることを考えて気が重くなった。「じつは父が心配なんだ」

　ケイトは彼のほうを見やった。「どうして？　何かあったの？」

「両親は今日の外出をとりやめた。ぼくが何日もかけて計画をたてたのにだ。観光はともかく、旧友との約束までキャンセルするのはめずらしい」ダヴィアンは首を振り、水平線まで広がる大海原を眺めた。

「父の心臓発作とバイパス手術のことは話したね。それがまた悪くなっているのかもしれない」

「本人にきいてみたの？」

「ああ。今朝出発前にきいたんだが、父も母もだいじょうぶだと言うだけで……」

「信じてないのね」

「ああ、信じてない」ダヴィアンは視線をそらした。「両親がぼくに大事なことを隠すのは初めてじゃないからな」

ケイトはしばらく彼を見つめていたが、やがて言った。「研修生のとき、ご両親にあんな仕打ちをされたのは気の毒に思うわ。あれは正しいやり方じゃなかった」

「そのとおりだ」彼は深く息を吸うと、ベンチの上に置かれた彼女の手を握った。ふりほどかれないのがうれしかった。「あのときはきみを苦しめたのをあやまるよ。どれもぼくの意志ではなかった。今ならわかってくれると思うけど」

ケイトは小さくうなずき、結び合わせた手を見下ろした。「研修生時代には言わなかったけれど、わたしたちを捨てて新しい家族を作った父と会ったことを覚えてるの。とても明るくてしあわせそうで、わたしたちといっしょにいたころとは大違いだった」ケイトは面白くもなさそうに笑った。「父は一度もあやまらなかったわ。出ていったことも、嘘をついたことも。わたしたちをごみみたいに捨てたのよ。アデラには絶対にそんな思いをさせたくない。娘のことで神経質になるのはそのせいよ」ケイトは深く息を吸い込み、吐き出した。「人をすぐには信用できないのもそれが理由なの」

ダヴィアンは答えず、親指で彼女の手首をなで、その手をきつく握りしめた。ぼくはここにいるから必要ならいつでも頼ってほしいというように。

「今の生活に他人を迎え入れるのはわたしにとってはむずかしいわ。とくにあなたは……あんなことがあったわけだから。でも、こうして話をしていろいろな事情がわかった今は――」

「ダヴィアン？」ベビーカーから眠そうなアデラの小さな声がした。「あのお花を見に行かない？　壁のところのきれいなピンクのお花。ピンクは大好きな色なの」

ダヴィアンははっとして、許可を求めるようにケイトを見た。彼女が小さくうなずくとダヴィアンはほほえんだ。この新しい道をこれから三人でどう進んでいくかまだわからないが、全力を尽くしたいと彼は思った。「もちろんだとも、プリンセス。ベビーカーからおろしてあげるから見に行こう」

蜂や花粉のことを説明するダヴィアンとそれを熱心に聞くアデラを、ケイトはベンチから見守った。二人の姿を見た者は誰でも血のつながりを見てとるだろう――瞳も同じなら、興味を持つ事柄への集中力を示す真剣な顔つきも同じだ。しかしケイトはそこにひそむ危うさを直視する気分にはなれなかった。父親のそばで楽しそうにしているアデラを見て、喜びで血が沸き立っていたからだ。

そのときまで、父親がいないせいでアデラが人生の大事な学びの時期をとりこぼしているかもしれないという危機感は、ぼんやりしたものでしかなかった。でも今ははっきりわかった。ダヴィアンはケイトとは違う方向からアデラに接することができる。人生の教師や親友として。

さらに印象的なのは、ダヴィアンがアデラと向き合う姿勢だ。絶え間ない質問にもひるまず、どんなばかげたことでもアデラの頼みに応えている。ルクレシアのプリンスが今ああやって地面に座り、娘を笑わせようとしてミツバチに話しかけているのを見れば、それがよくわかる。ダヴィアンは今ここにいてくれる。それはケイトの父がしなかったことだ。

彼女の胸の内でようやく何かが変わったのはそのせいかもしれない。不信感や疑心暗鬼がようやく一掃され、ダヴィアンが本当の父だとアデラに告げるのが正しいと思えてきた。

ダヴィアンとアデラは次の花へと移った。ダヴィアンはあらゆる花の名を知っているらしく、ちょっとした雑学を披露してアデラを喜ばせている。

そうだ、娘に真実を教えるのが正しい。今日はダヴィアンに、新しい家族といっしょにいる父を見たときの苦しみを打ち明けた。それは彼がアデラとの将来について決断を下す前に、ケイト自身や彼女の過去について何もかも知っておいてほしかったからだ。ケイトにとって中途半端はありえない。関わるなら百パーセント関わってほしいし、関わらないならいっさい関わってほしくない。ケイトはこれまでに焼けつくような屈辱を、胸がつぶれるほどの孤独を味わった。大事なアデラには絶対にそんな思いをさせたくない。

ようやく二人が戻ってきたので、ヨットへと向かうことにした。どんどん人が増えてきて小道は混み合い、体を寄せて歩くしかないせいで、ひと足ごとにダヴィアンと肩が触れ合った。アデラは花や蜂について一人でしきりにおしゃべりしていたので、二人の間には心地よい沈黙が流れた。

やがて、ケイトは言うべき言葉を口にした。「ダヴィアン、話したいことがあるの」

ダヴィアンはくすりと笑い、笑顔を向けた。「いやな予感がする」

「まじめな話よ」おどけて彼の腕を軽くたたくと、ケイトはアデラに聞こえないよう声を低くした。「わたしたちはほぼ地球の反対側にいるし、うまくいくかどうかわからないけど、アデラはあなたが好きで、父親を必要としてる。アデラにあなたが父親だと打ち明けるべきだわ。あなたもそれを望むならだけど」

ダヴィアンは目を大きく見開いて道の真ん中で立ち止まった。二人は人混みを避けて道をはずれ、人目につかない木陰へと移動した。ダヴィアンはあっけにとられた様子で不安そうでもあったが、興奮していた。「ああ、ぼくもそうしたい」

「よかった」

「うん」

気がつくと二人は互いのすぐそばに立っていた。人が多すぎるので、小道に戻るにはもう少し待たなければならない。しかしケイトは気にしなかった。

ダヴィアンも同じらしく、彼女の想像にあるどんな海よりも青い瞳でじっとこちらを見つめている。二人だけの小さな楽園の中で、時間の流れがゆるやかになった。ダヴィアンの視線がちらりと口元に落ちるのを見て、ケイトは唇が熱く火照る気がした。やがて彼の唇がゆっくりとやさしく重なった。甘く、罪深く、あまりにもすばらしい感覚だった。

ダヴィアンが少し身を引いた。「ケイト、すまない――」

ダヴィアンが言い終える前にケイトは彼のシャツをつかんで引き寄せ、ふたたび唇を重ねた。今度はさっきよりも少し強く。

唇が離れると、二人は息を切らしてほほえみ、額を寄せ合った。

ケイトはこの数日、いや数年にもないほど明るい気持ちだった。人生にダヴィアンを取り戻すのは正しいことに思えたし、うれしかった。まだこの喜びを手放したくない。「もう行きましょう」しばらくして、ケイトは彼のシャツを直しながら言った。

「あなたが夕食に遅れるといけないから」

「両親はきみにも来てほしいと言っている」いつものそつのなさを忘れ、ダヴィアンがだしぬけに言った。

「まさか、本当に？」今度はケイトが驚く番だった。「王族と食事なんて生まれて初めてよ。『プリティ・ウーマン』みたいにエスカルゴを飛ばさないといいんだけど」

「そんな心配はいらない」ダヴィアンは身を寄せて最後に短いキスをかすめ、にっこりした。「スタンフォードのころ、学者たちが集まる会議にいっしょに何度か出たけれど、きみのテーブルマナーはいつも完璧だった」

「そうね、でも王族とは違う」

「結局はぼくの家族でしかない。心配しなくていい。母はすばらしい人で、うまく父を御してくれる」

「だといいんだけど」

彼も同じ気持ちだった。

三人は小道に戻って歩き出した。埠頭までの送迎のバンが到着するころにはアデラは眠っていた。ダヴィアンはケイトの手をとってバンに乗り込ませ、そのまま手をつないでいた。最後にこれほど平穏な気持ちになれたのがいつだったか、ケイトは思い出せなかった。

9

その夜ケイトは、国王夫妻との食事に臨む自信を奮い起こそうとして、シャワーを浴びて着替える間も自分を励まし続けた。けれどもケレンシアのメインデッキにあるフォーマルダイニングルームに入ったとたん、気持ちがくじけた。ダヴィアンから夕食は八時ちょうどだと聞いていたが、その時間ぴったりに行くともう全員が席についていた。

　これまで、男性が居並ぶ試験会場や会議室の中でも、常に毅然として自分を貫いてきた。でも今夜は、これまで経験したどんな処置や治療より重要に思えた。一時間も服選びに費やしたあげく、こういう機会にふさわしい唯一の選択として、定番の黒いドレスを着た。派手な飾りはなく、首と鎖骨を際立たせるボートネックで、丈は膝が見えるぐらいだ。しかし生地は上質でカットも美しい。初めてのクルーズの前に、ボストンの有名デザイナーのブティックで奮発して購入した服だ。ディナーで船長のテーブルに招かれたときに着るものが必要だからと母に説き伏せられて買った。あのときは母の助言をばかばかしいと思ったけれど、今は感謝していた。

　今日はまるで魔法のような一日だった。あの庭園でダヴィアンとの関係が変わり、二人で大きな一歩を踏み出した気がした。恋人ではないものの、これまでになくダヴィアンが近い存在に思えた。それはたぶん初めて互いを直視したからだろう。世間に見せている完璧な顔ではなく、欠点のある人間としての素顔を。そのせいでケイトは意外にも次に起きることが待ち遠しくなった。冒険する性格ではないが、ダヴィアンといると大胆さが引き出されるようだ。

緊張で笑顔をこわばらせながら、ケイトは階段のいちばん上で小さく膝を曲げてお辞儀した。「ご招待ありがとうございます、陛下」

ダヴィアンが立ち上がり、温かな笑みを浮かべて彼女のほうへ片手を差し伸べた。「ようこそ、ドクター・ネヴェス」ケイトが近づくと、彼は耳元でささやいた。「今夜のきみはすてきだ」

体が熱くなり、頬が赤らんで、さっきのキスの記憶が戻ってきた。ケイトはあわててそんな思いを押し殺し、長いテーブルの正面に座っている国王夫妻に視線を向けた。

フィリップ国王がケイトをじっと見つめたまま、立ち上がった。「ドクター・ネヴェス、ようこそ」その声はダヴィアンよりも深みがあり、アクセントも強かった。「きみのことは息子からよく聞いている」

王族にどう答えればいいかわからず、ケイトはぎこちなく膝を曲げた。「ありがとうございます、陛下。今夜はごいっしょできて光栄です」

「まあ、あなた」ダヴィアンの母、アラベラ王妃が蜂蜜のように甘く温かな声で言った。「かしこまる必要はないのよ。わたしたちは休暇中なんだから」そしてテーブル越しに握手の手を差し出した。王妃が着ている体にフィットしたノースリーブのドレスの淡い青は、瞳の色とまったく同じだ。ダヴィアンとアデラとも同じ色あいだった。「ダヴィアンの言うとおり、すてきな方ね。どうぞお座りになって」

一同が席につき、飲み物が供されると、ケイトは隣のダヴィアンに思い切って緊張気味にほほえみを向けた。「アデラは今日のお出かけのことばかり話してるの。とても楽しかったみたい。モナコを案内してくれてありがとう」

「それはよかった」

ダヴィアンはテーブルの下でケイトの手をとり、

励ますようにきつく握った。昨日までのケイトなら手を引いただろう。でも今夜はどんな支えもありがたかった。

「アデラというのはきみのお嬢さんのことだね？」王が尋ねた。

「そうです。それから、ケイトとお呼びください」

ダヴィアンの父は驚いたようだが、顔には出さなかった。「お嬢さんはいくつかな？」

「五歳です。今晩はクルーの友人が面倒を見てくれています」

「なるほど」ディナーの最初の料理が運ばれてきた。野菜のラビオリと春のハーブを使った琥珀色のコンソメスープだ。王はダヴィアンのほうを見やり、首を振った。「ウサギでもあるまいに」

ダヴィアンは笑った。「野菜のほうが健康にいいんですよ」そしてケイトに向かって低い声で言う。「心臓のことがあるから、厳しい食事制限を課されてるんだ。そのうち慣れるよ」

「とてもおいしいわ」給仕のために壁際に立っているノアに、王妃がうなずいた。「新鮮だし、うまく味付けしてある」

フィリップ王はラビオリを二つ食べると、ノアが皿を下げられるように、椅子の背にもたれた。「こんな食事を続けていたら、そのうち見る影もなく瘦せ衰えるぞ」

「心配にはおよびませんわ」王妃が優雅に言った。「まだまだ元気に動けるんだから」

こんな言葉の応酬の裏にも二人の間には愛情が感じられ、ケイトはほほえまずにいられなかった。愛され、支えられているという安心感と自信を自分もいつの日か見つけられればいいけれど、と彼女は思った。

そんな思いを読んだかのように、ダヴィアンがまた彼女の手を握った。その目が励ますように輝いている。かつてケイトはダヴィアンこそが定められた相手だと思った。けれど彼は姿を消した。その彼が戻ってきた今、信じてはいけないと自分に何度も言い聞かせているのに、この数日のことがあったせいで、その理由がだんだん思い出せなくなってきていた。

「ドクター・ネヴェス、お嬢さんの父親はどこにいるのかね？」いきなり王にそう尋ねられ、ダヴィアンにまつわるぼんやりとした温かな思いは消し飛んでしまった。

「あの、それは……」ケイトは料理の最後のひと口をのみ込み、顔を伏せてノアが皿を下げるのを待った。ノアに彼女とダヴィアンの仲を知られて噂を広げられては困る。ケイトはどう答えようか慎重に考えながら、水をひと口飲んだ。「今は関わりがありません」

まったくの嘘ではないが、百パーセント真実というわけでもない。

隣でダヴィアンが体をこわばらせるのがわかった。

「話題にするならケイトの私生活以外の話がいいんじゃないかな」彼は皮肉っぽく言った。

「どうしてだ？　誰もが知りたいと思うことを口にしたまでだ」

「フィリップ！」王妃が言った。

「なんだ？　わたしは物事をはっきりさせておきたいだけだ」

どうしよう。

ケイトは耳の奥で血が脈打つ音を聞きながら、ダヴィアンを見た。二人で話し合い、アデラが彼の娘だという事実はまだ誰にも明かさないと決めた。でも、もしダヴィアンがここで先走って両親に話したら、どうなるの？　もし……。

ケイトが人を信じられないのは、この〝もし〟が理由だった。やはり信じなければよかった――。

「はっきりさせる?」ダヴィアンの声は氷のように冷たかった。「〝隠蔽する〟のまちがいじゃないんですか? そのためにいつもぼくを利用してきたじゃないですか」王妃が息をのみ、ケイトは彼の手をぎゅっと握って止めようとした。今は喧嘩(けんか)をするタイミングでも場所でもない。「ぼくに向かって物事をはっきりさせるだなんて、よくそんなことが言えますね。それに、誰もが知りたいと思うことってなんですか?」

「わたしは一族の評判を守りたいだけだ」国王は一歩も引かなかった。「これまで王族を守ることだけを考えてきた。そのせいでどうなったと思う? 心臓を悪くして、脅迫を受け、世界中の安っぽい新聞で我が一族の名を書き散らされてきた」その強烈なまなざしがダヴィアンからケイトに向いた。「だからドクター・ネヴェス、率直にききたい。どんな魂胆があってうちの息子に近づいたんだ? 情報を引き出せと金をつかまされたのか? 五年もたっているのに突然この船に現れるとは、ずいぶん都合のいい話だ。娘の年齢も偶然にしてはできすぎている。息子を脅迫するつもりなのか? ダヴィアン、よくこの女を信じられるものだな。そんなばかなことはするなと教えたはずだ」

ケイトは呆然(ぼうぜん)として言葉も出ず、王から王妃へ、ダヴィアンへ、そしてノアへと視線を移した。ノアはこの言い争いを聞いているはずなのに、その顔にはなんの反応も浮かんでいなかった。

ケイトの最悪の悪夢が現実になった。必死に乗り越えようとしてきたものが、今彼女をのみ込もうとしている。このクルーズの仕事を受けたのがまちがいだった。ボストンに戻って、クリニック開業の計画を進めておけばよかったのだ。

でも、そうしていたらダヴィアンと再会することもなかった……。

どんなに否定したいと思っても、彼に会いたかったのは事実だ。一週間という短い時間をケレンシアで過ごし、今日はともにモナコを楽しんだおかげで、まるで五年前に途切れたものがつなぎ直せたような気がした。それにアデラはダヴィアンが大好きだ。それを無視するなんてできない。

それでもケイトが口を開く前に、肩をいからせたダヴィアンがおとぎ話の白馬の騎士のように助けてくれた。顔はこわばり、瞳は抑えた感情でぎらついている。「まず言いたいのは、ぼくがケイトを無条件で信頼していることです。彼女は優秀な医師で、よき友人でもある。ぼくは彼女を裏切ったのに、彼女に裏切られたことは一度もない。ぼくは世界中の誰よりケイトを信頼しています」王が不機嫌そうに鼻で笑ったのを無視して、ダヴィアンは大きく息を吸い込んだ。「次に言いたいのは、もう推測をもとに生きるのに疲れたということです。ひょっとしたらあれは悪人かもしれない、あれは嘘かもしれない、などと。推測が当たることもあるでしょう。でも最悪ばかり覚悟していたら生きていけない。もうそんな生き方はしたくないんです。たとえあなたや家族のためであっても」ダヴィアンは、立ちあがろうとしたケイトの手を引っ張った。そして彼女を見やり、ささやいた。「ぼくを信じてくれるね?」

過去のことも、頭の隅で鳴り響く小さな警報の音も忘れ、ケイトは彼を信じた。彼女はうなずいた。胸の鼓動は収まらず、喉はこわばり、言葉も出てこない。

ダヴィアンも小さくうなずくと、両親に向き合った。父は母に近寄り、支えを求めるようにその肩に手を置いている。ダヴィアンは二人の顔を見比べて言った。「ケイトとは大学時代につき合っていたんです。恋人として。ルクレシアに帰れと言われたその夜、ぼくらは初めて愛し合った。そして今、関係を温め直そうとしている。たとえ反対されようと、これからもそうするつもりです」

信じられない。

ケイトは彼が次の真実を暴露するのを覚悟した。こんなふうに国王夫妻にアデラのことを知らせたいとは思っていなかったけれど、ダヴィアンが言いたいのなら引き留めることはできない。

ところが……彼はこう言った。「アデラはすばらしい子です。頭がよくてユーモアがあってやさしくて、知識欲も旺盛です。あんな娘がいたら、父親はさぞ自慢だと思います。どうかアデラやその母親をおとしめるような言葉を口にしないでください。ぼくはすでにケイトと過ごせるはずの五年をむだにしたんです。ここにいる間は、これ以上何もむだにしたくない。ケイトとアデラが今現れたのは、下心があったからじゃない。二人ともぼくの大事な友人だから守るんです。それをわかってください」

「だがタブロイド紙はどうするんだ？」国王が怒りの声で言った。「ルクレシアでの脅威は？」

「危険があることはわかっています。でも、だからといってそのために人生を左右されるのはもう終わりにしたいんです。故国にもこのヨットにも選り抜きの警備チームがいる。それにぼくは皇太子じゃない。兄はそのために生まれてからずっと教育を受けているし、いずれ国をうまく治めてくれるでしょう。だから医学を修めたぼくは医師として生きていくのを許してほしいし、王室の権力ゲームの駒として利用するのもやめてほしいんです」

張りつめた空気の中で、父と息子はテーブル越しににらみ合った。やがてダヴィアンの母がそっと咳払いをした。

「食事を続けましょう。どんなにおいしくても、ラビオリ二つでは朝までもたないわ」

ユーモラスなその言葉で、全員を閉じ込めていた緊張感がほぐれ、息がしやすくなった。国王は息子とのやりとりで少し頬を紅潮させていたが、もう質問をぶつけることはなく、あとはほとんど口を開かなかった。いっぽうでケイトとダヴィアンと王妃はモナコでの一日やクルーズの天候について話をした。

優秀な給仕長のノアは、言い争いを耳にしたそぶりなどまったく見せず、シェフが腕によりをかけた料理を次々と給仕した。

「本当にすばらしい料理だったわ」皿を下げるノアに王妃が声をかけた。「今夜見事な腕前を見せてくれたシェフに、心からの感謝を伝えてちょうだい」

「もちろんです、陛下」ノアがお辞儀した。「喜んでいただけてよかったです」

テーブルの上が片づけられると、ノアやほかの給仕がコーヒーとシャンパンを持ってきた。しかしダヴィアンの両親は両方とも断った。

「失礼して、もう部屋に戻るよ」国王が言った。

「父上、ぼくは――」ダヴィアンが言いかけた。

「もういい。おまえの言い分はさっき聞いた」そしてケイトの目を見てそっけなく会釈した。「ようやくお目にかかれてよかった、ドクター・ネヴェス」

「わたしもです、陛下」ケイトは立ちあがって、ぎこちなく膝を曲げてお辞儀をした。

「お父さまのことは心配しないで」王妃がテーブルをまわってきて、立ちあがって見送るダヴィアンを抱きしめ、キスをした。「いずれ慣れるわよ。いつもそうだから。時間さえあればね」

王妃はケイトも抱きしめてキスした。驚きのあまり、ケイトは抱きしめられてもただ体を固くすることしかできなかった。

「お会いできて本当によかった。あなたといっしょにいると息子がしあわせなのがわかるわ。息子はしあわせになって当然よ。来てくれてありがとう」

国王夫妻は静かに階段をおりてマスタースイートへと消えていき、ケイトは困ったような、それでいて魅せられたような気分で取り残された。

「ああ、なんていうか……」ケイトは口ごもった。

「わかるよ、そのとおりだ。父のことはすまない。ときどき度を超した言い方をするんだ」

「お父さまはあなたの安全を気にかけているだけよ」ケイトは慎重な言い方をした。

ダヴィアンはテーブルからシャンパングラスを二つとって一つをケイトに手渡し、座ってくつろぐつもりで最上階のデッキへと連れ出した。大きめの二人掛けソファに座ると、ケイトは靴を脱ぎ捨ててソファに脚をのせた。ダヴィアンはスーツの上着を脱いでソファの背にかけ、やはり靴を脱いだ。ゆっくりとシャンパンを飲み、夜の海に視線を向ける。ハンサムな顔のラインを月の光が際立たせている。

「父が何より気にしているのは、家族の体面を保つことだ。王族の宿命だよ。父にとっては王位の継承が何よりも大事なんだ。両親がぼくを愛しているのはわかるし、人生に足りないものがあると思ったことは一度もない。それでも、称号という点ではぼくの重要度は下なんだ」

「お兄さまが皇太子だからでしょう?」

「そのとおり」

ケイトは顔をしかめた。「お兄さまを恨んでいるの?」

「恨みなんかないさ」ダヴィアンは心から言った。「アーサーは好きだし、さっき父に言ったことも本気だ。兄は王になるために厳しい教育を受けてきたから、いつかすばらしい君主になるだろう。だからといって、ぼくが王室の外に目標や夢を持てないのはおかしい」

「そうね」ケイトはシャンパンを飲んだ。食事のときに飲んだワインとあいまって、アルコールが心地よく体をめぐるのがわかった。「そのために医大に行ったのだから」

「そのとおりだ」ダヴィアンがこちらを見てほほえんだ。その姿は信じられないほどセクシーだ。ソファに並んで座っているせいで膝が触れ合い、ケイトは熱気で血が熱くなった。「慈善事業と病院の仕事を始めたのもそのためだ。称号や家族とは関係のない場所で、個人として活動する。金や特権のない世界で成功をつかむ。受け取るだけではなく、与えたい」そう言ってため息をつき、目を閉じる。「だが父は、王族のするべきことについての考え方が狭い。ぼくに王室以外の仕事が必要だとは思っていない上に、王族への脅威に不安を抱いている。父からアメリカの医大に行く許可をとるのに何年もかかったよ。ぼくは生まれてからずっと檻の中に閉じ込められている気がする」

「大変だったのね」ケイトはなぐさめるように片手を彼の脚に置いた。

ダヴィアンは膝の上のケイトの手に自分の手を重ね、指をからませると、シャンパンをいっきに飲み干した。

「とにかく、今夜ご両親に会えてよかった。こんなことは聞きたくないかもしれないけれど、あなたってお父さまにそっくりよ」ダヴィアンがうめいたのでケイトは笑った。「でも目はお母さまの目ね。お母さまはとてもやさしい方だわ」

「そうなんだ」そう言うと彼は手を離し、ケイトのふくらはぎを手のひらで包み込んでゆっくりとこわばりをもみほぐした。「きみと同じさ。今夜、きみはあの二人との対面を見事にこなした。とくに父に対しては」

「自分の身は自分で守れるわ」ケイトが少し脚を動かすと、爪先が彼の腿をかすめた。「でも助けてくれてありがとう。それから、アデラの件を伏せてくれたことも。一瞬、どうなるかと思ったのよ。あなたを信用していいかどうかもわからなくて」

「そうか」ダヴィアンはソファの上で身を寄せ、ケイトの脚を膝にのせた。ドレスのスカートがずり上がり、日に焼けた脚があらわになる。彼の手が脚の上をすべって腿の外側に触れるのを感じ、ケイトは身を震わせた。空では星がきらめき、すべてが魔法のようだ。「信じてもだいじょうぶだ」彼はさらに体を近づけ、ケイトの腰に手を置いた。「絶対にきみを傷つけたくなかった。今なら信じてくれると思ってる」

ケイトは片手を差し伸べ、指先でダヴィアンの頬から首をたどると、さらに下がってネクタイをゆるめ、その下のボタンをはずした。何もかもが現実とは思えないのに、体は痛いほど彼を意識している。このクルーズのあと、彼女たち三人がどうなるかはわからないけれど、一つだけたしかなことがある。ダヴィアンが欲しい。今夜、彼を自分のものにしたかった。

ダヴィアンが反応するのを待たずに、ケイトはネクタイをつかんで引き寄せ、深くキスした。彼は喉の奥でうなり声をあげ、ドレス越しに腰をきつくつかんで自分のほうへすり寄せた。唇を離すまいとして、もう一方の手を彼女の髪に差し入れると、その手でケイトを引き寄せて、膝の上にまたがらせる。

体の奥でスイッチが入ったかのように、ケイトはこれだけでは我慢できなくなった。

やがてダヴィアンは月光の中でまっすぐ彼女を見て言った。「ぼくの船室へ来てくれ、ケイト。この夜をまだ終わらせたくない」

ケイトはしばらくじっと彼を見つめた。全身が彼への思いで脈打っている。片手を上げて指先で彼の頬をなでると、その体に震えが走った。「わたしもよ、ダヴィアン。行きましょう」

キスもそこそこにダヴィアンはケイトを抱き上げ、階段をおりていった。一瞬彼女はほかのクルーに見られたらどうしようと不安になったが、さいわい誰にも会わなかった。首筋に鼻先をすり寄せられたとき、ケイトはダヴィアンのこと以外、すべてを気にするのをやめた。

　廊下を船室へと向かう間も、二人のキスは止まらなかった。中に入り、服を脱ぎ捨て、裸でベッドへと倒れ込む。初めてのときよりも大胆になった二人は、その間も相手に触れ、愛撫し、味わうのをやめることができない。あのころは相手が望むものを知ろうとしておずおずと探索するのが精いっぱいだった。今はもっと熱く強烈で、どんな愛撫にも、どんなため息にも深い意味がこもっていた。

　ダヴィアンは唇で彼女の胸への道をたどり、両手でふくらみを包み込むと、硬くなった先端を口に含んだ。ケイトが声をあげ、胸を突き出す。欲望が稲妻のように腿のつけ根を貫いた。ダヴィアンは愛撫の手にあらゆる感情を込め、すべてをケイトに与えた。ケイトにとってこれはただのセックスではなかった。ダヴィアンが相手だと必ずこうなる。まさに愛を交わすという言葉がふさわしかった。

　ケイトが愛撫する側にまわり、キスで腹筋へとたどっていくのを感じて、ダヴィアンは天にも昇る心地だった。愛撫はさらに下へと続き、舌先がそそり立つものの先端へと這い上がった。ダヴィアンはそれなりに経験はあったが、ケイトが相手だとこれまでの誰とも違うものを感じてしまう。何年も前の初めてのときでさえそうだった。あのときよりケイトへの理解が深まったことが、このセックスに新しい光を投げかけているように思えた。ケイトが何を好むかわかるし、自分の喜びを追い求める前に、どう満足させればいいかもわかる。彼女の唇と舌が生み出す快感がそれ以上耐えられないところまで高まると、ダヴィアンはケイトを引き離してキスし、自分の下に組み敷いた。ケイトにも同じ快感を味わってほしくて、その体にキスし、鼻先をすり寄せて下へと向かい、手と唇で快感を引き出す。やがてケイトはオーガズムの瀬戸際まで追いつめられ、彼の名を何度もささやきながら、エクスタシーの大波にのみ込まれていった。

ダヴィアンはようやく体を起こし、ナイトスタンドの引き出しから避妊具を取り出した。視線を絡ませたまま、それをつけ終えると、潤った入り口へと自分の体を導く。すると、ケイトが手を伸ばして彼の硬いこわばりを包み込み、上下に動かした。ダヴィアンはその手を引き離し、手のひらにキスした。

「これ以上は無理だ。もう我慢できない」

それに応えてケイトは彼を引き寄せた。「お願い、わたしのプリンス。あなたが欲しい」

その称号をケイトが口にするのを聞いただけで、ダヴィアンははじけてしまいそうだった。それでもなんとか意志の力で持ちこたえると、腕で体の重みを支えながら、こわばったものを彼女の入り口へとあてがった。今夜をまだ終わらせたくない。二人の記憶に永遠に熱く刻み込まれる夜にしたい。一瞬の間を置いて、彼はようやくゆっくりと中に分け入った。そこで動きを止め、ケイトの体が彼を受け入れるのを待つ。彼が動き出したとき、二人の喉からうめき声がもれた。ダヴィアンがリズムを刻み始めると、二人ともすぐに喜びの果てへと追いつめられていった。

「ダヴィアン……」二度目のクライマックスを迎えたケイトの叫び声は、歓喜の波の中へとのみ込まれていき、ダヴィアンもそのあとを追った。空白の年月のあとでようやくお互いを見つけ出した喜び、今もこんなに一つに調和している驚きが、ダヴィアンの神経のすみずみにまで炎を走らせ、彼を根底から揺さぶった。ケイトの中にいると、喜びの火花を散らす電線に触れているようだ。永遠に終わらせたくない思いで何度も彼女の中に身を沈めながら、そのときがせまっているのがわかった。次の瞬間、ダヴィアンの体がこわばり、彼はケイトの中ですべてを解き放っていた。ダヴィアンはケイトの首元に顔をうずめ、彼女の名を呼び、愛の言葉をささやいた。

そのあと二人は暗闇の中に横たわったまま、船腹をやさしくたたく波の音を聞いていた。胸のふくらみの間で安らぐダヴィアンの顔を、ケイトの指がけだるげになでる。ダヴィアンはひさしぶりに満たされ、リラックスした気分だった。これもすべてケイトのおかげだ。「なんだか……驚いたよ」影の中でその声は静かに響いた。「ぼくらの間にあったものがなんなのかわからないが、それは変わっていなかった。ぼくはまだそれを手放す気になれない」

「わたしも」

暗闇の中で彼女の顔は見えなかったが、無防備なその声音を耳にしてダヴィアンは胸が痛くなった。たとえケイトたちを怖がらせるようなことがあっても、家族としていっしょにいられる方法を見つけ出したい。ダヴィアンはあお向けになってケイトを引き寄せ、二人に上掛けをかけた。そしてためらいがちに言った。「ぼくが望んでいたのはきみを守ることだ。今はそこにアデラも加わった。ぼく自身も家族を持ちたいと思っている。きみと二人でなら、もしかしたらそれができるかもしれない」

「もしかしたらね」ケイトが小声で言った。

父親との間にあったことのせいで、これがケイトにとって微妙な問題なのはダヴィアンもわかっていた。ケイトは簡単には人を信じない。それは彼も同じだ。でもケイトと娘のためなら努力してみたい。それと同時に、この完璧な二人の夜を台なしにはしたくなかった。

かった。だから彼は口を閉じた。話をする時間は明日たっぷりある。

「もう眠ろう」ケイトの顔を顎の下に引き寄せると、彼女はダヴィアンのぬくもりに頬をすり寄せた。

「おやすみ、ケイト」

「よい夢を、わたしのプリンス」ケイトが彼の胸にキスし、二人はまどろみの中へと漂っていった。

10

ダヴィアンとの一夜のせいでまだ少し動揺していたが、翌朝ケイトは早くから診療所に入った。今朝は夜明け前に目を覚まし、寝ているダヴィアンを起こさないようにそっと頬にキスすると、シャワーと着替えのために自分の船室に戻った。それからキャリーの船室にアデラを迎えに行き、朝食をとりにクルー用のカフェテリアへ連れていってから、仕事に来た。

「昨日はお泊まりだったの、ママ？　わたしにはお泊まりさせてくれないのに」

ケイトは恥ずかしさで頬が熱くなった。「アデラはまだ五歳だからよ」

「じゃあ、大きくなったらママみたいにお泊まりさせてくれる？」

「そうじゃなくて」ケイトはあわてて言った。「お泊まりはいいの。ただママはお泊まりしたわけじゃなくて、お友だちと遅くまで話してただけ」

「そうなのか」ノアがやってきて二人のテーブルに座った。「今はお泊まりのことをそう言うんだ」

やれやれ。同僚のクルーの詮索の目をかわしたと思ったのに、考えが甘かった。船上での生活にはプライバシーなんてない。ケイトはコーヒーを取り上げ、縁越しに友人をにらんだ。ノアは話題を変えてと言わんばかりのケイトの視線を無視し、にやりとした。

「それで、昨夜はプリンスとはどうだったんだ？」

「王さまと王妃さまといっしょに食事をしたんだよね！」アデラが手をたたいた。「ママも王冠をつけたの？」

「ううん」ケイトはマグカップを置いた。ダヴィアンと再び愛し合ったのはたしかだ。あのときは不本意だったなどと、とても言えない。でも今昼間の光の下で考えると、その事実の意味が心に重くのしかかってきた。

〝ぼくが望んでいたのはきみを守ることだ。今はそこにアデラも加わった。ぼく自身も家族を持ちたいと思っている。きみと二人でなら、もしかしたらそれができるかもしれない……〟

きみと二人でなら。

ああ、どうしよう。

気がつくと、アデラとノアが期待するようにこちらをじっと見ている。「王冠はつけてないわ。ただおいしいものを食べて会話を楽しんだだけ」

「ふうん。会話っていうより尋問だったたな」ノアが言った。

ノアはまちがっていない。ダヴィアンの両親が自分に好奇の目を向けるのは予想していたけれど、まさか詰問されるとは思っていなかった。ダヴィアンがいっしょにいてかばってくれたのはさいわいだった。誰かに支えてもらうのはいいものだ。

ケイトはそんな彼のすべてが恋しかった。

問題はそこだ。

恋しがってはいけない。誰にも頼りたくない。なぜなら、いつか裏切られるからだ。

「ママ、あれママじゃない?」アデラが別のクルーが読んでいる新聞を指さした。

振り返ってアデラが指さす方向を見たケイトは、椅子から転げ落ちそうになった。

「驚いたな!」ノアが息をのんだ。「ケイトが載ってる」

ノアが立ち上がって向こうのテーブルに行き、ひと言断って新聞を持ってきてくれた。クルーがモナコで買ってきた地元のゴシップ紙のようだ。席に戻ると、ノアは一面を差し出した。

見出しを目にしたケイトは胃がきつくこわばった。

〝情熱のプリンス、お相手は船医〟

ノアの手から新聞を取りあげ、じっと見つめる。タブロイド紙からこちらをあざ笑うように見ているのは、自分自身の顔だった。「どうやってこの写真を手に入れたのかしら。これはわたしの携帯電話で撮ったものなのに」

「パパラッチかな」ノアが写真をにらんだ。「でも、二人ともきれいに写ってる」

ひどすぎる。見知らぬカメラマンに悪意をもって利用されたような気がした。でも写真をよく見ると、他人が撮ったものではないとわかった。携帯電話に保存されているのとまったく同じだ。いったいどうして……。だが記事を読んだとたん、事態はさらに悪くなった。そこには、アデラがダヴィアンにそっくりだという匿名の発言が引用されていた。

ケイトは椅子が倒れるほどの勢いで即座に立ち上がった。「ちょっと行ってくるわ。ノア、アデラを見ていてもらえる？」

「ああ、いいけど」ノアは顔をしかめて言った。「だいじょうぶか？」

「全然だいじょうぶじゃないわ。アデラ、いい子にしててね。愛してるわ」

すぐにダヴィアンと話さなければ。そう思ったケイトはカフェテリアを走り出て階上の客用船室に向かった。ノックに応えてドアを開けたダヴィアンは誰かと電話中で、その硬い表情からいい話ではないのがわかった。

「待ってくれ、アーサー。なんの話だ？　そんなことがありえるのか？」

ケイトの心に、かつての恐怖がひたひたとよみがえってきた。昨日は三人だけでモナコに行った。ケイトはあんな写真をマスコミに送ったりしない。ならば誰？　ダヴィアン？　ダヴィアンの家族？

信じたくはなかったけれど、マスコミを利用する王室の巧妙さを教えてくれたのはダヴィアン自身だ。今度は彼女たち母娘を駒にして、王の健康状態から目をそらすつもりなのだろうか。

いいえ、違う。

たぶん、こんなことを考えるのは自分を守ろうとする心の働きのせいだろう。ダヴィアンへの愛が再燃してしまった今、彼女は二度と傷つきたくないと思っている。二人の将来が見えないのに、心を開いて無防備にはなりたくない。だからそれを防ごうとして、こんなことを考えてしまうのかもしれない。

残念なことに、ケイトの困惑と混乱はあまりにも深く、すぐにはおさまりそうになかった。

「ぼくはただ、自分が目にしたものの話をしているだけだ」電話口で兄の皇太子が言った。「ルクレシアのタブロイド紙にでかでかと出てる」

なんてことだ。

昨日の外出も、そもそもこのクルーズのことも、充分注意したはずだったのに、足りなかったようだ。ケイトのほうを見ると小脇に新聞を抱えているのがわかり、ダヴィアンは気分が沈んだ。ケイトも読んだのだ。近づいて片手を差し出すと、彼女が新聞を手渡してくれた。

楽しげに笑っている二人の顔。キスの直前だったと考えると、不幸中のさいわいと言えるかもしれない。でもダヴィアンは許す気にはなれなかった。

「いったん切るよ、アーサー。あとでかけ直す」

「待ってくれ！　父上に打ち明けるなら慎重にしろ。動揺するに違いないから」

「わかってる。気をつけるよ」

ダヴィアンはざっと記事に目を通した。さいわい、くわしい情報はないが、アデラが彼に似ていることが意味ありげに書かれている。ダヴィアンの胸がかっと熱くなった。マスコミが彼を追うならまだしも、無垢(むく)な子どもまで巻き込むとは。

ぼくの子どもを。

「これを読んだ人はあなたとアデラを結びつけるわ」ケイトは青ざめた顔で言った。「二人の間で解決してアデラに打ち明けるまでは、こうなってほしくなかったのに」

「同感だ」彼はソファにぐったりと座り込んだ。シャワーを浴びたばかりで、ウエストにタオルを巻いただけの姿だ。それでも、ケイトがここにいて二人でちゃんと話し合えるのがうれしかった。「この写真をどうやって手に入れたんだろう？」

「わたしもそれがわからないの。最初はパパラッチかと思ったけど、これはわたしの自撮り写真よ。誰かがわたしの携帯電話をハッキングしたとしか思えない」

「でも、どうやって？　パスワードがあるし、暗号化もされてるのに」

ケイトはため息をついた。「わかってるのは、ああいう人たちは潜り込むのがうまいってことよ。あ、どうしよう」ケイトは目を閉じた。「自分のことはどうでもいいけれど、アデラを巻き込みたくなかった。それに、あなたのお父さまはだいじょうぶなの？」

「今日は船にいるから気づかないかもしれない。そうすれば、父にどう打ち明けるか考える時間が稼げる」

「それほどスキャンダラスな話じゃないのが不幸中のさいわいね。モナコ行きはお父さまもご存じだし、誰かに見られて写真を撮られることだってありえなくはないから」

「そのとおりだ」ダヴィアンは首を振った。「それでも父は怒ってぼくを責めるだろう。そういう人なんだ」

「残念ね。一つ知っておいてほしいのは、わたしはこの件には何も関わっていないということよ、ダヴィアン。誓ってもいい」

「信じるよ。二人で解決しよう。とりあえず先に服を着る」

その間ケイトはモナコの一日がマスコミに公表された形跡がないか携帯電話で検索した。ダヴィアンが戻ってくるころには、十以上の記事が見つかっていた。どれもが二人の関係とアデラとの血のつながりを詮索するものばかりだ。

「ちょっと電話をかけさせてくれ」

ダヴィアンは立ち上がり、ルクレシアのITセキュリティチームと話し始めた。チームは、画像がどうやって抜き取られたか探るため、彼とケイトの携帯電話から必要な情報を取り出した。ダヴィアンは次に王宮の広報チームに連絡をとって緊急態勢をとらせ、両親をルクレシアに送り返すプライベートジェットの出発地を変更する手配をした。このばかげた騒ぎのことを考えれば、クルーズを切り上げて帰国するのが安心かもしれない。

それが終わるとダヴィアンはケイトに向き直った。

「階上に行って、この件が父の耳に入る前に話してしまおう」

外に出ようとしてケイトの手をとり、ドアを開けた瞬間、目の前に激怒して顔を真っ赤にしたフィリップ王がこちらをにらんで立っていた。

「だからこうなると言ったんだ」国王はケイトを指さした。「この女を信用するなと言ったのに」

ダヴィアンはケイトを背後にかばい、国王との間に立った。彼は父親の癇癪には慣れていたが、ケイトは違う。「彼女のせいじゃない。携帯電話がハッキングされたんです」

「ハッキングだと？　その女がそう言ったのか？」

「そうです。ぼくは彼女を信じる。だから落ち着いてください。ＩＴセキュリティチームに調査を依頼したし、まっさきにアーサーが電話をくれた。状況は把握できています」

「こういうたちの悪い噂は、いったん広まれば抑えることなどできん。わかってるだろう」

「ならば実際に燃え出してから消せばいい」背後でケイトが緊張するのを感じつつ、ダヴィアンは全力で父の怒りから彼女を守ろうとした。「このばかげた話は忘れてください。ジェット機のパイロットに連絡して、あさってコルシカ島に迎えに来るよう手配しました。問題はないのだから、気に病まないでください」

「気に病むなだと？　この女の子どもがおまえの子かもしれないとマスコミが書きたてているのに、のんきにしていられるわけがないだろう。そこらの父なし子をうちの一族の一人だと言いふらされて、それを黙って見ていろというのか。きみはあの写真でいくらもらったんだ？　その値打ちがあったことを祈るばかりだな」

「待ってください！」ダヴィアンの背後でケイトが断固として言った。「わたしの娘を〝父なし子〟なんて呼ばせません。あの子が一族に加わるとしたら、幸運以外の何ものでもないわ。言っておきますけど――」

「父上、もうやめてください。あとで悔やむような言い方はしないほうがいい」

国王はいかめしい顔でダヴィアンを見つめた。

「わたしが悔やむとしたら、それはおまえが兄のようにならなかったことだ。少なくともアーサーは王族の義務を果たしている」

何年も感情をのみ込んできたからこそ、ダヴィアンはその場で怒りが爆発せずにすんだ。彼があまりにも強く手を握ったので、ケイトは驚いてその手を振り払った。それでもダヴィアンの顔に内心の怒りが出たのだろう。国王は言いすぎたとさとって一歩あとずさった。ダヴィアンは苦しげに言葉を吐き出した。「これまでのぼくの人生はすべて王族のためでしかなかったのに」

国王は血の気の引いた顔でまたあとずさった。そして背を向け、歩み去っていった。

11

ダヴィアンのもどかしさは、薄れるどころかひどくなった。

王宮のITセキュリティチームがその日の大半を費やして調査した結果、ケイトの携帯電話から漏洩（ろうえい）した画像の出所はヨットで、ケレンシアに乗っていた誰かがマスコミに送ったものだという。しかもメールの送信信号をたどったところ、診療所のあるエリアが発信元の可能性があるらしい。

その報告を聞いて、ダヴィアンは胸にブラックホールのような穴があいた気がした。ケイトが漏洩に関わっていたなどとは絶対に信じたくない。ばかげている。あの写真をマスコミに公開してもケイトには得るものは何もないどころか、すべてを失ってしまう。

金銭的な見返りをのぞいては……。

まさか。ダヴィアンは頭の中に響く父の声を振り払った。ケイトは経済的に困っていない。クルーには充分な報酬が支払われていると知っている。だいたい、もし困っているなら彼を頼ればいいだけではないか。クリニックの開業には費用がかかるが、以前から計画していたと言っていたし、それなら資金も準備してあるはずだ。

〝きみはあの写真でいくらもらったんだ？　その値打ちがあったことを祈るばかりだな〟

小声でののしりの声をあげながら、ダヴィアンはターコイズ色の地中海を眺めた。希望を持ってこのクルーズに乗り出し、昨日はモナコですばらしい一日を過ごしたのに、今は日差しさえ彼をばかにしているかのようだ。ダヴィアンは他人の不始末の後始末にうんざりしていた。どんなに努力しても父に認めてもらえないことも。ただ自分の人生を求めているだけだ。病院を経営し、家族を作り、アデラのいい父親になって、許される範囲でケイトを支えたいだけだ。

ケイト。

顔を伏せ、目を閉じる。

船上の診療所に関わっている人物は三人だけだ。彼が昔から恩師として信頼しているドクター・ブライアント。携帯電話を持っているかどうかも怪しいのに、こっそり画像を送信するやり方など知っているわけがない。そうなると残りはケイトと受付のキャリーだ。

彼とケイトが両親と食事し、その後船室で過ごしたあの夜、キャリーはずっと自室でアデラの面倒を見ていたから、犯人とは考えにくい。それにITセキュリティチームは診療所のエリアからの信号だと特定していた。つじつまが合わない。胸が締めつけられて苦しくなった。キャリーではないとなると、ケイトだという可能性が大きくなる……。

違う。絶対に違う。

ダヴィアンはケイトが関わっているとは信じようとしなかった。彼がケレンシアに同乗していることを知った瞬間から、ケイトはアデラをスキャンダルから守ろうとしていた。パパラッチがいくら払うのか知らないが、たかが数千ドルのためにその努力をむだにするのはおかしい。

ひょっとすると報復なのか……。

なぜ報復という言葉が浮かんだのかわからないが、ダヴィアンは膝から力が抜けて座り込んでしまった。この件については二人でよく話し合った。研修生時代にいきなり姿を消した理由は説明したし、ケイトも納得してくれた。ケイト自身、彼に大きな秘密を隠していた。二人とも同罪だ。彼がどんな思いを抱いてきたか、ケイトは知っている。彼が愛し、受け入れ、すべてをさらけ出したのはケイトだけだ。

だが、もし彼女ではないなら、いったい誰だ？

いや、もう臆測はやめよう。切り出しにくいことを切り出して、すべてを話し合おう。そうしなければ真実はわからないままだ。ダヴィアンは立ち上がり、ケイトを捜しに診療所へと向かった。

「どうしてわたしの写真がマスコミにもれたのか、どうしてもわからないの」ケイトは診療所でファイルを整理しながら言った。「携帯電話は一日中身につけていたから、どこかに置いたすきに他人に使われたってことはありえない」

「変よね」キャリーはネット上で問題の写真を見ながら言った。「でもこの世の終わりってわけじゃないし、二人ともすごくよく写ってるわ」

「本気で言ってる？　プライバシーを侵害されたの

よ、キャリー。この写真を撮ったのは、ボストンに帰ってから、昨日という思い出深い一日を記憶にとどめておくためでしかなかったのに」ケイトは身震いし、キャビネットの引き出しを閉めた。

キャリーがまた記事を読み返すいっぽうで、ケイトはいてもたってもいられない思いで考え続けた。

「アデラがかわいそうよ。なんの罪もない子どもなのに。娘を守るのが母親の義務なのに、わたしは期待を裏切ったわ」

「ママ？」診療所の隅でおもちゃで遊んでいたアデラが口を開いた。「期待を裏切るって何？」

ケイトは大きく息を吸うと、アデラのそばに行ってしゃがんだ。「思うような結果が出ないとか、物事が思いどおりにならないことよ。人生にはつきものだけど、それがつらいときもあるのよ」

「かわいそうに」アデラは手を伸ばしてケイトの頬をなでた。「でもアデラはママが好き」

「わたしもよ、おちびちゃん」ケイトはそう言って娘を抱き寄せた。

そのときダヴィアンが診療所にやってきた。彼は中に入るとまっすぐキャリーのデスクに向かった。目を上げたキャリーは二度見返し、驚いて椅子から落ちそうになりながら立ち上がると、膝を折ってお辞儀した。「おはようございます、殿下。今日はどんなご用件でこちらに?」

「ドクター・ネヴェスに会いたい。急を要するんだが」

「ここよ」ケイトは立ち上がってドクター・ブライアントのオフィスを指さした。「あそこなら二人きりで話せるわ。今日ドクター・ブライアントは休みなの」

中に入ってケイトがドアを閉めるやいなや、ダヴィアンは彼女を引き寄せてきつく抱きしめ、彼女のこめかみにささやいた。「だいじょうぶか?」

「ええ」ケイトは体を離して彼の視線を受け止めた。ダヴィアンも彼女と同じぐらい取り乱した様子だ。シャツもショートパンツもしわだらけで、髪も乱れている。「どうしてこんなことになったのか考えているの」ケイトはドクター・ブライアントのデスクにもたれかかった。「王宮のITチームから連絡はあった?」

ダヴィアンはそっけなくうなずき、ケイトではなく自分の携帯電話の画面に視線を落とした。「メールの発信元をこのヨットまでたどることには成功した」

「そうなの」ケイトは顔をしかめて立ち上がり、彼に近づいて携帯電話を見ようとした。「それ以上くわしいことはわかった?」

「ああ」ダヴィアンはケイトがのぞき込めないように携帯電話をオフにし、ポケットに押し込んだ。「どうやらこの診療所の近辺から発信されたみたいなんだ」

「なんですって?」ケイトはぶたれたようにあとずさった。「そんなはずないわ。ケレンシアに戻ったあとはまっすぐ自分の船室に行ったから、昨夜は一度もここに来なかったし。送ってくれたから知ってるわよね? そのあとシャワーと着替えをすませてアデラをキャリーに預けて、ディナーに遅れそうだったから急いでメインサロンに向かったわ。それからは、ずっとあなたといっしょだったし……」

「そうだな」ダヴィアンはゆっくり息を吐いて首を振ると、そばの椅子に座った。「その間、携帯電話は持ち歩いていたんだな?」

「もちろんよ!」ふいに背筋に冷たいものを感じ、ケイトは腕組みした。「当直勤務だったから、緊急事態に備えて持ち歩いていたわ。あなたも知ってるはずよ」

「それはそうだが」

ケイトはこの会話が向かう先にいやな予感を覚えた。「どういう意味?」

「ぼくにもわからない。わかっているのは、証拠は嘘をつかないってことだ。あらゆる証拠が、昨夜きみの携帯電話がここからマスコミに画像を送信したことを示している」

ケイトは驚きのあまり息ができなくなった。「待って。わたしがやったと思ってるの?」

「そうは言っていない」ダヴィアンが言いかけた。

「言ったも同然よ!」傷心と恐怖はたちまち怒りに変わった。「ディナーのあとは、ほぼずっといっしょだったのよ。いったいいつわたしにメールを送信する時間があったと思うの?」

「落ち着いてくれ、ケイト。きみを責めてるわけじゃない。それに、ぼくと喧嘩したってどうにもならない」

「あなたがまちがってるんだから、喧嘩するしかないじゃないの！　なぜわたしが写真をマスコミにもらす必要があるの？　娘のために求めることすべてが台なしになるっていうのに」

ダヴィアンは頬をひくつかせて視線をそらし、こわばった口調で言った。「金じゃないのか？」

その意味に気づいてケイトは目を大きく見開いた。ダヴィアンは彼女のしわざだと思っている。自己嫌悪が彼女の胸を刺した。「わたしがあなたを売ったと思ってるの？　お金のために裏切ったと？」

「違う。ぼくはただ……そうとしか考えられなかったんだ、ケイト。きみはクリニックを開くって言ってたし、それには資金がいる。だから――」

「だから何？　たかだか数千ドルのためにあなたを売ったと？　いいかげんなことを言わないで、ダヴィアン。そんなお金なんか必要ないし、あなたにそんなことを言われる筋合いもないわ！」

ケイトは出ていこうとした。涙で目が痛かったが、泣いているところを彼に見せるつもりはない。だが、ドアまで行く前にダヴィアンに腕をつかんで引き留められた。

「ケイト、お願いだ」腕をつかむ手はやさしくても、力強さが感じられた。「まだ行かないでくれ。ちゃんと話し合おう」

「とんでもない、あなたはもう話しすぎるほど話したわ。あなたはわたしに心を開かせ、信用させた。愛を取り戻させた。なのに今になって背を向けて、お金目当てだと責めるのね」涙で視界がかすみ、ケイトはもう抑えきれなくなった。「よくもそんなことを！」手の甲で濡れた頬をぬぐう。「わたしの人生に、アデラの人生に入り込んできたあげくに、トラブルのにおいがしただけでさっさと逃げ出すのね。最初に言っておいたはずよ。アデラの父親になりたいなら、どんなことがあっても逃げないでと――よい時も悪い時も、その中間もずっと」もう自分でも手に負えなかった。とにかくここから出て、アデラを船室に連れて帰りたい。でもその前に、自分が傷ついたのと同じぐらい彼を傷つけてやりたかった。卑怯かもしれないけれど、今はもうどうでもいい。ケイトは顎を上げ、ダヴィアンの冷たい青い瞳をまっすぐ見すえた。「念のためにきくけれど、マスコミにもらしたのがあなたじゃないってどうして言えるの？」

「ぼくが？」今度はダヴィアンが怒りの声をあげる番だった。「なぜぼくがそんなことをしないといけないんだ？」

「さあね。でもあなたはひと晩中わたしといっしょにいて、携帯電話に触れることもできた。望むような人生を手に入れるために、このスキャンダルを利用してお父さまに脅しをかけようとしたのかもしれない」ケイトは疑心暗鬼と恐怖という、昔からよく知る感情に頼ろうとした。人は結局は裏切る。最初は父、次はダヴィアンだ。彼女もアデラも、もう二度とこんなふうに傷つけられたくない。ダヴィアンの顔が青ざめ、口元が険しくなったところを見ると、ケイトの言葉が胸に深く刺さったのがわかった。もうこれでおしまいにしよう。ケイトは彼の手を振り払い、ドアの取っ手をつかんだ。「さようなら、ダヴィアン。もう二度と会うこともないと思うわ」

だがドアを開けたとき、目の前に驚くような混乱が広がっていた。待合室に四人の近衛兵がいる。二人が入り口をふさぎ、一人がアデラを見守り、最後の一人がキャリーを拘束している。

「何事なの？」ケイトはアデラに駆け寄って抱き上げた。

「説明してくれ」ダヴィアンがオフィスから出てきて言った。「なぜその人を逮捕するんだ？」

「すみません、殿下」キャリーの頬に涙が流れている。「ご迷惑をかけるつもりはなかったんです」

「殿下、ITチームの責任者から連絡があり、漏洩した画像についてさらに情報が入りました。どうやら画像が送信されたのはドクター・ネヴェスの携帯電話ではなく、端末識別番号の似た別のデバイスだったようです。二つの携帯電話を近くに置いておけば、ドクター・ネヴェスに気づかれることなく、ワイヤレスで画像をコピーするのが可能だったとのことです」

「信じられない」ケイトはまだ状況をよくのみ込めず、じっとキャリーを見つめた。「写真をコピーしたのはあなただったの？　いつ？」

キャリーはかすかに体を震わせて床に視線を落とした。「おおごとになるなんて思わなかったし、誰も傷つける気はなかったのよ」すすり泣きながらそう答える。「出発前にタブロイド紙から接触があって、クルーズ中に写真やきわどい噂話が手に入ったら高値で買い取ると言われて。ドクターとプリンス・ダヴィアンがつき合ってるなんて知らなくて、それで……。ごめんなさい」

「どうして断らなかったの？」ケイトがきいた。

「写真を手に入れたときにはもう断れなかったの。もらったお金は家計費の支払いにあててしまって、返せなかったから。とにかくお金が必要で、簡単に手に入れる方法に飛びついてしまったのよ」

「連れていってくれ」ダヴィアンがそう言うと、近衛兵たちは拘束したキャリーを連れ出した。

ケイトは麻痺したような奇妙な気持ちで彼女を見送った。この二十四時間で、人生は天国から地獄に変わった。今わかっているのは、ダヴィアンとの間にあったものは壊れてしまい、修復できるかどうかわからないことだ。

ダヴィアンがこちらを向いたが、その表情は読み取れなかった。「ケイト、ぼくは……」

「やめて」そう言ってドアに向かう。「今日、二人とも言うべきことは全部吐き出したわ。あなたとやり直すにあたっていちばん避けたかったこと、いちばん恐れていたことがこれよ。しつこく追いかけてくるマスコミ、プライバシーの欠如、ないも同然の私生活。こんなのは耐えられない」言葉に詰まり、彼女はごくりと喉を動かした。「愛してるわ、ダヴィアン。でもそれだけでは足りないみたい。わたしはアデラのことを考えないといけないし、あなたがもしわたしを信頼していないなら……」

「信頼してるよ、ケイト。それにぼくだってアデラのことを考えてる」ダヴィアンは彼女のそばに歩み寄った。「三人にとって何がいちばんいいかをね。ぼくもきみを愛してる」そして深く息を吸うと、視線をそらした。「でもきみの言うとおりだ。ぼくからアデラを引き離したほうが安全だ。ぼくでは明らかに力不足だ」

「ダヴィアン、あなたは――」ケイトはそう言いかけてやめた。言ったところでどうにもならない。ダヴィアンは言葉に行動がともなっていない。「わたしを信頼してると言ったけれど、それは嘘よ。さっきオフィスでよくわかったわ。信頼がなければ愛も未来もない。何も築くことはできないのよ。残念だけど」

そう言い残してケイトは船室へ、不安に満ちたもとの人生へと戻っていった。新しい世界へ出ようとしたのがまちがっていた。もとの場所にいれば、愛していたのに失った男性への傷心に、一生苦しむこともなかっただろう。

12

その日はずっとダヴィアンは誰にも会おうとしなかった。人生と未来がかかった複雑な悩みを一人でじっくり考える必要があったからだ。彼は今、岐路に立たされていた。決断を下すべきときだ。

これからともに生き、守り、何よりも大事にするものを選ばなければならない――家族か、キャリアか、ケイトとアデラか。これまではいつも家族が優先だったが、心の奥では自分の求める未来はそこにはないとわかっていた。仕事は好きだが、ケイトとアデラへの愛にはかなわない。

家族は彼がいなくても問題ない。兄は健康だし、王位を継承する準備はできている。妻と子どもたちもいる。両親のほうは兄より心配だ。両親なりに彼を愛しているのはわかる。父のほうはときどき二人の息子をチェスの駒あつかいしているように思える。でも心の奥では息子たちを気にかけているはずだ。ダヴィアンが求めるようなやり方で表に出すことはないにしても。

両親との話し合いは簡単にはいかないだろう。しかしダヴィアンの心は決まっていた。王族としての人生は終わりにする。

両親はメインサロンにいた。父はその日の新聞を読み、母はクロスワードパズルを解いていた。シャツとショートパンツというカジュアルな格好のままで彼が入っていくと、二人は目を上げた。

「話があります」ダヴィアンはフォーマルダイニングテーブルの椅子に座った。

父が新聞の縁越しに彼を見やった。「例の写真のスキャンダルはうまくおさめたようだな。よくやった」

ダヴィアンは、だからケイトは無実だと言ったのにと言いたくなるのを抑え、そっけなくうなずいた。何より苦しいのは、父のせいで自分までケイトが裏切ったと思い込みそうになったことだ。だが実際は違った。ケイトは無実だった。もう二度とこんなことを繰り返すつもりはない。「今日は、王室から離脱すると言いに来たんです。それも今すぐ」

「なんだと？」父は怒鳴った。「そんなことは許さん」

「ダヴィアン、どういうことなの？」母が心配そうに尋ねた。「ケイトのため？」

「ああ、ケイトも理由の一つだけど、それだけじゃない。もう何年も前から考えていたんだ」

父の顔がどんどん赤らんでいく。「家族がおまえのためにしてやったことを考えろ。おまえを支え、教育を与え、衣食を整えてきたんだぞ」

「家族ならあたりまえです」

「生意気な口をきくな！」父はこぶしをテーブルにたたきつけた。「王室から抜けるだの離脱するだの、そんなたわごとはいっさい受け付けない。わかったか？」

「ぼくにわかっているのは、家族を守り、あなたへの義務を果たすために、これまでずっと大きなゲームの駒として利用されてきたということです」ダヴィアンの声は低く落ち着いていた。「でも、もうそんなことはおしまいにしたいんです。ぼくにはぼくの人生がある。やりがいのある仕事があり、未来をともに過ごしたい愛する家族もいる。今の家族のつながりのせいでそれがおびやかされるのは絶対にいやなんです。だからここに、デ・ロロソ家に関わるいっさいの称号と義務を返上して、フルタイムの医師、そして人道支援家として人生を歩むつもりです。いつの日か、幸運に恵まれれば夫、父親にもなりたい。それから、一つ言っておくとアデラ・ネヴェスはぼくの子どもです。ルクレシアに呼び戻された直後に生まれた子で、ケイトはぼくに連絡しようとしたが王宮の警備にはばまれた。今の生活をやめたいのはそれも理由の一つです。もう二度と娘と引き離されるつもりはありません」

「まさか！」母は息をのんだ。「ダヴィアン、子どもがいるって本当なの？ わたしには孫娘がいるのね？」

しかし父の反応は正反対だった。「どうしておまえの子どもだとわかる？ ＤＮＡ鑑定はしたのか？ おまえの言うことが本当だという証拠を見せなさい。それがないなら――」

言うべきことは言い終えた。ダヴィアンは立ち上がった。「なくてもかまわない。アデラはぼくの子だ。ぼくはアデラとケイトを愛してます。二人が許してくれるなら、このあとはずっといっしょに過ごしたい。それを受け入れ、二人を受け入れてくれないなら、ぼくはここから出ていって永久に戻らないつもりです。ぼくはもう決断を下した。あとは二人がどうするか決めてください」

王と王妃は静かに話し合った。小声で泣く母をなぐさめるうち、父の顔色はゆっくりともとに戻っていった。やがて二人はダヴィアンのほうを向き、同時に言った。「受け入れよう」

「受け入れるわ」

本当にひさしぶりに、ダヴィアンは肩の荷がおりた気がした。すべてが完璧とはまだ言えないが、いつかはそうなるだろう。彼は両親に笑顔を見せた。

「よかった。ありがとうございます。これで失礼します。話したい人がいますので」

13

ケイトは船室で二人の荷造りをしていた。船を降りたら今夜はコルシカのホテルに泊まり、翌日空路で帰宅する予定だ。アデラは、頭の怪我がすっかりよくなったパウロといっしょにベッドでおもちゃで遊んでいた。メイブルック卿も順調に回復していたが、年齢と怪我の程度を考えると全快にはまだ時間がかかりそうだった。

クルーに残された仕事は下船するゲストの見送りだけで、それが終わればすべて終了だ。

すべて終了。

ほんの二週間であまりにも多くのことが変わってしまい、ケイトはまだ頭が追いつかなかった。ダヴィアンとの再会。アデラの秘密を打ち明けたこと。彼の家族との対面。もう一度彼と恋に落ちたこと。

ケイトはこの最後の変化にまだおびえていたが、何かが決まったわけではないし、すべては計画どおりだと何度も自分に言い聞かせた。彼女はボストンに戻ってクリニック開業の準備を始める。もちろん、ダヴィアンがアデラと関わりたいというなら受け入れてもいい。でもそれは、百パーセント関わるかまったく関わらないかのどちらかだ。

ケイトは首を振った。

ばかげた話だ。何もかも。二週間前までは一人で満足していた。今だって不満はないはずだ。ところが心の奥では迷っている。できればダヴィアンといっしょに……。

「五分後にゲストへの挨拶をおこないます。クルーは全員、正式な制服でデッキに集まるように」

「了解しました、船長」ケイトはベルトに留めたトランシーバーにそう言うと、最後のスーツケースを閉じた。「さあ、二人ともデッキに行くわよ」

アデラとパウロを船室から出し、階段をあがらせてメインデッキへ向かう。そこではほかのクルーがルクレシアの王族を見送るために並んでいた。

アデラとパウロに隅で静かに座っているように言い残し、ケイトは自分の場所に立って国王夫妻を待った。ダヴィアンと両親の話し合いはどうなったのだろうと思わずにいられなかった。彼が結果を伝えに来なかったところを見ると、思うようにいかなかったのかもしれない。

「ドクター・ネヴェス」アラベラ妃がケイトの前で足を止めた。「クルーズの安全に尽力してくれてありがとう。これからも二人に会えるのを楽しみにしていますよ」

「ありがとうございます、陛下」そう言ってケイトがお辞儀をすると、驚いたことに王妃に抱きしめられた。

「息子からあなたとアデラのことを聞いて、とてもうれしく思っているの」王妃はケイトの耳元でささやいた。「二人のことをよく知りたいし、家族として迎えたいから、王宮に訪ねていらっしゃいね」

ケイトは驚きのあまり、言葉に詰まった。「あの……それはよく話し合ったほうがよろしいかと」

「そうだ。話し合うべきことがたくさんある」国王が言った。その顔は楽しげな王妃とは正反対だ。それどころか顔色はひどく悪く、肌が灰色がかっていた。もし自分の患者なら検査を命じるだろう。しかし、王族への重圧や自分が主治医でもないことを考え、ケイトは何も言わなかった。国王はすぐにも飛行機で帰国するし、現地では主治医が待っている。

国王は立ちはだかるように彼女の前に来て鋭い視線を向けた。「息子のことはきみの責任だ。クルーズに出る前は息子は自分の役割を自覚し、それに従っていた。ところが今はばかげた計画やくだらない夢ばかり追っている」

「フィリップ！」王妃は驚いて夫を見上げた。「ここはそういう話をする場所じゃないわ」

国王の背後に近づいてきたダヴィアンは、ケイトにとりなすような視線を向けた。「母上の言うとおりですよ。ドクター・ネヴェスは出発前にすることがあるんだから、話があるなら電話やテレビ会議で続けたらどうですか」

国王のこめかみが怒りで脈打ち、顔がまだらに赤く染まった。「わたしに指図するとは何事だ。わたしはルクレシアの王だぞ。いったい――」

突然言葉が止まり、顔が真っ青になったかと思うと、驚きの声があがる中、国王はその場に倒れた。

ケイトとダヴィアンはすぐさま行動に移った。クルーの一人が、救急医療キット、携帯型心電計、除細動器をとりに階段を駆け下りていった。

ケイトは国王の頭を動かして気道を確認し、ダヴィアンは脈をチェックした。

「微弱で不規則だ」ダヴィアンは顔をしかめると、父親のジャケットとシャツを開いて胸をむき出しにした。「呼吸は？」

「確認できないわ。誰か港に救急車を呼んで！」

ダヴィアンは心肺蘇生(そせい)を始め、ケイトは気道を確保しつつほかのクルーに酸素吸入を始めるよう指示した。そして国王のもう一方の側に移動し、除細動器の電極パッドを貼りつけると、モニターの電源を入れた。「ダヴィアン、心拍のリズムを見たいからいったん心臓マッサージをやめてくれる？」

二人は画面を見つめた。

「心室細動だ」ダヴィアンは背後に控えていたノアのほうを見やった。「百五十ジュールで除細動する。そのあと心臓マッサージを代わってくれ」

ノアはうなずいた。「わかりました」

「離れて」ケイトは除細動器のダイヤルを合わせ、ボタンを押した。フィリップ王の体が電気ショックでぐいっと持ち上がった。

「よし、マッサージを続けよう」ダヴィアンの声には抑揚がなく、感情がうかがえなかった。

それを見てケイトは胸が痛くなった。医師が決して自分の家族の治療をしないのはこのためだ。家族の治療やその結果について客観的になるのは、とてもなくむずかしい。

ノアが心臓マッサージを代わった。「ここはぼくたちにまかせて、王妃さまを見てあげてください」

「いや、母はだいじょうぶだ」ダヴィアンは船長になぐさめられている母のほうを見た。「父から離れるわけにはいかない。ぼくのせいだから」

「あなたのせいじゃないわ」ケイトが口を開いた。

「最近バイパス手術をしていて、心疾患の病歴もあった。こうなったのはあなたのせいなんかじゃないわ」

「王室から離脱する話をしたのがまちがいだった。国に帰るまで待つべきだったんだ」ダヴィアンの目は父の土気色の顔をじっと見つめている。「それなのに——」

「やめて」ケイトは静かに、それでもきっぱりと言った。「今は自分を責めてもなんの役にも立たないわ。帰国まで待てば、その間に問題が起きて話ができなくなったかもしれない。あなたが口を開いたのはそうすべきだったからで、いつわりの人生を送っても周囲が傷つくだけよ。わたしにはわかる」そう言うとケイトはエピネフリンを注射器に一ミリとってフィリップ王の腕に注射した。「エピネフリン投与」

ケイトが使い終わった注射器を片づけると、ダヴィアンはモニターに目をやった。「心室細動が続いている」

「救急車が向かってます」戻ってきたクルーが言った。

「よかった」ケイトは腕時計を見た。「電気ショックから二分経過。マッサージをやめて、もう一度リズムを見ましょう」

　ノアがフィリップ王の胸から両手を離した。

「まだね。もう一度百五十ジュールで試して、そのあとマッサージを交代して」

　やがて港からサイレンの音が近づいてきて、間もなく救急隊員たちが乗り込んできた。彼らはダヴィアンたちに代わって心肺蘇生を続け、ケイトから事情を聞き取りながら点滴の用意をし、抗不整脈剤のアミオダロンを投与した。それが終わるとフィリップ王を近くの病院に搬送するため担架にのせ、急ぎ足でヨットから運び出した。

「ケイト、すまないが、ぼくは――」

「わたしのことはいいから、行って！」ケイトはそう言うと王妃に手を貸してダヴィアンに託した。

「容態を確認したいから、あとで連絡する」

「ママ？」ケイトとノアが蘇生処置の後片づけをしているとアデラがそばに来た。「王さまはだいじょうぶなの？」

「ママにもわからないわ」ケイトは正直に言った。早めに手を打てたのは事実だけれど、フィリップ王の病歴を考えると充分とは言えないかもしれない。緊急事態が終わって初めて感情がこみ上げてきて、ケイトは涙で胸が苦しくなった。ダヴィアンやその家族、そして彼らがこれから味わう苦労を思うとつらかった。しあわせになれる見込みなどないとわかっているのに、またダヴィアンに心をつかまれてしまった。彼を愛している。でもそれだけでは足りないかもしれない。「どんなことになっても、二人でダヴィアンと王妃さまを支えてあげないとね」

　アデラが首にしがみついてきて、その甘やかさにケイトは胸が張り裂けそうだった。「ダヴィアンに会いたいね」

「ママもよ」

アデラに真実を打ち明けなければ。

今すぐというわけにはいかないけれど、近いうちに。今はまず、このヨットを降りて、ボストンへの帰国便に乗らねばならない。

それからの数時間、フィリップ王は予断を許さない状態だった。

ダヴィアンは父のそばから離れず、母の手を握ったまま、なんとか状況を理解しようとした。両親との苦しい話し合いのあとは解き放たれた風船のように自由な気分だったが、今はいつもの罪悪感と責任感の重みが戻ってきていた。

それに、ケイトとアデラが恋しくてしかたがなかった。でも行かないでくれと言う権利はない。今は、少なくとも父の容態が好転するまでは、ここにいるしかない。

ダヴィアンは父の今後の見通しについて話を聞くのを待っていた。病院ではさまざまな検査をおこなったが、父の心臓が止まった理由についてはまだほとんど知らされていない。

彼はルクレシアの王宮にいる兄に連絡し、状況を伝えた。今このときも兄は父が回復するまで国王代理を務めるための準備を進めている。

もし父が回復すればの話だが……。

父の心臓手術で家族が同じ思いをしたのは、ほんの去年のことだ。あのときは、これで父は少なくともあと十年は健康でいられると思ったが、どうやらそうはいかないようだ。かわいそうに、母は心配のあまりやつれている。ダヴィアンは自分の経験から、心停止の患者が退院できる確率は五分五分だと知っていた。父の病歴を考えると、その確率はずっと低いだろう。

それでもダヴィアンは希望を捨てなかった。父はまだ意識は戻らないものの、気管チューブを抜かれ、自力で呼吸している。父は年齢や病歴のわりには強い。自分のためだけでなく、大事な母のためにもよくなってほしい。二人は結婚して四十年になる。そんなにも長い年月をともに過ごしたパートナーを失うなんて想像できない。もしあそこで倒れたのがケイトだったら……。

ぼくのケイト……。

「殿下？」心臓医がドア口から身ぶりでダヴィアンの注意を引いた。「ちょっといいですか？」

ダヴィアンは母の頬にキスして手を離し、部屋を出て医師とナースステーションに向かった。「父の容態は？」

「年齢と病歴を考えると、非常に順調です。心臓は正常に動いていて、呼吸も安定している。意識が戻ったらさらに検査が必要ですが、お父さまは大変幸運だと言っていいでしょう」

ダヴィアンは心から安堵した。「ありがとう、ドクター。今後の見込みは？」

「意識さえ戻れば数日で退院できるはずです」

「よかった。帰宅するまで避けることは？」

「おもにストレスですね。帰国後も同じです。お父さまは七十近い。一線を退いて、王族としての義務を次世代にゆずることを考えるときでしょうね」

「そのとおりだ」ダヴィアンは軽くうなずいた。このときのために兄は生まれてからずっと教育を受けてきた。

ダヴィアンは病室に戻り、母に医師の言葉を伝えた。

「何年も前から言い続けてきたの。アーサーにまかせてのんびりするべきだと」母は鼻をすすり、父の手を握った。「今度ばかりはわたしの言葉に耳を貸してくれるかもしれない」

「そうだね」

「まあ！」母が息をのんだ。「今、手を握り返してくれたわ！」

「すごいじゃないか。意識が戻りつつあるんだ」

母は身を乗り出して父の手にキスし、ほほえんだ。

「戻ってきて、大事なあなた」

ダヴィアンは胸が苦しくなった。大事な人といえば……。

「ちょっと失礼するよ」ダヴィアンはそう言って病室を出ると、廊下を通り、集中治療室の来客用の小さな待合室に入った。そして携帯電話を取り出し、ケイトに父の病状をメールで伝え、とても大事な言葉を書き添えた。

〈アデラと二人でルクレシアに来てくれないか？〉

14

ケイトがメッセージを読んだのはボストンに戻ってからだった。翌朝早く、彼女はボストン北西部のメドフォードにある母の家に向かうタクシーの車内にいた。携帯電話を取り出してロック画面を解除したとき、疲れた目で小さな文字を読み取るのに少し手間取ってしまった。

ダヴィアンの父は意識を取り戻し、全快の見込みだという。すばらしいニュースだ。さらにスクロールするとメッセージの最後の行が目に入り、心臓の鼓動が乱れた。

〈アデラと二人でルクレシアに来てくれないか？〉

あんな形で別れたせいで、二人の間には多くの問題が中途半端なまま残されている。

話し合って決めねばならないことがたくさんある——二人の関係について、アデラの将来について。

だがその前に、ケイトは自分だけで悩むのではなく、母に何もかも話してしまいたいと思っていた。

客観的なアドバイスをくれる人物がいるとしたら、それは母だ。

ケイトの母のマヤ・ネヴェスは二人を熱い抱擁で迎え、ケイトにはいれたてのコーヒーを、アデラにはホットココアを用意してくれた。アデラを昼寝させるために階上に連れていったあと、ケイトは母と二人きりで話そうと再び階下に戻った。

ケイトはダヴィアンと再会したこと、アデラが彼の子どもだと伝えたこと、フィリップ王の心臓発作のことを話した。

「ダヴィアンはアデラとわたしにルクレシアまで会いに来てほしいと言っているの」ケイトはコーヒーのマグを見つめて言った。

「行くつもり？」母は眉を上げた。六十二歳の母は釣り込まれるような明るい笑顔の持ち主で、十五歳は若く見える。

「わからない。短い間にあまりにもたくさんのことがありすぎたから。ヨットの上って、それ自体が一つの世界みたいなもので、すべてが強烈に感じられるの。でも今は二人とも家に帰ってる。事情が変わっているかもしれないわ」

「地球を半周して来てほしいって招待されたんだから、彼の事情は変わっていないんじゃないの？」

ケイトはため息をついた。「そうね。でも、お父さまの緊急事態のせいで、興奮状態からまだ覚めていないだけなのかもしれない。その一件と、その後のお母さまや王族の責務への対応でダヴィアンは疲れ切っているに違いないわ。ひと晩ゆっくり眠って、考える時間を置いたほうがいいと思う。わたし自身もね」

「そうかもしれないけど」母は考え込むような顔で座り直した。「考えすぎるのもよくないわ。あなたって、考え出すときりがないタイプだから」

ケイトは顔をしかめたものの、母の言葉は否定できなかった。ケイトには考えすぎる癖がある。「わたしはただ……怖いの。ダヴィアンのことで一度やけどして、なんとか乗り越えたけど、もう一度同じ賭けに出られるかどうか自信がないの。それに今度は自分だけじゃなくてアデラもいる」

二人の間にしばらく沈黙が訪れた。聞こえるのは壁の古時計の音だけだ。やがて母が口を開いた。

「彼を愛してるの?」

「ええ。でも、それだけでいいのかどうか」

「充分よ。わたしとあなたのパパとのことが影響していないといいんだけど」

ケイトはテーブルから視線を上げた。「少しは関係があるかもしれない。パパはひと言の言葉もなく、わたしたちを置き去りにして出ていったし」

「それはそうだけど、わたしにはそうならないほうがよかったとは思えないの」

「どういうこと?」

「家族を大事にするつもりがない人に、そばにいてほしいと思う?」

「でも、わたしを一人で育てるのは大変だったでしょう?」

「もし食べ物にも困るようなら、食料配給券をもらっていたわ。でも経済的な安定は結婚の理由にはならない。自分が本当に欲しいもの、人生で持つに値するものを手に入れるには、手放さなければいけないものもあるってことよ。あなたは一人の男性を、アデラの父親を、しっかり関わってくれる人を求めている。何があってもそばにいてくれる人をね。もしかしたら、ダヴィアンがその人なのかもしれないわ」

「どうかしら」ケイトは首を振った。「わたしは怖いの。もう二度と傷つきたくない」

「それはわかるけど、彼にチャンスをあげなければどうなるかわからないでしょう」

ケイトはため息をついた。「そのとおりよ。でもそれがむずかしいの。あんなにもいろいろあったあとで、もう一度彼と距離を詰めるなんて」

「あなたにああしろこうしろって言うつもりはないわ。わたしだって人生で何度もつまずいてきたし。でもね、パパの過去の行動のせいでこれからの選択肢をせばめるのだけはやめて。がんじがらめの鎖から解き放たれたあの日は、わたしの人生で最高の一日だった。あなたもそうなることを祈ってるわ、ケイト」

「でも人とのつながりは？　ママはずっと一人だったけど、さびしくないの？」

「ときどきはね。ただあなたもアデラもいるし、近所には友だちもいる。そうは言っても、同じ選択があなたにとっても正解とはかぎらないけど」母はテーブル越しにケイトの手をとった。「あなたのプリンスに会ったことはないし、あなたの話を聞いただけだけど、いい人みたいじゃない。愛情深くて、思いやりがあって、やさしくて誠実。そんなよさが彼の家族だけでなく、あなたやアデラにも向けられているように思えるけど。彼を愛してるならせめて会いに行くべきだし、もし会いに行かなかったら一生後悔すると思う」

ケイトはその言葉を受け止め、心の中で何度も繰り返し考えたが、やがて疲労に負けてあくびをした。

「ちょっと眠ってから決めることにする」

母はにっこりした。「それがいいわ。どんな悩みがあっても、眠るのがいちばんいい解決法よ」

「ありがとう」しかし部屋に行ったケイトはすぐに

ベッドに入らず、携帯電話を取り出して、おじけづく前にダヴィアンにメッセージを返信した。母の言うとおりだ。二人の間にあるものが本物かどうかたしかめるには、もう一度会うしかない。それにアデラには家族の母国を知る権利がある。

〈時間と場所を教えてくれたら、そちらへ行きます。お父さまが回復してよかったわ。ケイト〉

「じゃあ、パパって呼んでいいの？」二週間後、ルクレシアの首都アテラスに着陸した飛行機の中で、降りる案内を待っていたとき、アデラが尋ねた。「それともプリンス？」

「パパでいいと思うけど、王宮に着いてから二人で相談して決めればいいんじゃない？」ケイトはシートベルトをはずしながら言った。

　機長からファーストクラスの乗客から先に出るようにとアナウンスがあったので、ケイトは立ち上がり、二人の手荷物を持った。自費でこんなに贅沢な旅を楽しむことはまずなかったが、今回はダヴィアンが二人のためにすべて手配してくれたので、ケイトに口をはさむ余地はほとんどなかった。とはいえ、ファーストクラスならではの足元の余裕やもてなしはうれしかった。

　二人は客室乗務員にお礼を言い、ターミナルにつながる通路を歩いていった。到着ゲートの待合エリアに出ると、すぐに運転手の制服を着た男性が駆け寄ってきた。男性は手早く税関を案内し、通路を通って手荷物受取所へと連れていってくれた。パパラッチが押し寄せ、写真を撮ったり質問を叫んだりしていたので、この案内はありがたかった。ケイトはアデラの手をぎゅっとつかみ、足を速めた。

「あの人たちのことは無視してね」

「ママ、あの人たち、どうして追いかけてくるの？　わたしのことプリンセスって言ってる。ママは、自分のことをプリンセスって言ってはだめだって言ったよね」

「そうよ」ケイトは運転手に向かってターンテーブルの上の荷物を指さした。「でもここはルクレシアだから、ちょっと事情が違うの」

「じゃあ、ここだとプリンセスなの？」

「ママにとってアデラはいつだってプリンセスよ」

ケイトは運転手のあとについて近くの回転ドアを抜け、縁石のそばに駐まっていた黒いベントレーへと向かった。運転手はドアを開けてケイトとアデラを後部座席に乗り込ませると、急ぎ足で運転席へとまわり、乗り込んだ。

王宮に向かって走り始めた車は、華やいだアテラスの中心部から郊外を抜け、やがて緑豊かな田園地帯へと入った。遠くに山々が並び、地上に灰色がかった霧がたゆたっているさまは、どこかスコットランド高地やスイスを思わせた。農場や古めかしい山荘が現れては消えていった。

ケイトはダヴィアンの招待をすぐに受けたものの、会いに行くのに納得するまで時間がかかった。しかし、たとえダヴィアンが彼女と同じ思いを抱かず、将来をともに過ごすつもりもないとしても、彼に二度と会えないかと思うと耐えられなかった。それにアデラには父親が必要だ。ケイトはクリニック開業の夢をあきらめたわけではなく、もっと視野を広く持つことにした。具体的に何かが決まったわけではないけれど、この訪問のゆくえしだいでは、ルクレシアへの移住を選ぶことになるかもしれない。ダヴィアンがいいと言ってくれたら、彼の病院と協力する形でクリニックを開業することも考えられる。

ルクレシアへの出発に先立つ数週間、二人はやりとりを重ね、旅の日程や到着時間などについて話し合った。ダヴィアンはたまっていた病院の管理者の仕事をこなすのに忙しかった。それに加え、回復したフィリップ王がついにアーサー皇太子に王位をゆずる決断を下した。ダヴィアンは二人の訪問の時期を退位の宣言と重ねることに決めた。そうすればアデラが彼の娘だというニュースが目立たなくなるかもしれないからだ。

しかし空港でのマスコミの多さを考えると、ケイトにはその見込みは低いと思えた。

不安で胸がどきどきしたが、ハイウェイのカーブを曲がったとき、王宮のタマネギ型のドームや尖塔（せんとう）が遠くに見えてきて、ケイトは今さら引き返すことはできないと覚悟を決めた。

「ママ、見て！」アデラが息をのんだ。

ケイトはほほえんだ。九〇〇年代に築かれた城のあった場所に、ダヴィアンの先祖が一八〇〇年代なかばに建てたのが今の王宮だ。間もなく二人はあそこに滞在することになる。信じられない。「わくわくするわね、アデラ」

「うん！」アデラは手をたたいた。「あの塔のどれかにお泊まりしてもいいと思う？」

ケイトは笑った。「ここではやりたいことはなんでもできると思うわ」

15

その夜、ダヴィアンは父がスピーチを締めくくるのを聞きながら、集まった聴衆をステージの端から見渡した。政治家やセレブのほかに、おなじみのルクレシアの上流階級がいる。しかし彼が世界でいちばん会いたい二人、ケイトとアデラの姿はまだ見つからなかった。スタッフから二人がその午後早く無事に王宮に到着したとは聞いていた。こんなにもスケジュールがたて込んでいなければ、レセプションの前に会いに行くつもりだった。

「過ぎし日々をなつかしむとともに、我が偉大なる祖国の輝かしき未来を祈って、わたしはここに王位から退き、我が長男である皇太子アーサーに王座をゆずることといたします。どうもありがとう」

　フィリップ王が聴衆に向かって短くお辞儀をすると、拍手に続いて〝国王万歳〟の歓声があがった。王はこのところすっかり元気そうだ。顔色がいいし、検査結果も上々だ。このまま健康的な生活を続ければ、家族より長生きするかもしれない。

　王が演台を離れると、アーサー皇太子がマイクをとってスピーチをおこなった。ダヴィアンは父が短い階段をおりるのを手助けしようと待っていた。父と息子の関係はケレンシアで口論したときよりまちがいなくよくなったものの、まだぎこちなさとよそよそしさがあった。せめてクルーズの前の親しさを取り戻せればとダヴィアンは思っていたが、自由と引き換えなら受け入れるしかないとあきらめてもいた。

　父はうめき声をあげて背筋を伸ばし、ダヴィアンの助けの手を振り払った。「病人ってわけじゃないんだ。一人で歩ける。ところでおまえの客人はどこだ？　あの医師と娘は？」

「ぼくの愛するケイトと、ぼくらの娘のアデラのことですね。じつを言うとぼくにもわからないんです。会う時間がとれなくて」ダヴィアンはもう一度聴衆を見まわしたが、二人は見つからなかった。「ぼくが必要ないなら、二人を捜してきます」

「いってらっしゃい」母が言った。「あなたの愛する人をここに連れてきて。話したいことがたくさんあるから」

「孫娘をよく見てみたいものだ」父がこう言ったのでダヴィアンは驚いた。

二人は奥の壁際にいた。アデラは彼が海洋博物館で買ってやったタコのぬいぐるみで遊んでいる。ダヴィアンは思わず笑顔になる自分を止められなかった。二人との再会がこんなにもうれしいとは。彼は数週間ぶりに息ができるようになった気がした。

「ここにいたのか！」彼はケイトに近づき、ためらいもなく抱き寄せた。腕の中にケイトがいる感触はすばらしかった。「飛行機はどうだった？」

「順調だったわ」ケイトはダヴィアンから離れ、イブニングドレスのスカートをなでつけた。柔らかく光るブルーグリーンのドレスが彼女の瞳と金色の髪を際立たせ、日に焼けた肌を引き立てている。言葉を続けようとしたとき、手を引っ張られた。

「ママ？」アデラがささやき声で言った。「今言ってもいい？」

ケイトは深く息を吸い、アデラからダヴィアンを見て、またアデラに視線を戻した。ケイトがうなずくと、アデラは姿勢を正し、かわいらしく膝を折ってお辞儀した。「こんにちは、パパ」

ダヴィアンは胸から心臓が飛び出さんばかりだった。アデラにパパと呼ばれたのはこれが初めてで、この瞬間を永遠に忘れたくなかった。彼はお辞儀を返し、しゃがんでアデラと視線を合わせた。「こんにちは、プリンセス。来てくれてうれしいよ」

「わたしも」アデラはにっこりした。「パパって呼んでいい？　ママにきいたら、先にパパと話し合いなさいって」

「そうか……」ふいに感情がこみあげて喉がふさがり、ダヴィアンはぐっと息をのみ込んだ。「パパっていうのはなかなかいい響きだ」

「やったあ！」アデラは彼の胸に飛び込んでぎゅっと首にしがみついた。ダヴィアンはアデラを抱いたまま立ち上がった。「ずっとパパが欲しかったけど、とうとうパパができて、そのパパがプリンスだなんてすごいわ。これからはわたしのおもちゃを全部見せてあげるし、寝る前はお話を読んでくれてもいいのよ。パパ、お話は好き？　わたしは大好き。それでね……」

アデラの頭越しにケイトと目が合ったダヴィアンは、あっけにとられた彼の顔を見てケイトが必死に笑いをこらえているのに気づいた。この瞬間がうまくいくことを夢見ていたものの、まさかアデラがこんなにもあっさりと受け入れてくれるとは想像していなかった。

「数週間前にあなたが本当の父親だと打ち明けてから、とても会いたがっていたの。よかったわね」

「ありがとう」ダヴィアンは笑った。

「すると」背後から父の声がして、ダヴィアンの心臓の鼓動が跳ねあがった。できたばかりとはいえ、ダヴィアンはこの大事な家族を取り上げようとする者とは闘うと決めていた。たとえそれが父親であっても。彼がゆっくり振り向くと、父がこちらを見て顔をしかめていた。「これでようやく会えたというわけだな」

「フィリップ」母が近づいてきて夫の腕をとった。「あとにしたほうが……」

「もう充分待ったじゃないか」王はそう言い、杖を手に近づいてきてアデラをにらんだ。アデラはものめずらしそうに目を丸くして王を見返している。王は灰色の太い眉を寄せた。「何か言いたいことがあるようだな、お嬢さん」

アデラは首をかしげて言った。「わたしの名前はアデラ・ネヴェスで、プリンセスよ。あなたはラース王にそっくり！」

フィリップ王はわけがわからずアデラの顔を見つめていたが、やがてケイトのほうを向いた。「そういう王族には心当たりがないが」

ケイトはまた笑いを嚙み殺した。「アデラの好きなアニメの登場人物なんです」

「そうか」フィリップ王はつかの間とまどったようだが、またアデラに目を戻した。「その王はさぞハンサムで親切で賢いのだろうな」

「そうよ」アデラは生まじめに答えた。「でも、いちばん似てるのはあなたのつけてる勲章かしら」

ダヴィアンと母とケイトは、一瞬目を見合わせたかと思うと同時に噴き出した。そこでようやくフィリップ王も笑顔を見せ、驚いたことにいっしょに笑った。ダヴィアンがもう何年も聞いたことがないような心の底からの大きな笑い声だ。その笑いが父と息子の絆をつなぎ直した。

アラベラ妃がアデラに近づいてほほえんだ。「あなたは小さいころのパパにそっくりね。五歳だったかしら？」

アデラは恥ずかしそうにうなずいた。

「そう。わたしはアラベラおばあちゃまよ。ハグしてもかまわない？」

アデラの顔が心配そうにくもった。「おばあちゃまはもういるわ。マヤっていう名前なの」

「おばあちゃまは一人じゃなくてもいいのよ」ケイトが言った。「アラベラ妃もアデラのおばあちゃまなの。フィリップ王がおじいちゃまよ」

「そうなの？　それなら、ステージを近くで見せてくれる？」

ケイトとダヴィアンは、王と王妃がアデラを真ん中にして手をつなぎ、立ち去るのを見送った。

やがてダヴィアンが言った。「外に出て、少し歩こうか？」

ケイトがうなずいたので、二人は眼下に庭園を見渡す、人けのない小さなバルコニーに出た。ダヴィアンが子どものころ、ここは座って一人で考えごとをするお気に入りの場所だった。来る者などほとんどいないこの場所を、彼はケイトと分かち合いたいと思った。とても大事な質問がある今、とりわけその思いは強かった。

「すてきな場所ね」ケイトは花崗岩の手すりに寄りかかった。十一月の空気は肌寒かったが、舞踏室のむっとした空気に比べるとさわやかだった。

今夜のケイトはいくら見ても見たりないとダヴィアンは思った。かすかに上気した頬、柔らかな緑の瞳。香水の甘くフローラルな香り。目を上げたケイトが彼の視線に気づいたので、ダヴィアンはすぐに目をそらした。糊のきいたタキシードのシャツの襟の下で、首元が熱くなった。

ケイトがそばにいるせいでこんなふうにうろたえてしまうのは、これが初めてかもしれない。

ケイトの小さな笑い声がそよ風にのって彼にまつわりついた。「どうしてそんなに緊張してるの？」

「じつは……」手がポケットの中の四角いふくらみに触れると、ダヴィアンの脈拍が跳ね上がった。これは彼らしくない。いつも冷静で落ち着いているのに。けれどもケイトのそばにいると冷静さなんて吹き飛んでしまう。それでもケイトに言わなくてはならない。ダヴィアンは彼女の手をとってその甲にかすめるようにキスをした。「きみにききたいことがある」

ケイトはけげんそうな顔つきで彼のほうを向いた。

「どうぞ」

ダヴィアンは深呼吸して勇気を奮い起こし、ポケットに入れておいたベルベットの小箱を取り出して開けた。中にはきらめくエメラルドカットのダイヤをあしらった婚約指輪があった。

「ダヴィアン、いったい……」ケイトは顔をしかめ、震える指先を口元にあてた。

始めたからにはもう止められない。答えを聞くまではだめだ。「愛している、ケイト。昔からずっと。大学時代に出会ってから今夜まで、ぼくはきみに夢中だ。一度きみを失い、あのクルーズのあとでまた失いそうになった。でももう二度と失いたくないんだ。ケイト・ネヴェス、どうかぼくの妻になってほしい」

そう言うとダヴィアンは片膝をつき、指輪を差し出した。

ケイトは息をのんだ。美しい目に涙を浮かべ、ほほえむ。「わたしも愛してるわ、ダヴィアン。あなたがデヴィッドのときから。これからもずっと愛してるわ」

ダヴィアンは立ち上がり、指輪をケイトの指にはめてキスした。やさしく甘い、未来への約束を込めたキスだった。唇を離した二人は笑顔で額を寄せ合った。「それはイエスということかな？」

ケイトはうなずき、また彼にキスした。「もちろんイエスよ」

三カ月後……。

ケイトとアデラは再びルクレシアを訪れた。今度は住むためだ。ダヴィアンはこれ以上ないほどしあわせだった。三人は今、ダヴィアンの兄の戴冠式がおこなわれるアテラスの大聖堂にいた。両親、ケイトの母、兄のアーサーの妻や、子どもたちもいっしょだ。

兄はタブロイド紙とある取り決めを交わした。王宮が選別した写真や情報を定期的に提供するのと引き換えに、それ以外のプライバシーには触れないという約束だ。今のところその約束は守られているようだ。

さらに心強いのは、王宮の警備チームが王族の暗殺を予告していた急進派の全員逮捕にこぎつけたことだ。これでダヴィアンたち兄弟の肩にのしかかっていたものはかなり軽くなった。

ルクレシアに平和が戻ってきた。

「ママ？」両親にはさまれて座っていたアデラが、もじもじしながらささやいた。「六月になったら、わたしもああいうすてきなドレスを着られる？」

ケイトが娘の指さす方向に目をやると、そこにはアーサーの娘のアリアナがいた。ケイトはにっこりした。「アデラが着たいならね。あのドレスじゃなくても、アデラはとってもかわいいフラワーガールになるわ」

「やったあ！」

ダヴィアンは娘の頭に、そしてケイトにキスした。二人は結婚式の計画を立てているところだ。ダヴィアンはもう王族としての公務には関わっていなかったが、人々の健康に心を砕いてきた彼に対する国民の信頼は厚く、国中が盛大な結婚式を望んでいた。

「ママのほうはどんなドレスを着るのかな？」ダヴィアンはケイトの肩に腕をまわし、アデラもいっしょに引き寄せた。

「そのころに着られるドレスがあるならなんでもいいわ」ケイトは笑い、かすかにふくらんだおなかに手をあてた。まだ秘密にしていたが、二人目の子どもが生まれる予定だった。「お母さまが古いウエデイングドレスをとってあるっておっしゃっていたから、それを直して着ようと考えてるの。きっと喜ばれるわ」

「そうだな」ダヴィアンはもう一度未来の妻にキスした。

アデラは二人の間から抜け出し、祖父母が座っている席を見下ろした。アデラは引っ越しにも、ルクレシアでの生活にもよくなじみ、祖父母からたっぷり甘やかされていた。「ママ、あっちに行って座ってもいい？」

ケイトはため息をついてうなずいた。「いいけど、急いでね。静かにして、式の邪魔をしないこと」

アデラが早足で行ってしまったので、ダヴィアンとケイトは二人になった。ダヴィアンはこれまでになく満足した気分でケイトに身を寄せた。二人は病院では肩を並べて働き、家では新しい生活を築きつつある。これ以上求めるものなどない。「しあわせかい、ダーリン？」

ケイトはダヴィアンの顎の下に頭をすり寄せ、満足げにため息をついた。「しあわせという言葉では足りないぐらいよ」

捨てられた聖母と秘密の子
2024年7月5日発行

著　　者	トレイシー・ダグラス
訳　　者	仁嶋いずる（にしま　いずる）
発 行 人	鈴木幸辰
発 行 所	株式会社ハーパーコリンズ・ジャパン 東京都千代田区大手町 1-5-1 電話 04-2951-2000（注文） 0570-008091（読者サービス係）
印刷・製本	大日本印刷株式会社 東京都新宿区市谷加賀町 1-1-1
表紙写真	© PeterPike ｜ Dreamstime.com

ISBN978-4-596-63558-7 C0297

ハーレクイン・シリーズ 7月5日刊 発売中

ハーレクイン・ロマンス

愛の激しさを知る

秘書は秘密の代理母	ダニー・コリンズ／岬　一花 訳	R-3885
無垢な義妹の花婿探し **《純潔のシンデレラ》**	ロレイン・ホール／悠木美桜 訳	R-3886
あなたの記憶 **《伝説の名作選》**	リアン・バンクス／寺尾なつ子 訳	R-3887
愛は喧嘩の後で **《伝説の名作選》**	ヘレン・ビアンチン／平江まゆみ 訳	R-3888

ハーレクイン・イマージュ

ピュアな思いに満たされる

捨てられた聖母と秘密の子	トレイシー・ダグラス／仁嶋いずる 訳	I-2809
言葉はいらない **《至福の名作選》**	エマ・ゴールドリック／橘高弓枝 訳	I-2810

ハーレクイン・マスターピース

世界に愛された作家たち
～永久不滅の銘作コレクション～

あなただけを愛してた **《特選ペニー・ジョーダン》**	ペニー・ジョーダン／高木晶子 訳	MP-97

ハーレクイン・ヒストリカル・スペシャル

華やかなりし時代へ誘う

男爵と売れ残りの花嫁	ジュリア・ジャスティス／高山　恵 訳	PHS-330
マリアの決断	マーゴ・マグワイア／すなみ　翔 訳	PHS-331

ハーレクイン・プレゼンツ作家シリーズ別冊

魅惑のテーマが光る
極上セレクション

蔑まれた純情	ダイアナ・パーマー／柳　まゆこ 訳	PB-388

※予告なく発売日・刊行タイトルが変更になる場合がございます。ご了承ください。

今月のハーレクイン文庫

6月刊 好評発売中！

Harlequin 45th Anniversary

珠玉の名作本棚

「あなたの子と言えなくて」
マーガレット・ウェイ

7年前、恋人スザンナの父の策略にはめられて町を追放されたニック。今、彼は大富豪となって帰ってきた——スザンナが育てている6歳の娘が、自分の子とも知らずに。

（初版：R-1792）

「悪魔に捧げられた花嫁」
ヘレン・ビアンチン

兄の会社を救ってもらう条件として、美貌のギリシア系金融王リックから結婚を求められたリーサ。悩んだすえ応じるや、5年は離婚禁止と言われ、容赦なく唇を奪われた！

（初版：R-2509）

「秘密のまま別れて」
リン・グレアム

ギリシア富豪クリストに突然捨てられ、せめて妊娠したと伝えたかったのに電話さえ拒まれたエリン。3年後、一人で双子を育てるエリンの働くホテルに、彼が現れた！

（初版：R-2836）

「孤独なフィアンセ」
キャロル・モーティマー

魅惑の社長ジャロッドに片想い中の受付係ブルック。実らぬ恋と思っていたのに、なぜか二人の婚約が報道され、彼の婚約者役を演じることに。二人の仲は急進展して——!?

（初版：R-186）